古典文獻研究輯刊

二十編

曾永義 主編

第 6 冊

情節、人物與主題——
唐代小說空間場域示現之作用與意義

黃敏珊 著

國家圖書館出版品預行編目資料

情節、人物與主題——唐代小說空間場域示現之作用與意義
／黃敏珊 著 — 初版 — 新北市：花木蘭文化事業有限公司，
2019〔民 108〕
目 6+176 面；19×26 公分
（古典文學研究輯刊 二十編；第 6 冊）
ISBN 978-986-485-880-4（精裝）
1. 中國小說 2. 文學評論 3. 唐代
820.8   108011727

ISBN-978-986-485-880-4

9 789864 858804

古典文學研究輯刊
二十編　第 六 冊   ISBN：978-986-485-880-4

情節、人物與主題——
唐代小說空間場域示現之作用與意義

作　　者　黃敏珊
主　　編　曾永義
總 編 輯　杜潔祥
副總編輯　楊嘉樂
編　　輯　許郁翎、王筑、張雅淋　美術編輯　陳逸婷
出　　版　花木蘭文化事業有限公司
發 行 人　高小娟
聯絡地址　235 新北市中和區中安街七二號十三樓
　　　　　電話：02-2923-1455／傳真：02-2923-1452
網　　址　http://www.huamulan.tw 信箱 hml810518@gmail.com
印　　刷　普羅文化出版廣告事業
初　　版　2019 年 9 月
全書字數　138599 字
定　　價　二十編 19 冊（精裝）新台幣 40,000 元

情節、人物與主題——
唐代小說空間場域示現之作用與意義

黃敏珊　著

作者簡介

　　黃敏珊，國立中興大學中文研究所畢業，高中職國文科教師。認爲成功的人生，是能否眞正享受每一次努力的過程。

　　國文課堂授課風格每每被學生們評價爲「外標示與內容物不符」！外表看似頗有氣質，一旦上起課來，熱情、活潑、激動、浮誇，活力充沛，上台講話的氣場和姿態具撩人的吸引力，令人印象深刻。

　　很容易被小說、戲劇、電影中的情節以及人物性格所吸引，致力於挖掘、詮釋出文學作品歷久彌新的力量，讓學生感動。喜歡詮釋「有傳遞信息，會讓人思考」的文本。

　　用生命在教書，雖然明白在大多數人的人生裡，學校老師就像偶爾擦肩而去的過客，不會一直停留在生命裡。但是，即使匆匆如過客，也會有他的足跡，也會在夜深人靜時，隨風潛入夜、潤物細無聲。

提　　要

　　唐代小說映現了當時的空間場域、文化樣貌，但其中空間的設計、安置及流動之情形令人好奇，究竟人物形象是如何在空間場景構寫中被塑造的？人物性格與生命際遇如何在空間書寫中產生喻示作用？情節發展是在空間場面的何種安排下被推動的？情節轉折的訊息暗示如何從空間場域中被讀出來？小說主題能否通過空間的人文社會性呈顯？甚至深藏作者內在的心靈空間如何以他界和夢、幻境空間的形式被轉譯在讀者面前？

　　本研究以空間理論和敘事理論入手，採用文本分析法，探知唐代小說之空間狀況，在由情節、人物、主題三方面組成之小說文本中，空間場域如何在裡頭發揮其作用、呈現其意義。

　　本文第一章將分述研究動機、前行研究與研究方法，第二章將分析唐代小說情節推展與空間設置之間的關係，第三章則探討空間如何喻示小說中的人物形象，第四章繼而探究空間場域對小說主題表現發揮的作用與意義，第五章轉而找出小說中怪誕荒謬、異於常理的超現實空間，挖掘出異度空間背後映現出什麼樣的眞實人生。

　　空間場域不再僅是中立的存在。無論是自然的、社會的或心靈的空間場域，這三者在唐代小說的創作裡總是互相滲透、互爲因果、互爲表裡，不但構築了立體、豐富的空間感，更透顯了小說內在深層的文化意蘊。

誌謝辭

深夜裡一個人待在書房，回想寫論文時的各種迂迴曲折，我感覺到持續著嘔心瀝血，安靜折磨。專心提筆寫著感謝的話，讓我想起了很多的初衷。不知道為什麼，想著初衷，想要留下些什麼的熱切的心情，就會重在心裡火山噴發。像即將躍出海面的太陽神阿波羅，那樣磅礴地，嘩啦噴濺起來……。

選擇「唐代小說」作為論文研究材料的緣由，應該回溯到大學「唐代小說作品選讀」這門課，因著謝海平老師幽默風趣的講授，為後來的碩論埋下伏筆。繼以碩班李建崑老師對大唐文化多元面向的側寫、黃東陽老師對唐代小說的分析點評，從修課時被唐代小說觸動、完成論文並取得學位，這一切要感謝的人實在太多了。

首先，我要感謝我的恩師林淑貞老師。我想只有您治學的嚴謹、學術的專業、方向的提點，才能成就我在論文寫作上的認真、細膩與創新，並且信任我、給予我充分發揮的空間，啟發著我、鼓舞著我、督促著我，成為我在撰寫論文這條路上一股安定的力量。您引領我踏入學術的殿堂，挖掘社會文化的價值，使我的心智往高處與深處去，才能送給我自己這本珍貴、得來不易的論文。

再者，因為論文初審和口考的因緣，有幸獲得陳秀美老師和林盈鈞老師的指導，不論是論文的研究方法、論述的證成、核心價值的凸顯，兩位老師都能提供我寶貴的意見，使我的論文更趨完備。

此外，我要感謝麗雯助教的幫忙，耐心地指導格式設定、細心地校稿確認，使我的論文能更順利地完成。還要感謝學姊們的經驗分享、同學們的加油打氣，因為你們，讓我在撰寫論文的過程中不再孤單，能更有信心地迎接

接踵而至的挑戰。

最後，我要感謝我的先生，不但替我省去不少處理生活瑣事的工夫，還陪伴我走過那些苦樂交集的歲月，全力支持、鼓勵我，更是我完成論文的原動力。點點滴滴無法盡述，只能由衷地感謝你。沒有你，我辦不到這一切。

我知道這本碩論的形成還有許多身旁關心我的家人、朋友、同學、同事們，無法一一點名致謝，但請相信，我都銘感在心。我不會把大家給予我的協助視爲理所當然，我也不會把今天這本碩論的完成視爲理所當然。

黃敏珊　謹誌　2018 年 6 月 28 日

目次

表次

第一章　緒　論

　　空間絕不僅僅是一個價值中立的存在，在唐代小說中空間場域除了在人物、情節、主題三方面的敘事發揮其作用、示現其意義外，也映現出唐代社會、政治、文化、經濟的時代性意義，其背後的空間設置與流動更是整個唐王朝人們真實生活的舞台，透過小說文字構築唐人生活的立體空間，我們可以感受得到來自自然、人文社會甚至超現實空間場域三者互滲下，汩汩流出、閃爍著專屬唐代風采的文化底蘊。

第一節　研究動機與目的

　　唐代小說雖繼承六朝遺緒，但情節發展更曲折、人物描繪更細膩、主題表現更深刻、想像能力更為豐富，確實是唐代作家們刻意突破現實的束縛、表現出新奇虛幻的文學創作。唐傳奇作家的心理結構偏於「風流」，所以他們在處理題材時總是熱中於才子佳人的遇合、讚賞豪俠義士的人格風範，願意貼近筆下的生活，用濃烈的敘事風格打動讀者的心，從中獲得脫離現實的幻想情趣，甚至在某種程度上表達了唐人對規範性社會生活空間的厭倦〔註1〕。唐代小說每每鋪設出扣人心弦的情節、塑造出多元面貌的人物性格，為後世的小說豎立了標竿。在一篇篇情節繁複、張力十足、結構整飭的小說背後，一千多年以來的無數讀者們感動、驚嘆，但更值得深入探討挖掘、涵詠品味的，可能是背後透顯的唐人文化底蘊，包括現實的社會生活、流行的文化思

〔註1〕參考陳文新：《中國傳奇小說史話》〈自序〉（台北：正中書局，1995 年 3 月），頁 2。

想、崇拜的宗教信仰、奉爲圭臬的人生哲學。

　　誠然，要使小說中的情節內容和人物形象深入人心，作家可以善用很多種寫作的技巧來達成這個目的。但從「空間場域」的敘事來觀看唐代小說、從諸多文本中分析出「空間」的設置與流動方式，這樣的構寫技巧能夠對情節、人物、主題產生哪些作用和意義，似乎是被研究得最不充分的領域。因爲有些學者認爲小說中的空間是虛構的，與眞實世界的空間存在著段差；另外有些學者則認爲空間環境並非小說敘事內容的主幹，空間在敘事作品中的地位或可被輕忽帶過〔註2〕。畢竟很多人在閱讀小說時，都會自然地去注意時間的推移、情節的發展，很少去留意環境和空間的設置變化。

　　實則「空間」一詞，蘊含著多層次的意義。從具體的場景空間到象徵性的空間場域，從自然地域性的空間到人文社會性的空間，從寫實的空間到超現實的心靈空間，每一種空間場域的呈現和運用無不和小說中的情節、人物、主題環環相扣，彼此互爲因果。社會性空間的薰染會塑造出人物的性格，象徵性空間的氛圍也可凸顯小說主題。空間既不是靜態孤立的存在，也不是純粹客觀的自然現象，而是持續性或間歇性的變動，它是社會文化的產物、人類文明的積累，也是社會文化實踐過程中不可或缺的向度，是我們觀看小說時另一個值得探究的面向。不同尺度的空間範疇是小說人物活動的場所，它會影響人物的言行舉止和思維感知，另外，小說作者賦予空間比喻、象徵、想像或意義，這樣的審美創造其實和深層的文化意識有著千絲萬縷的關聯〔註3〕。

　　以「唐代小說」爲題乃因筆者是小說迷，曾經醉心於唐傳奇的作意好奇，深感唐代文化之氣度恢弘、兼容並蓄，故對唐代小說有一種由衷的欽慕之情；在學術上，以「空間場域」作爲研究唐代小說的切入點，乃因空間長期以來被忽略、只能淪爲情節發展的背景而已，難道小說裡頭的空間就不重要嗎？沒有任何作用或意義值得被挖掘的嗎？其實唐代小說的內容包含了許多空間的運用和書寫，所以筆者以空間理論入手，輔以敘事學理論，期望本論文能展示出唐代小說中所呈現的各種空間及其流動方式，以及空間場域對於小說情節、人物、主題之敘事產生之作用與意義，並盼與今日眾多之唐代小說研究做系統性的整合與呼應，以豁顯唐代特有之文化。

〔註2〕　參考胡亞敏：《敘事學》（武漢：華中師範大學出版社，2004年12月），頁158。
〔註3〕　范銘如：《文學地理：臺灣小說的空間閱讀》〈導論：看見空間〉（台北：麥田出版城邦文化事業股份有限公司，2008年8月），頁16～17。

本論文將以「空間場域」作為切入點，試圖探究「唐代小說」在情節推展上；在人物形象上；在主題表現上；在超現實空間上示現之作用與意義。以下茲分別說明本論文之研究目的：

一、探討「唐代小說」情節推展與空間場域之關係：小說情節的推展既可在單一固定空間內，也可置於流動空間中。而流動空間又可分為「以某固定空間為核心」及「不斷移轉」兩類，其中「以某固定空間為核心」的流動空間，則可再細分為「一般的核心空間」及「細緻描繪的核心空間」兩種。這些不同種類的具體空間究竟能對小說情節提供哪些助益？另外，抽象空間場面的設置如何對應小說情節，才能透過對比來凸顯作者欲表達的思想概念？以及情節轉折的訊息如何通過空間場域透露出來？筆者將以空間及敘事學理論予以分析。

二、探討空間對「唐代小說」人物形象之喻示：特定空間及流動空間都能喻示人物形象，抽象環境中的社會背景、身分地位職業等精神環境，或是具象環境中的居住環境、物質環境和感官環境，如何烘托人物的品味性情、標榜人物形象？空間流動速度如何形塑人物特質？空間移轉究竟能與人物的生命際遇產生何種關聯？筆者將透過文本分析揭示文化空間與人物之間的意義網絡。

三、探討「唐代小說」主題表現與空間場域示現之作用與意義：空間場域與小說主題的呈顯關係密切，主題化空間借助哪些方式深化作品意蘊？空間場所的選擇如何承載、回應主題表現？唐代的帝都長安等社會化空間，如何通過歷史與記憶、權力與慾望來豁顯主題？筆者將深入挖掘空間場域透顯之唐代文化底蘊。

四、探討「唐代小說」超現實空間示現的意義：他界與夢、幻境空間無疑是超現實的，小說人物從實有空間數度進出、往返於虛有空間的表象，其背後究竟潛藏什麼樣的思想觀念？想寄託什麼樣的欲求？代表、意謂著哪些唐代特有的文化？筆者將逐一拆卸這些小說作者們的層層包裝，以擷取其核心思維與文化內涵。

第二節　前行研究成果檢視

爬梳研究唐代小說的專書及碩博士論文，其成果之豐碩足資作為深入了解的重要依傍。研究面向寬廣、切入的角度多元，囊括人物、主題、文類、

形構技巧、比較、社會文化、專書和專著等皆在研究範圍之列，以下整理有關唐代小說之相關研究：

一、專書

　　唐代小說的專書數量眾多，如：劉開榮《唐代小說研究》〔註4〕除敘述傳奇小說勃興的因素外，對傳奇名篇的主題、作者、時代問題皆有研究；吳志達《唐人傳奇》〔註5〕詳細介紹傳奇產生的社會背景、發展概況及對後世小說創作的積極影響，並通過對名篇的分析概括性地介紹唐傳奇的思想內容和藝術特色；劉瑛《唐代傳奇研究》〔註6〕及其續集〔註7〕說明傳奇的背景、源流、體裁及演變、文學價值，並對豪俠、言情、志怪、諷刺等各類內容之名篇逐一簡介；陳文新《中國傳奇小說史話》〔註8〕對傳奇的歷史過程進行宏觀與微觀的描述與評議，對名家與名篇亦有分析及研究；劉燕萍《愛情與夢幻：唐朝傳奇中的悲劇意識》〔註9〕則用西方的悲劇理論從另一角度切入、擴展研究的視界；李鵬飛《唐代非寫實小說之類型研究》〔註10〕述及唐代精怪類型、遭遇鬼神類型、夢幻類型小說的淵源及流變；俞汝捷《幻想和寄託的國度：志怪傳奇新論》〔註11〕對志怪傳奇中有關長生、性愛、神通、仙境、報應、豪俠、鬼狐等各類故事均有生動闡述與精闢新見；程國賦《唐代小說與中古文化》〔註12〕從門閥觀念、婚戀思想、進士科考試、史官文化、崑崙奴現象等諸方面探討唐代小說與中古文化之間的密切聯繫，試圖將文學與史學、文化研究相結合，開展爲一綜合性之研究，爲國內外研究者提供借鑑與參考。

　　因本論文是以「唐代小說」爲研究對象，預設在空間場域的詮釋角度下，能透顯小說內在深層的「文化」意蘊；且探究「超現實空間」亦在本論文的研究範疇之內，所以上揭之唐代小說專書論及之唐代時代問題、社會背景、

〔註4〕 劉開榮：《唐代小說研究》（台北：臺灣商務印書館股份有限公司，1994年5月）。

〔註5〕 吳志達：《唐人傳奇》（台北：群玉堂出版事業股份有限公司，1991年11月）。

〔註6〕 劉瑛：《唐代傳奇研究》（台北：聯經出版事業公司，1994年10月）。

〔註7〕 劉瑛：《唐代傳奇研究續集》（台北：聯經出版事業股份有限公司，2006年8月）。

〔註8〕 陳文新：《中國傳奇小說史話》（台北：正中書局，1995年3月）。

〔註9〕 劉燕萍：《愛情與夢幻：唐朝傳奇中的悲劇意識》（台北：臺灣商務印書館股份有限公司，1996年12月）。

〔註10〕 李鵬飛：《唐代非寫實小說之類型研究》（北京：北京大學出版社，2004年10月）。

〔註11〕 俞汝捷：《幻想和寄託的國度：志怪傳奇新論》（台北：淑馨出版社，1991年4月）。

〔註12〕 程國賦：《唐代小說與中古文化》（台北：文津出版社有限公司，2000年2月）。

門閥觀念、婚戀思想、進士科考試等中古文化，以及對仙境、精怪、鬼魂、夢幻境類型等非寫實小說的精闢闡述，這些前人豐碩的研究成果，無疑地能對本論文挖掘唐代文化底蘊有所啟發，並呈現本論文在學術研究上的承繼價值。

二、學位論文

極富故事吸引力和感染力的「唐代小說」成為諸多學位論文的研究對象，以下整理出西元 1975～2015 四十年間，臺灣地區學位論文以「唐代小說」、「唐人小說」、「唐傳奇」為關鍵字鍵入搜尋，共有 74 篇。此處以「唐代小說」為研究主體，先分為「形式」與「內容」兩大面向來呈現，接著於兩大面向之下再依本論文題目「情節、人物與主題」的排序，將與本論文議題較重要且較相關的學位論文依序排列。據此，「形式」方面再依序細分為「形構技巧」、「文類」，而「內容」方面亦再依序細分為「人物」、「主題」、「社會文化」、「比較」、「專書、專著」、「其他」，共計分成兩大面向八個類別不同的研究方向列表闡述。

下圖為筆者對臺灣地區以「唐代小說」為研究主體的學位論文，依與本論文之重要與相關性，劃分為兩大面向八個類別不同研究方向之分類結構：

圖 1-2-1：【臺灣地區「唐代小說」學位論文兩大面向八個類別之分類結構圖】

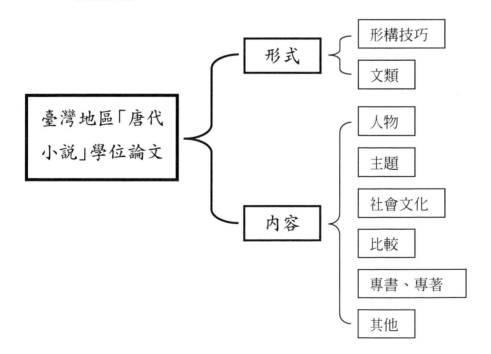

　　「形式」方面分爲「形構技巧」和「文類」兩類研究方向，其中以「形構技巧」中的寫作技巧對本論文議題較爲重要，其涉及情節結構鋪排、空間景物描寫之分析與論述，對本論文論及情節推展與空間之關係時有所啓發。

　　以「形構技巧」爲研究方向：

表 1-2-1：【以「形構技巧」爲研究方向的學位論文一覽表】

細分項目	年度	論文名稱	作者	學校
運用、取材	1997	古典短篇小說中之韻文運用及其相關意義：以唐傳奇、話本小說爲主	許麗芳	國立中山大學博士論文
	2008	宋詞取材唐傳奇之研究	林宏達	東吳大學碩士論文
	2010	唐傳奇之詩歌運用研究	鄭如芬	國立臺南大學碩士論文
	2013	唐人小說中色彩運用研究	蔡宜靜	國立東華大學碩士論文
寫作技巧	1984	唐人小說的寫作技巧研究	俞炳甲	輔仁大學碩士論文
	1987	唐傳奇的寫作技巧	丁肇琴	國立臺灣大學碩士論文
	2003	唐傳奇愛情故事〈李娃傳〉〈霍小玉傳〉〈鶯鶯傳〉之寫作技巧研究	郭明珠	南華大學碩士論文
結構	1989	唐人小說的結構──以行爲規範爲觀察角度	劉美菊	國立臺灣師範大學碩士論文
風格	2004	唐人小說風格演變研究	任允松	東海大學碩士論文
美學	2004	唐傳奇的美學研究	蘇曉君	國立彰化師範大學碩士論文
敘事時間	2005	唐代小說之敘事時間研究	張佳琪	國立彰化師範大學碩士論文

　　運用、取材：

　　許麗芳的博士學位論文就唐傳奇中的韻文現象做分析，探討韻文於唐傳奇中之敘述功能和運用特徵。鄭如芬也追溯唐傳奇運用詩歌之淵源與背景、各類故事之詩歌題材運用以及詩入傳奇的作用與價值。蔡宜靜別出心裁，以色彩運用的角度，闡述正色青、赤、黃的特殊意涵，正色中白、黑的死生思

維，間色中的綠、紅、碧、紫的特殊涵義或獨特地位。而林宏達發掘了唐五代至宋初詞與唐傳奇之文體融攝現象，將宋詞取材自唐傳奇的痕跡一一考察、臚列。

寫作技巧：

丁肇琴分別從結構、人物刻畫、主題呈現及景物等描寫，泛論唐傳奇的寫作技巧。郭明珠則僅聚焦愛情類故事〈李娃傳〉、〈霍小玉傳〉、〈鶯鶯傳〉三篇做人物形象刻畫藝術、情節鋪排、主題意識的寫作技巧分析。

其他：

另外有以特定觀察角度做結構研究的；有做風格演變的；有做美學的；有做敘事時間研究的。這些多元紛呈的研究成果、具創意新意的研究構想，為唐人小說的研究推展出更寬廣的視野、演繹出不同的觀察視線角度。

以「文類」為研究方向：

表 1-2-2：【以「文類」為研究方向的學位論文一覽表】

細分項目	年度	論文名稱	作者	學校
辭賦	1997	唐傳奇與辭賦關係之考察	崔末順	國立政治大學碩士論文
史傳	2005	史傳文學與唐傳奇小說關係之研究	許淑娟	國立高雄師範大學碩士論文
擬話本	2005	從唐傳奇與擬話本之比較看雅俗兩端之文學交涉現象	周昌憲	國立彰化師範大學碩士論文
詩	2009	元白敘事詩與中唐傳奇關係析探	梁靜惠	國立臺灣師範大學碩士論文
戲曲	2010	從唐傳奇〈柳毅〉及後世相關戲曲作品看龍女故事的發展	林宜賢	逢甲大學碩士論文

唐傳奇與其他文類的關係，亦在研究之列。其發生關聯的對象包括辭賦、史傳、擬話本、詩以及對戲曲的影響和發展，皆在諸位研究者觀察、比對下，成果具多元取向。

「內容」方面分為「人物」、「主題」、「社會文化」、「比較」、「專書、專著」、「其他」六類研究方向，其中以「人物」、「主題」和「社會文化」對本論文議題較為重要，其涉及人物形象特質、主題思想觀念以及以首都長安城為核心的社會文化現象之探究與呈顯，對本論文論及人物形象與空間喻示、主題表現與空間示現之作用與意義時有所啓發。

以「人物」為研究方向：

表1-2-3：【以「人物」為研究方向的學位論文一覽表】

細分項目	年度	論文名稱	作者	學校
女性	1988	唐代小說中的女性角色研究	朱美蓮	國立政治大學碩士論文
	1999	唐代小說中他界女性形象之虛構意義研究	陳玉萍	國立成功大學碩士論文
	2000	唐代小說中婦女之社會地位研究	楊姍霈	中國文化大學碩士論文
	2001	唐傳奇女性傳記研究	熊嘉瑜	國立暨南國際大學碩士論文
	2003	唐傳奇女性宿命觀研究	詹麗莉	南華大學碩士論文
	2005	唐人小說中之妓女故事研究	沈沂穎	國立臺灣大學碩士論文
	2006	唐代小說中奇女子形象研究	宋玟玟	國立政治大學碩士論文
	2006	從唐傳奇看唐代婦女愛情觀	吳淑鈴	國立中興大學碩士論文
	2007	唐傳奇中女性形象研究	黃穎秀	國立高雄師範大學碩士論文
	2008	唐傳奇女性俠義人物研究	蔡靜宜	南華大學碩士論文
	2008	唐傳奇女俠形象研究	洪惠月	國立臺南大學碩士論文
	2008	傳奇俠女文學與教學輔導研究——以國小高年級學生為例	葉怡君	國立高雄師範大學碩士論文
	2013	唐人小說中的風塵書寫	陳憲儀	國立中興大學碩士論文
形象、特質	2002	論唐代小說的民間童話質素	許美惠	國立臺南大學碩士論文
	2011	唐傳奇俠者形象探析	鐘淑卿	國立臺灣師範大學碩士論文
	2012	唐人小說男性怯懦形象書寫研究	何宣儀	佛光大學碩士論文

	2013	三面亞當——從「人夫」、「人子」、「人父」論唐傳奇中男性形象的漸層性	程妤琪	國立東華大學碩士論文
	2013	唐代小說中唐玄宗形象之塑造及其演變	陳緒民	國立臺灣大學碩士論文
	2014	唐人小說中豪俠的俠客特質研究	李總員	國立雲林科技大學碩士論文
	2015	唐代小說中異僧形象特質探析	王麗雯	國立臺灣大學碩士論文
人物刻劃	1986	唐傳奇之人物刻劃	張曼娟	東吳大學碩士論文
商人	2004	唐人小說中的商人書寫	蔡岱穎	國立雲林科技大學碩士論文
人物研究	2004	唐傳奇人物研究	蕭佩瑩	中國文化大學碩士論文
悲劇人物	2007	2007唐傳奇悲劇人物研究	張馨云	國立屏東教育大學碩士論文

女性：

從上述表格來看，唐代小說單單以「女性」為研究主題的論文產量就高達十三篇之多，朱美蓮、黃穎秀泛論女性的角色和形象，楊姍霈探討婦女的社會地位，蔡靜宜、洪惠月把焦點放在女俠，沈沂穎、陳憲儀更另闢蹊徑研究妓女及風塵書寫。而唐代小說中常見的三界跨界流動，在陳玉萍的《唐代小說中他界女性形象之虛構意義研究》分別探討了他界女性形貌之塑造、故事之情節內容分析及創作背後的心理意識，呈顯了他界女性虛構的意義。

形象、特質：

關於「形象、特質」的研究，許美惠發掘出民間童話質素，鐘淑卿、李總員泛論豪俠形象，王麗雯探析異僧特質。相對於唐代小說大量的「女性」研究，何宣儀、程妤琪則分別以不同角度剖析「男性」形象。而陳緒民更聚焦在由盛轉衰的唐玄宗身上，試圖整理鋪排出唐代小說中明君、昏君的轉折和演變。

其他：

1986年張曼娟將唐傳奇人物身分概分為宮室、進士、娼妓、俠者、鬼神、精怪五類，其中外型之描述、對話的巧妙運用、以行動刻劃心理，足見後代小說承自唐傳奇之脈絡。蔡岱穎特別抽出唐人小說中商賈的身分做研究；張馨云則鎖定悲劇人物，包括「意志自主」型與「慾望」型，剖析悲劇人物的

性格、矛盾衝突與遭受的苦難。

以「主題」爲研究方向：

表 1-2-4：【以「主題」為研究方向的學位論文一覽表】

細分項目	年度	論文名稱	作者	學校
意識、類型	1988	唐傳奇作品主題研究	金鐘聲	國立臺灣大學碩士論文
	1998	唐人小說報意識研究	蔡明眞	輔仁大學碩士論文
	2007	唐人小說報恩故事研究	詹緒貞	國立中興大學碩士論文
	2007	唐代士人悲劇意識之研究——以唐人小說爲例	柯潔茹	國立中山大學碩士論文
	2007	晚唐傳奇集之諷刺類型研究	傅合章	國立中山大學碩士論文
	2008	唐傳奇主題意識研究	蘇意嵐	國立臺灣師範大學碩士論文
	2011	唐人小說中所反映的家庭與家庭意識	蔡殷竹	國立中央大學碩士論文
思想、觀念	1975	唐人小說中之佛道思想	王義良	國立高雄師範大學碩士論文
	1991	唐人小說中的定命觀研究	陳玲碧	輔仁大學碩士論文
	1993	唐人小說所表現之倫理思想研究——以儒家爲中心	俞炳甲	國立政治大學博士論文
	1993	唐代士人的價值觀——以唐人小說爲研究範疇	謝淑愼	國立臺灣師範大學碩士論文
	2010	唐傳奇中世族之處世與婚姻研究	許素貞	玄奘大學碩士論文
	2012	東西方小說之復仇觀研究——以《基度山恩仇記》與《太平廣記》中唐人小說進行比較	陳薇合	明道大學碩士論文
夢、幻	1983	唐人小說中的夢	朱文艾	國立臺灣大學碩士論文
	1995	幻境與心靈——唐傳奇歷幻故事研究	鄭慧妹	國立中山大學碩士論文

	2002	夢在唐傳奇情節結構中的作用與意義	林舜英	南華大學碩士論文
	2009	夢、幻、變形與離魂——唐傳奇超現實寓言的時空研究	林姿宜	東海大學碩士論文
	2010	唐傳奇中夢與異幻研究	蕭乃瑜	南華大學碩士論文
	2011	唐人小說之奇幻特質研究	徐雨青	國立臺東大學碩士論文
生命困境	2007	唐人小說示現之生命困境及其對治方法	陳韻靜	國立中興大學碩士論文
	2009	唐傳奇中困境情節之研究	詹晏妮	中國文化大學碩士論文
變化故事	1997	唐人小說中變化故事之研究	李素娟	中國文化大學碩士論文
	2011	唐人小說獸類變化故事之研究	林貞伶	臺北市立教育大學碩士論文

意識、類型：

唐傳奇「有意爲小說」，作品的主題反映出作者的中心思想。1988 年金鐘聲《唐傳奇作品主題研究》歸納出揭發社會頹風、追求國土和平、諷刺帝王貴族、道德箴規、發揚人性、超越存在、愛情悲劇、暴露士族婚姻觀等作品主題，肯定唐傳奇的思想性。其後有蔡明眞的報意識及詹緒貞的報恩故事研究，柯潔茹的士人悲劇意識論述，以及蔡殷竹探究其中所反映的家庭與家庭意識。這些不同的主題、意識，讓我們窺知唐傳奇作者所關心的思想層面與內容。

思想、觀念：

儒家、佛道的思想觀念浸潤唐人小說甚深，陳玲碧的定命觀研究、謝淑愼的唐代士人價值觀探究以及許素貞世族之處世與婚姻研究，皆意圖探知當時社會背景、思想觀念如何牽動時人的生命意識與懷抱的人生價值。更有陳薇合以《基度山恩仇記》與《太平廣記》中唐人小說進行比較，以盱衡東、西方小說之復仇觀。

夢、幻：

唐人小說中常見主角人物從現實世界中出發，到虛幻世界遭遇一番經歷之後，又歸人間的歷程，所以不乏關於「夢境、幻境、奇幻」的相關研究。

鄭慧妹從唐代士人的生命態度探討，林舜英闡述夢在唐傳奇情節中的意義、價值和呈現的生命情調。林姿宜以巴赫金小說理論為研究方法，分從夢境故事與變形故事的時空分析、幻境故事與離魂故事的時空分析、夢幻時空體的藝術功能與文化內涵，來解析唐傳奇超現實時空。

生命困境：

陳韻靜的碩士學位論文大綱擬定細膩且嚴謹，分為上篇：唐人小說中所示現的生命困境與下篇：唐人小說中面臨生命困境之對治方法，談死亡的威脅、仕途難登、身分性別與位階的悲哀、愛情難遂等生命困境，繼之以陷溺、轉化與承擔作為對治方法。詹晏妮專述困境情節，包含架構模式、類型與解決方式、寫作技巧、人文觀照。

變化故事：

李素娟將唐人小說中的變化故事分成四種角色：一是變化為異類的人；二是變化為人的異類；三是遭遇者，也就是遇到精怪的人類；四是解危者，也就是幫助遭遇者解除遭遇精怪等「非常」事件的人，她並且分析了變化故事的情節結構與敘述模式。林貞伶則從變化故事中提取獸類變化的類型加以探討。

以「社會文化」為研究方向：

表1-2-5：【以「社會文化」為研究方向的學位論文一覽表】

研究方向	年度	論文名稱	作者	學校
社會文化	1997	唐人小說中的長安──以傳奇為主	文美英	國立中央大學碩士論文
	2007	唐人小說中的市民生活研究	謝明君	南華大學碩士論文
	2011	唐人小說裡的佛教寺院──以俗眾的宗教生活為中心	陳藝方	國立中央大學碩士論文
	2012	唐傳奇所見之門第政爭與世態	林彥杏	玄奘大學碩士論文
	2014	中晚唐傳奇研究：世變與現實的再現	廖珮芸	東海大學博士論文

唐傳奇所描寫的實有、域內空間以首都長安為中心，故文美英分別從歷史認知中的首都長安、文學摹寫中的紅塵長安、長安故事的精神象徵來探究城市與文學在古典小說中的應用。而唐代社會是文化的大熔爐，謝明君以飲

食、服飾風貌、居行、休閒娛樂等面向窺探唐人小說中的市民生活面貌。另有陳藝方描述佛教深入俗眾生活的面面觀，林彥杏呈顯唐代傳奇的門第意識、政爭現象及反映的社會世態。2014 年廖珮芸的博士學位論文更以歷史敘事、人生寓言、愛情傳奇、俠義敘述來紛呈中唐以降的世變與士人心態。

　　以「比較」為研究方向：

表 1-2-6：【以「比較」為研究方向的學位論文一覽表】

研究方向	年度	論文名稱	作者	學校
比較	1990	唐傳奇與朝鮮短篇小說之比較研究：以愛情類為主	成潤淑	中國文化大學博士論文
	2007	高陽小說《李娃》〈紫玉釵〉〈章台柳〉與唐傳奇原著之比較	劉惠君	國立中山大學碩士論文

　　成潤淑大膽地提出唐傳奇與朝鮮短篇小說的比較，探討兩者之間愛情危機類作品群所產生的社會背景、主題形象化過程（包括如何結緣與結緣之後的情節）的異同。劉惠君則分析高陽《李娃》〈紫玉釵〉〈章台柳〉三則故事取材自唐傳奇的〈霍小玉傳〉〈李娃傳〉〈柳氏傳〉，比較其中故事的擴寫與結局。

　　以「專書、專著」為研究方向：

表 1-2-7：【以「專書、專著」為研究方向的學位論文一覽表】

研究方向	年度	論文名稱	作者	學校
專書、專著	1988	唐人小說盧肇《逸史》研究	薛秀慧	東海大學碩士論文
	2008	唐人小說集《原化記》研究	王志中	國立東華大學碩士論文

　　薛秀慧在唐代小說中，選擇一人的作品作為研究對象，發掘盧肇的《逸史》在書名、主題、內容、作意皆有可觀之處，在唐人小說中頗具價值。王志中基於研究不足的唐人小說集，將皇甫氏《原化記》做一徹底探究，從《原化記》的外緣研究、「重寫」與「文際互動」，到內容分析與形式主題，皆有細膩的分析。

　　其他：

表 1-2-8：【其他研究方向的學位論文一覽表】

研究方向	年度	論文名稱	作者	學校
其他	2013	唐人小說時空跨越故事之媒介研究	柯茵夢	國立臺南大學碩士論文
	2013	唐傳奇的「後繼生命」：論〈虬髯客傳〉的各種翻譯	林育珊	輔仁大學碩士論文

　　柯茵夢就唐人小說的奇幻特質，做時空跨越故事題材的溯源，探討跨越媒介與時空關係、情節發展和其象徵意涵。林育珊論述〈虬髯客傳〉的英譯本、自由型譯本與回譯本，以及中文改編本《風塵三俠》的主題、人物塑造與情節。

　　以上所列論文涵蓋了多元層面的研究方向，成績斐然，無論是唐代小說的思想、社會文化、人物形象、寫作技巧等層面的探討，皆洋洋灑灑，蔚為大觀。

　　但是，縱使研究唐代小說的學位論文已如此豐富，且這兩大面向八個類別的研究方向誠然能給予筆者研究的基礎，卻大部分都跟筆者的論題「空間場域」不相涉。因為本論文擬研究「情節、人物與主題」與「空間場域」示現的作用與意義，探討其彼此之間互相滲透、互為因果與表裡的關係。筆者企圖從「空間場域示現」之研究入徑，採用「人文地理學」的理論概念來談「空間」，並兼採「敘事學」中涉及「環境空間」的理論來談小說。選擇從「空間」入手做研究，這並非從繼承或反對前人研究成果進入，而是想用一種新的詮釋模型，來豁顯「空間場域」對小說之情節、人物與主題的意義和作用，並揭示「空間」能透顯小說內在深層的文化意蘊，這就是本論文採用「空間」概念來研究唐代小說的意義和價值。

第三節　研究範圍、方法與進路

　　本研究期望能以空間分析的角度，探討唐代小說在情節、人物、主題三方面的空間表現，除了表層的空間設置和空間流動對敘事所產生的作用外，更探及唐代小說中空間場域示現的深層意義，立基於前人相關研究成果的基礎上，開展過去尚未探究之敘事、空間相關議題。

一、研究範圍

　　本論文的研究範圍是唐代小說，而唐代小說包括有志怪、傳奇、雜記、筆記等。若再細分則本研究取材之範圍分成三個層次：第一層——文本範圍，即唐代小說；第二層——時代範圍（文本呈現的時代），除唐代以外，更上溯至隋代，例如第四章所論之隋煬帝的帝都、離宮等權力空間；第三層——論述者「今之視昔」如何看待這些文本。本論文的研究聚焦在「空間」的討論，故在研究材料篇目的擇取立場、標準和依據上，主要視小說作品中有無涉及「空間場域」？以及該「空間場域」是否對小說之情節、人物與主題發揮作用、賦予意義？以茲作為取材來源。

　　本論題是以「空間」來研究唐代小說，若欲對「環境」與「空間」釋名彰義，則「環境」是指構成人物活動的客體和關係，它是一個時空綜合體，會隨著情節的發展、人物的行動形成一個連續活動體，它具有形成氣氛、增加意蘊、塑造人物乃至建構故事等多種作用〔註13〕；而「空間」就不同學門、不同學者皆各有其詮釋和定義的方法，本論文為了從具體空間的研究拓展到抽象的、夢幻的、社會的及人文空間的研究，故採用「人文地理學」的詮釋，意即小說作為一種文學形式，在本質上是具有地理學特質的，小說世界由地點與場景、場所與邊界、視角與視野組成；小說裡的人物、敘事者，以及閱讀之際的讀者，都會佔有各式各樣的地方與空間〔註14〕。

　　本論文所取材之書籍與版本，以王汝壽編校之《全唐小說》為主。該書由山東文藝社出版社出版，共四冊，分成傳奇之部、志怪之部、雜錄之部、疑似之部，收傳奇單篇四十九篇，各類專輯一百三十八種，總字數約一百九十萬字。本書資料蒐集完整，取材便利。書中並依唐代小說的內容分為傳奇、志怪、雜錄三類，在每篇文前列有解題與作者小傳，解題部分包括作者、原有卷數、歷代書目著錄狀況、存佚情形以及本書所採納的版本等，頗為詳盡。

　　另外，本論文以李時人編校之《全唐五代小說》為輔。該書由陝西人民出版社出版，共五大冊，計三千六百五十頁。全書五大冊除了收入各種單篇和成集的唐及五代十國的小說，還收入通過遍檢諸家別集、文章總集、叢書類書、佛藏道藏、稗史地書、後人纂輯之小說總集和敦煌遺書中所搜羅到的

〔註13〕　胡亞敏：《敘事學》（武漢：華中師範大學出版社，2004年12月），頁159。
〔註14〕　（英）邁克‧朗克（Mike Crang）著，王志弘、余佳玲、方淑惠譯：《文化地理學》（台北：巨流圖書有限公司，2003年），頁58。

作品，採用以作者爲序分卷編排的方式。在書後另設「外編」，收錄那些還沒有達到小說標準，但在某些方面具備了一些小說因素，或者說接近小說規範的敘事作品〔註 15〕。因本論文旨在分析小說中的空間場域，凡是對情節、人物或主題其中一方面能發揮其空間之作用及示現空間之意涵者，皆可爲本論文的討論範圍。而此套書輯錄作品的標準，採取了「寧寬勿嚴」的態度，自有利於本論文之研究。

　　再者，因本論文之研究期能透顯出小說內裡深層之唐代文化意蘊，故部分參酌蔡守湘選注《唐人小說選注》。該書由里仁書局出版，共三冊，計七十篇。全書選本不僅收集了現存唐人小說創作的大部分重要作品，篇數較其他選本爲多，讀了這個選本即可認識唐人小說的基本面貌，而且注釋精詳是本書一大特點，再加上涉及唐代重要文化現象的地方，如政治、經濟、地理、官制、服飾、飲食、民俗等等，則旁徵博引，務求作出簡明而精確地介紹〔註 16〕。小說常以環境、空間的描寫來反映現實的生活，呈現出廣闊的社會內容，而此書對唐代文化現象詳細考察，對本論文的撰寫提供諸多參考價值。

二、研究方法

　　我們盱衡唐代小說的地理空間，是以長安城爲圓心，以中原區域爲主要活動範圍；而小說到了唐代，已發展成爲以人物形象的刻劃爲中心。故唐代小說中的地理空間，當以「人」爲主體，人與人、人與空間、空間的移轉，都緊緊圍繞人物而展開。基於此，本論文著重的是人文主義地理學的「空間」理念，強調「主體性空間」的重要，因爲人的「存在空間」是人含容、參與並且直接關懷而不斷生發「意義」的空間，在此空間中，人與人、人與外部世界具有一個聯結關懷的共同意向所形成的意義性網絡。這樣的「存在空間」實際上是一種「自我中心空間」，意即由「主體之人」作爲空間的中心點而往外圈擴展，在此擴展的過程中，「主體人」不斷地投射賦予層層空間以意義和價值。例如唐代小說中的主人公從基本的房間（包括書房、閨房、臥房、起居室）開始，然後隨主人公往外活動，而構成了「家園」、「鄰里」、「原鄉」、「他鄉」、「京城」、「邦國」、「域外」等空間場域，每一層生活圈都是以人爲

〔註15〕 李時人編校、何滿子審定：《全唐五代小說》〈前言〉（西安：陝西人民出版社，1998 年 9 月），頁 12～13。
〔註16〕 蔡守湘：《唐人小說選注》〈江序〉（台北：里仁書局，2002 年 6 月），頁 10。

主體的存在空間，均賦予了自我主體之意識、價值觀的投射和造形。所以本論文所探討的空間場域就是這樣一個以人為主體的存在空間，它須由內在的主體性來貞定、展顯，空間的內蘊除了幾何點、線、面之外在性外，更重要的是由空間內「主體人」之意義活動和創造來加以形塑建構。唐代小說中的空間場域若抽離掉人之意義活動和創造，則外在的幾何性將無存在價值可言〔註17〕。

　　若以圖來表示，則唐代小說中人與空間場域的關係，擘分為「人與具體現實空間」和「人與抽象超現實空間」兩類，如下所示：

圖 1-3-1：【人與具體現實空間關係圖】

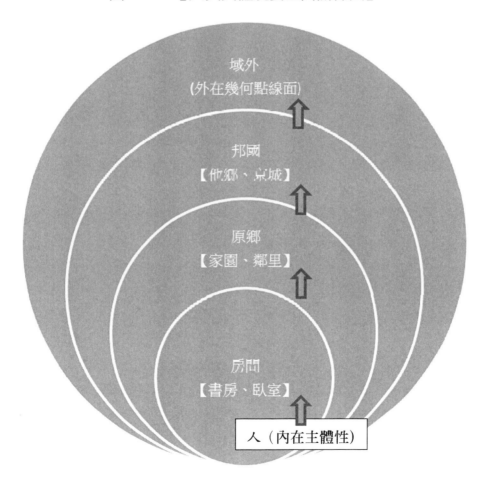

〔註17〕參考潘朝陽：《心靈・空間・環境：人文主義的地理思想》（台北：五南圖書出版股份有限公司，2005 年 6 月），頁 69～70。

圖 1-3-2：【人與抽象超現實空間關係圖】

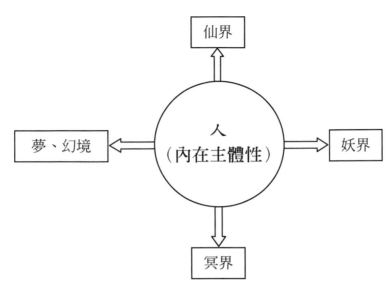

人的存在空間，乃是主體「人」以其主觀意志層層向外生發，而跟空間發生各種距離以及關係，所以唐代小說中的空間場域其本質實由「主體人」建構，再由「主體人」透過其自由意志創造。人在生活空間中經由其本身投射出意義網絡之後所形成的空間場域，就是本論文所要關注、探討的對象。

　　所以空間絕不淪為一塊價值中立的背景版面而已，空間場域不僅是世間事物，也是認識世界的一種方式。我們透過小說中呈現的空間，看見不同的事物，看見人與空間之間的情感依附和關聯，看見意義和經驗的世界。這種觀看，讓我們了解到空間場域可視為人與環境豐富且複雜的交互影響〔註18〕。所以，當我們閱讀唐代小說，觀看裡頭的空間場域時，其實我們正在認識和理解唐代的文化世界。

　　本論文的研究方法分「主要」與「輔助」兩部分：主要採用「人文地理學」談空間；另輔以「敘事學」來談小說。意即本論文的寫作策略運用為：文本細讀採用「敘事學」，而在提點、喻示、作用、意義和底蘊的部分則採用「人文地理學」。那為什麼要特別標示「人文地理學」呢？它跟一般地理學有所不同，是因為一般地理學只談具體空間，並不包括虛幻、夢幻、人文的、社會的空間，所以筆者才採用「人文地理學」作為主要的研究方法，因為它

〔註18〕　參考 Tim Cresswell 著，徐苔玲、王志弘譯：《地方：記憶、想像與認同》（台北：群學出版有限公司，2006 年 3 月），頁 21～22。

可以涵蓋更多，可以把唐代小說的喻示和意涵發抒得更清楚、更透徹。所運用的策略就是表層是敘事學的小說分析，而深層則是探究唐代小說運用的這些空間，其透顯的技法與主題意蘊。

在本研究中將探討唐代小說內在所建構的文學空間，探討其空間書寫的情形，加以分析和詮釋。故在「人文地理學」這個主要用來研究「空間」的方法上，本論文從邁克‧朗克（Mike Crang）著的《文化地理學》〔註19〕「人文地理」概念中得到啓發，「文本裡的空間」描繪經由人們的詮釋和想像，將展現不同的意義。該書提及「文化散佈於眞實生活空間中」、「在特定空間背景下理解文化」、「文化如何讓空間有意義」等概念被本論文援引採用，文學即人生，唐代小說文本中的空間即展現了眞實生活空間中的多樣性與多重性，涉及了宇宙、空間和地方如何爲人所詮釋與利用。有關「空間理論」詳細的論述以及如何實際將「空間理論」運用在文本中，將見於後面正文各章節中隨文論述，不另外做說明，以避免淪爲虛空架設理論之流弊。

另外，爲使論文具有平穩的架構，除了參酌西方「空間理論」的內涵進行撰寫，在「敘事學」這個用來研究「小說」的方法上，本論文採用胡亞敏的《敘事學》〔註20〕，該書提出「環境」包含具體自然現象、抽象社會背景、物質產品三大要素，並將「環境」的呈現方式分成靜態（固定空間）與動態（流動空間），更提出了「象徵型環境」對人物隱喻及作品意蘊產生的深化作用，這些重要概念皆運用在本論文的研究中；而米克‧巴爾的《敘事學：敘事理論導論》〔註21〕中提到「空間感知」，人物的視、聽、觸覺這三種感覺皆可以導致故事中空間的描述，此一說法亦被本論文所採用。以及在小說結構方面：金健人的《小說結構美學》〔註22〕，該書談及「空間」中的地域、場所、社會、景物、空間感；方祖燊的《小說結構》〔註23〕，該書論及小說人物與環境、情節與環境的關係；羅盤的《小說創作論》〔註24〕，該書述及小說的主題、人物、景物，三書加以輔助，使空間場域用於情節、人物、主題

〔註19〕（英）邁克‧朗克（Mike Crang）著，王志弘、余佳玲、方淑惠譯：《文化地理學》（台北：巨流圖書有限公司，2003年）。

〔註20〕胡亞敏：《敘事學》（武漢：華中師範大學出版社，2004年12月）。

〔註21〕（荷）米克‧巴爾著，譚君強譯：《敘事學：敘事理論導論》（北京：中國社會科學出版社，2003年）。

〔註22〕金健人：《小說結構美學》（台北：木鐸出版社，1988年9月）。

〔註23〕方祖燊：《小說結構》（台北：東大圖書股份有限公司，1995年10月）。

〔註24〕羅盤：《小說創作論》（台北：東大圖書有限公司，1980年2月）。

的表現研究上，足以去探析唐代小說背後的空間敘寫模式。

三、研究進路與架構

　　誠然，歷來有關唐代小說研究成果甚夥，有其基本層面的參考價值。但是對於唐代小說情節、人物與主題，在探討寫作技巧與意識觀念類別之論文中或有觸及；而以「空間場域」之角度切入研究，則僅散見於極少數之單篇期刊論文，並無法完整探究「空間場域」對唐代小說情節、人物與主題產生哪些作用與意義，更缺乏透過「空間場域」、「人文地理」的概念來觀看、挖掘唐代文化的深層底蘊。

　　當然，小說本身是虛構的沒錯，但小說本身也在投射現實社會，甚至去照亮、放大一些幽微的地方，透過作者把它寫出來。所以小說其實同時包含「虛構」和「寫實」這兩種內容、功能和視角，這兩種視角告訴我們小說不會完全是虛構的，小說是從現實社會去提攝出來，然後作者運用一些奇幻迷離的方式去表述，故一定會有它的主題。若我們做個比喻，假設空間是一個盤子，盤子裡頭承載了三個重要元素：情節、人物與主題，那麼到底這三者哪一個才是重點？這三者的順序為何要如此安排？其實筆者這樣的排序呈現的是一個有機體的結構，因為一篇小說中「情節」無疑是最吸引人的部分，有了情節的細部分析，我們才會去展望「人物」他有什麼樣的情思、情志在流動，接著才是小說「主題」。透過這樣一個吸引我們的故事情節，它到底有什麼樣的主題蘊含在其中。藉由這三者有機的排序，可知空間有它表現的表層意涵也有它的深層意涵，所以當論及虛幻空間、帝都和離宮空間這些屬於人文的、非具體的空間時，這樣的排序其實是一個暗示、也是一種象徵，象徵著空間它不只是我們認知的一個具體空間而已，事實上空間可以包含得更寬、更廣。

　　所以本論文以唐代小說來談空間的狀況，並從情節、人物與主題三個視角切進去談空間。這三個視角又可以切割出很多的類型，而整個論文就是在「類型化」，嘗試在解讀唐代小說的過程中，替它們做「類型化」，例如第二章中情節與空間的關係分成哪些類型。在寫作策略上，本論文運用敘事學、人文地理學來嘗試解讀空間可以喻示我們什麼意涵，用「類型化」來勾勒唐代小說涵蓋的空間呈現出什麼樣的意涵。

　　由於前賢研究對「空間場域」之作用、意義以及「空間場域」透顯文化

意蘊二者皆未見完整詳細的論述，基於此，本論文將承續前賢研究成果，在已有的基礎上接續開展。研究進路為：一、就唐代小說文本，搜尋貫穿於其中的「空間場域」。二、分析「空間場域」分別對小說中的情節、人物與主題產生的作用。三、闡述「空間場域」在小說文本中示現的意義。四、探究「空間場域」透顯之唐代文化現象。希望藉由小說中「空間場域」之探析，以豁顯「空間場域」在小說創作中的重要性與其透露之文化意蘊。

據此，本論文各章研究脈絡、架構安排如下：

第二章論述「情節推展與空間場域之關係」：唐代小說始有了較完整的故事情節、較細緻宛曲的情節描寫，文本中固定或流動空間如何推展情節？空間場面的對比設置如何呈現對應情節？空間場域的安排如何透露情節轉折訊息？本章將依序論述。

第三章論述「人物形象與空間喻示」：人物形象的刻劃是唐代小說最迷人之處，通過對人物形象的藝術描寫展現唐代社會生活空間圖景，在人物形象的刻劃中蘊含唐人對人生的理解、好惡和價值觀。抽象和具象環境如何表現人物性格？荒僻和鬧市空間與人物形象有何關係？空間流動之速度可以形塑何種人物特質？空間移轉喻示著人物何種身分和際遇？將於本章逐一論述。

第四章論述「主題表現與空間場域示現之作用與意義」：主題表現是小說的核心靈魂，作品意蘊如何透過主題化空間進一步深化？空間場所的選擇如何回應小說主題？帝都是承載歷史記憶、權力慾望的空間場域，它與主題表現有何關聯？本章將逐步探究。

第五章論述「超現實空間示現的意義」：唐代小說常富有超越故事的寓意，能看出作者的蓄意經營，在敘述他界、虛幻空間的現象時，能反映出現實人生的問題、唐人普遍的願望，究竟實有空間和他界、夢幻境空間如何進出流動？超現實空間又提供了何種作用、示現了哪些意義？本章將深入挖掘。

第二章 唐代小說情節推展與空間場域之關係

　　本章主要探討唐代小說中情節推展與空間場域之間的關係。空間場域的重要性，對於唐代小說而言，不再只是承載人物行為事件發生的容器，反倒可以光明正大地進入敘事事件中。本章分別從「固定空間或流動空間推展情節」、「空間場面之設置對應情節關係」和「唐代小說情節與空間場域示現之意義」三方面進行探討，無論是固定空間或流動空間、空間場面之設置對應、空間場域透露的訊息，都顯示空間的布局在唐代小說情節推展上起著關鍵性作用，具有串聯、銜接、對照、轉折等重要意義。

第一節　固定空間與流動空間推展情節

　　就小說場景的鋪陳技法而言，小說三要素是：人物、情節、場景，與空間有交涉關聯的是場景。唐傳奇的空間構寫，具有一般場景的普遍性質，順著情節推展而有不同的空間場域之變化、挪移。主要是運用場景的轉移來推進情節的發展，或是將情節之演變置於某一時空的定位中。本節分「單一固定空間」、「流動空間」兩類來說明。

　　小說的空間感，是以現實的空間感為基礎的。小說家處理的雖然是幻覺空間，但這幻覺空間，也只有經過分割才可辨認，經過組合才可確定。小說空間感的產生，離不開兩個相互聯繫的方面：整體性和明晰性。所謂「整體性」，就是把分割開的各個局部空間組合成一個幻覺空間所達到的完善程度；所謂「明晰性」，就是通過直接或間接的景物描寫，複製出的幻覺空間所達到的鮮明程度。所以，明晰性依靠對空間的細部特徵的再現；而整體性依靠的

是對各個空間細部、空間單元之間的相互關係的把握。在繪畫藝術中，空間感的獲得離不開透視的法則。西洋畫講究「焦點透視」，中國畫運用「散點透視」。在小說的空間處理中，也有透視的「聚、散」二法，它們對準確把握各個空間細部、空間單元之間的關係具有很大的作用〔註1〕。

　　然而，唐代小說大部分是短篇性質，由於限於篇幅及人物，其所表現的主題當較單純，故事情節自應簡單，其描寫空間場景的筆觸可以細膩，而只能用之於重點，次要之處應該節省筆墨，它是要以最經濟的手法，表現最精彩的故事，它常是一則故事的「橫斷面」。有人主張短篇小說只要故事交代清楚即可，不必要求空間書寫筆觸細膩；也有人主張，唯有細膩的空間場面描寫，故事情節才能深刻生動，短篇小說自亦不可例外。其實，必須要視情節而論，怎樣的故事適合哪種空間表現手法，便應怎樣處理〔註2〕。

　　本節所要探討的「固定空間」，可產生一如焦點透視法所帶來的明晰性之空間感，聚焦的效果可呈現空間細部特徵，再以整體性組合各個空間之間的相互關係；而「流動空間」，則能產生一如散點透視法，走到哪算到哪的新奇多變的空間開拓。作者無論是對固定空間或流動空間的描寫，在小說裡都起著推動情節的功能，唯作者基於故事發展之需要，可有「單一固定空間」以及「流動空間」之選擇。

一、單一固定空間

　　所謂「單一固定空間」，就是該故事全部情節都集中在此處展開，所有事件都發生在這個唯一的固定空間內。

　　單一固定空間如下圖：

圖 2-1-1：【單一的固定空間設置】

〔註1〕　參考金健人：《小說結構美學》（台北：木鐸出版社，1988 年 9 月），頁 80～81。
〔註2〕　參考羅盤：《小說創作論》（台北：東大圖書有限公司，1980 年 2 月），頁 103～104。

圖示為單一空間設置，故事所有情節全部在框起來的 A 空間裡面推展。

以某一固定的場景來進行情節的演進，這一類主要是聚焦在某一空間內，使情節得以推展。也就是靜態空間，它是一個固定的結構，事件在其中發生〔註 3〕。

用焦點透視法來設置小說空間，敘述者往往面對一個中心環境。在一些短篇小說中，甚至可以是單一的空間設置，如同不換景的獨幕劇。如魯迅的〈孔乙己〉敘述的視點〔註 4〕便只落在咸亨酒店的堂前。好像在那個曲尺形櫃台上安了一架攝影機，專門拍攝孔乙己的鏡頭：這身著長衫的落拓秀才如何擠在「短衣幫」裡喝酒，如何在人前賣弄自己的學問，如何在孩子們面前流露出幾分天真與冬烘，以及最後兩手撐地「走」來，又慢慢「走」去……至於一些發生於店外的事件，如孔乙己的偷竊、挨打等，作者只用寥寥幾筆的「畫外音」交代過去，並不將「鏡頭」挪開〔註 5〕。

例如《玄怪錄・元無有》之空間與情節關係圖示如下——故事情節全在空莊裡進行推演：

圖 2-1-2：【《玄怪錄・元無有》單一的固定空間設置舉隅】

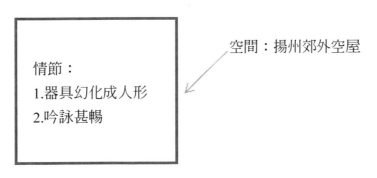

故事中將場景圈定在揚州郊外一戶沒人住的屋子：「嘗以仲春末獨行維揚郊野。值日晚，風雨大至。時兵荒後，人戶逃竄，入路旁空莊。」元無有入屋避雨，夜宿其中，半夜看見院子內有四個人各自吟詩談論自己的生平，然

〔註 3〕　（荷）米克・巴爾著，譚君強譯：《敘述學：敘事理論導論》（第二版）（北京：中國社會科學出版社，2003 年 4 月），頁 161。

〔註 4〕　視點：組材角度確定了材料聯結的方向，而這些材料如何表現才更充分，使作者寫來更真切，讀者讀來更鮮明，這就必得講究觀測角度，所謂「橫看成嶺側成峰，遠近高低各不同」，就是選擇了不同觀照角度造成的不同結果。觀測角度通常也稱作視點、立腳點、觀察點等。

〔註 5〕　參考金健人：《小說結構美學》（台北：木鐸出版社，1988 年 9 月），頁 81。

天亮後元無有跑去找他們，才發現那四人是破杵、燈檯、水桶和破鍋幻化而成的。這段怪異故事的情節全在這一間空莊裡進行推演。這篇故事將器具人格化，大凡郊外空屋，易有怪事發生或遇精魅幻化成人形之事，這大概是作者選擇此處作為情節發展的特定空間的原因吧！

二、流動空間

所謂「流動空間」，就是該故事的情節隨著空間的流動而展開。但「流動空間」再分為「以某個固定空間為核心」及「不斷移轉」兩種：若主要情節在其中某個固定空間推進，則為「以某個固定空間為核心」的流動空間；若故事情節能在各個空間中均衡發展，則為「不斷移轉」的流動空間。

（一）「以某個固定空間為核心」的流動空間──主要情節在其中推進

此類型雖然有空間上的流動，應當屬於流動空間，但主要故事情節卻經常在其中「某個固定空間」推進，亦即某個固定空間成為了該故事情節發展的「重要核心空間」。而此類型如就空間往、返流動的方式不同，可再細分為甲、乙、丙三種樣貌；如就核心空間被描繪的程度不同，則可再細分為「一般的」與「細緻描繪的」兩種類型。因此類涉及「一般的」與「細緻描繪的」核心空間之探討，故以下先搭配圖示說明甲、乙、丙三種空間往、返流動之樣貌，至於各類型之例證則再分別置於「一般的」與「細緻描繪的」核心空間做詳細論述。

甲型──流動空間，但以某個固定空間為核心，如下圖：

圖 2-1-3：【流動空間，但以某個固定空間為核心】

圖示為流動空間，但故事主要情節皆在某個固定的核心空間，例如框起來的 B 空間（核心空間也可以是 A 空間或 C 空間等某一固定空間）內推進，其他外圍的空間（A 空間和 C 空間，甚至更多空間）僅用來交代次要情節而已。

　　乙型——流動空間的形式是 A 空間到 B 空間再返回 A 空間，但仍以返回的 A 固定空間為核心，如下圖：

圖 2-1-4：【流動空間 A→B→A，但以返回之 A 固定空間為核心】

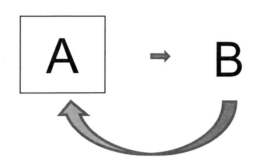

　　圖示為流動空間，但故事主要情節皆在某個固定的核心空間，例如框起來的 A 空間內推進，即使情節進行到外圍的 B 空間也僅用來交代次要情節而已，所返回的 A 空間仍為固定核心空間。

　　丙型——流動空間的形式是若干個空間 A、B、C、D……，空間有返回現象，然後再移往下一個空間、又再次返回，但無論如何往返仍以所返回的某個固定空間為核心，如下圖：

圖 2-1-5：【流動空間 A→B→C→……，空間有往返現象，但以返回之某固定空間為核心】

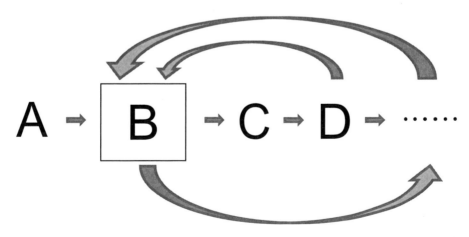

　　圖示為若干個流動空間，空間有從 D 到 B 的返回現象，然後再從 B 移往其他空間、又再次返回 B 空間。但故事主要情節皆在某個固定的核心空間，例如框起來的 B 空間內推進，其他外圍的空間也僅用來交代次要情節而已，

所以無論如何往返仍以所返回的 B 空間為固定核心空間。

以某個固定空間為核心的流動空間，又可分為「一般的核心空間」和「細緻描繪的核心空間」兩種。前者是指單純作為主要情節發生的核心空間，環境場景沒有刻意雕鑿的痕跡；後者是指經過細緻描繪後的核心空間，能發揮渲染氣氛、加強情節以及增加故事情趣等加分作用，是作者花費心思精雕細琢的核心空間。論述舉證如下：

1. 一般的核心空間──主要情節發生其中

為了表現的需要，更多的情況是，空間視點採取較為自由的形式：即一方面保持一個統攝全局的焦點，以某個固定空間為中心；一方面在局部上又允許一些場面向外「侵蝕」，圍繞中心空間鋪開一些外圍空間。例如莫泊桑的《羊脂球》，中心空間是那輛四輪馬車的車廂，然而為了更好地描畫一些人物的真實嘴臉，也就有必要在多站鎮做些許擴展。焦點透視的空間設置，較易獲得空間的整體性，能給人一種空間的完整感與縱深感。它強調「前後景」的佈排，正側面的配置，較多地運用虛實手法，許多不可能或不便於在特定環境裡出現的人和事，都只能放到後台或側面去予以虛化，強調空間的地域因素與社會因素之間的反比差，通過典型化或理想化縮空間於一隅，在這有限的一隅中，又力圖架設起無限的人物關係之網〔註6〕。例如〈仙遊記〉、《玄怪錄・崔書生》、〈東陽夜怪錄〉即屬此類。

例一，〈仙遊記〉之空間與情節關係圖示如下──故事情節演進主要在核心空間「甌閩之間」：

圖 2-1-6：【〈仙遊記〉空間與情節關係舉隅】

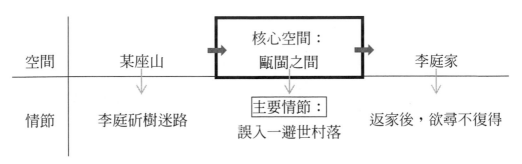

〈仙遊記〉屬於甲型──流動空間，但以某個固定空間為中心。這則故事將

〔註 6〕 參考金健人：《小說結構美學》（台北：木鐸出版社，1988 年 9 月），頁 82。

核心空間設定在今浙江省和福建省的交界之處：「溫州人李庭等，大曆六年入山斫樹，迷不知路，逢見漈水。漈水者，東越方言，以挂泉為漈。中有人烟雞犬之候。尋聲渡水，忽到一處，約在甌閩之間。」故事主人公李庭在「甌閩之間」這個核心空間裡的遭遇和所見所聞，與東晉陶淵明〈桃花源記〉中意象有多處吻合，符合「誤入→進入固定空間→出而不復返」的結構，而且故事對於理想世界的描述也合於〈桃花源記〉內所稱：落英繽紛，農田家畜，避世而此，而非仙鄉宮闕、仙人下棋〔註7〕。故事情節的演進主要在「甌閩之間」，以這一空間為中心環境，來布置其中的景象及人們生活情形，至於一開始在某座山砍柴及文末返家後的情節都是次要的，因為作者是以構築、呈現理想世界的樣貌為創作意圖的。

　　例二，《玄怪錄・崔書生》之空間與情節關係圖示如下——故事情節演進主要在核心空間「東州灅谷口」（崔書生家）：

圖 2-1-7：【《玄怪錄・崔書生》空間與情節關係舉隅】

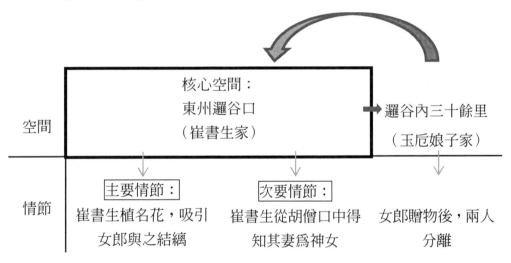

《玄怪錄・崔書生》屬於乙型——流動空間的形式是 A 空間到 B 空間再返回 A 空間，但仍以返回的 A 固定空間為中心。故事中把核心空間設定在東州灅谷口，因崔書生性好植名花、花香四溢而受到西王母第三女玉卮娘子的青睞，並與之結為夫妻。中心空間是東州灅谷口，然而為了揭開崔書生之妻實為仙女的身分，也就有必要在進入灅谷三十餘里處另做些許神仙居所的擴展，僅

<hr>

〔註7〕　參考廖珮芸：〈唐代小說中的「桃花源」主題研究〉，《東海中文學報》第 19 期，2007 年 7 月，頁 71。

用「山間有川，川中異香珍果」、「館宇屋室，侈於王者」等三言兩語即交代過去，且在贈物、兩人分離後，崔書生即返回核心空間——他在東州灑谷口的家。故事情節的推展主要在崔書生位於東州灑谷口的住處，灑谷口框定了人物活動的核心空間，一個遺世獨立、幽靜馨香的高雅氛圍，是使凡男與神女的遇合情節能進行得如此合於情理、適切得宜的最佳空間。

　　例三，〈東陽夜怪錄〉之空間與情節關係圖示如下——故事情節演進主要在核心空間「渭南縣城東門外一座寺廟北面的空屋」：

圖 2-1-8：【〈東陽夜怪錄〉空間與情節關係舉隅】

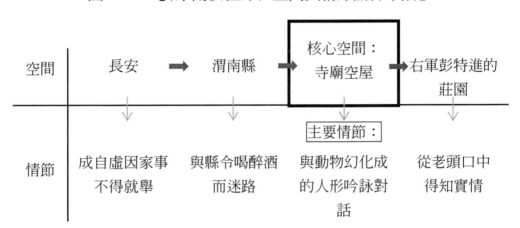

〈東陽夜怪錄〉屬於甲型——流動空間，但以某個固定空間為中心。故事將核心空間定於渭南縣城東門外一座寺廟北面的空屋裡，故事主人公成自虛因貪杯而迷路，為了避風躲雪只好夜宿其中，後來遇到駱駝、黑驢、老雞、大花貓、刺蝟、牛、狗等動物幻化而成的人形，寫他們所吟的即景抒情詩，與成自虛之間的對話具有奇趣，讀之令人莞爾。有些詩取喻奇闊，既關合動物自身的特點，又表達了小說作者的情愫，有機鋒側出之妙。作者以文為戲，或許寓有對自視甚高而才能平庸的詩人的調侃，藉以嘲諷喜歡舞文弄墨的文士〔註8〕。這篇故事將動物人格化，作者意欲藉此空屋場景所發生之怪事寄託個人的思想情感，藉小說來譏諷不擅寫詩卻又以詩人自居的末流之輩。中心空間是渭南縣城東門外一座寺廟北面的空屋，然而為了更完整地交代成自虛為何會誤闖此寺廟，也就有必要在先前的「長安——渭南縣——縣城東門——東陽驛往南——離驛站不到三四里路的谷地」之醉酒迷路空間輾轉上做些許擴

<hr>

〔註8〕 參考陳文新：《中國傳奇小說史話》（台北：正中書局，1995 年 3 月），頁 280。

展；以及為了證明成自虛雪夜所遇之人皆為動物幻化而成，亦有必要安排他於天亮後離開寺廟，在彭特進莊園的路邊遇一掃除積雪的老頭，從老頭口中打聽到實情。作者將不便出現在寺廟裡的人和事放到外圍空間予以虛化，使固定的核心空間——寺廟空屋，具整體性和完整感。

2. 細緻描繪的核心空間——能渲染氣氛、加強主要情節

特定空間的功能，在於它的結構作用。它意味著負載與框定，它承擔著人物的活動，同時又限制著活動的範圍。人物演出的舞台在此一特定空間展開，情節在此特定空間演進，人物性格也會在它的襯托下更加鮮明，作品的思想也能得助於它而表現得更加豐富〔註9〕。而且小說作者對流動空間中的某一固定空間做細緻描繪，不但具有為故事情節進展做鋪墊、幫助情節發展的功能，還能發揮渲染氣氛、加強情節的加分作用。描寫環境在描繪自然景物，如此可幫助情節發展，增加故事情趣。小說作者對景物的描寫，應該是要做到「寫景如在目前」，寫得非常逼真，要讓讀者一閉上眼就能湧現出來、想像出來。小說描寫景物，製造氣氛，都必須和小說情節發展有關，因為小說是完整的一個有機體〔註10〕。

空間的明晰性，得助於對局部的個別的事物的細緻描繪。對文學的欣賞較之對繪畫、雕塑等空間藝術的欣賞，其中一個很大的區別就在於：後者可憑一眼獲得整體印象，而前者須得一個細部一個細部地連綴起來，甚而至於每個細部又須得一個文句一個文句地組合起來。這就要求，第一個文句所給的印象，要能留到與最後一個文句匯合，第一個細部所給的印象要能持續到與最後一個細部都匯合，才能構成一個完整的景。如果在電影裡，景的描寫只是一個鏡頭；如果在繪畫中，也只需一個畫面，那整體印象，可以在一瞬息間交給欣賞者。可是在小說中，卻需點滴印象的累積、遞進：谷地、河流、迷霧、曙光、白雪、灌木、山脊……整體印象，必須是逐句印象的匯總，這就離不開記憶。記憶倘要長存，須得印象鮮明；要印象鮮明，就須有特徵。對空間的細部特徵的精確描繪，是產生明晰的必要條件。明晰性求助於對一個完整景的分割，對分割後的各種個別景物細部進行再現。這些看似瑣碎的景物細部，因其可視性強，讓人於一瞥之間立即攝入腦海，產生強烈的視覺

〔註9〕　參考金健人：《小說結構美學》（台北：木鐸出版社，1988 年 9 月），頁 59〜60。
〔註10〕　參考方祖燊：《小說結構》（台北：東大圖書股份有限公司，1995 年 10 月），頁 479〜480。

效果。這種有意無意的對視覺效果的追求,極大地增強了空間的明晰性。空間的整體性以明晰爲依據,如果各個空間細部都不是明晰可見的,那麼整體空間就失去了存在的「物質基礎」;同時,空間的明晰性又以整體性爲目標,如果各個空間細部不能有機地統一起來,而僅僅是雜亂地把昏光、鉛色、水塘、潮濕、白楊的銀白、布滿烏雲的天邊、麻雀、遙遠的草場等因素搜羅在一起,那算不得圖景,因爲儘管我有心,卻沒法把這些東西想像成一個嚴整的整體。只有兩者兼顧,才能有明晰而嚴整的空間,也才會有眞切而強烈的空間感〔註11〕。

　　小說在空間場面上的拓展與在情節上的延伸往往恰成反比。當進行空間場景描繪的時候,小說是停在原地不動的,或即使移動也是非常緩慢的〔註12〕。時間與空間之間的關係對於敘述節奏是很重要的。當空間被廣泛描述時,對於空間的感知逐漸發生,時間次序的中斷就不可避免。例如當一個人物進入教堂遊覽,教堂內部在他遊覽「期間」被描繪出來,這就沒有中斷。空間的顯示總是持續的,畢竟,總要涉及一個持久的客體。在這個意義上,時間順序總是因空間顯示而被破壞。而且,有關空間的信息常常重複,以強調結構的穩定性,以便與發生在其中的事件的變易性相對〔註13〕。

　　例一,〈遊仙窟〉之空間與情節關係圖示如下──故事情節演進主要在細緻描繪下的核心空間「崔十娘的家」:

圖 2-1-9:【〈遊仙窟〉空間與情節關係舉隅】

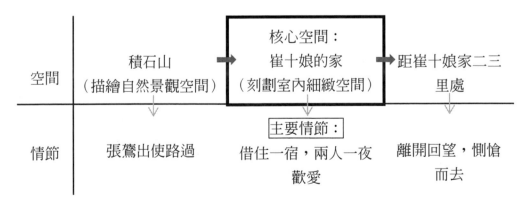

〔註11〕　參考金健人:《小說結構美學》(台北:木鐸出版社,1988 年 9 月),頁 85~87。
〔註12〕　參考金健人:《小說結構美學》(台北:木鐸出版社,1988 年 9 月),頁 56。
〔註13〕　(荷)米克‧巴爾著,譚君強譯:《敘述學:敘事理論導論》(第二版)(北京:中國社會科學出版社,2003 年 4 月),頁 164~165。

〈遊仙窟〉屬於甲型——流動空間，但以某個固定空間為中心。故事主人公與崔十娘遇合的始末，在神仙窟這個空間中進行，從外圍的積石山描寫到內部核心空間——崔十娘的家，且作者對崔氏宅邸內部空間極盡細緻描摹之能事。作者對於地理環境的暗示，於故事開始時就說：「若夫積石山者，在乎金城西南，河所經也。《書》云：『導河積石，至于龍門。』即此山是也。僕從汧隴，奉使河源。」我們知道作者是從陝西西部的汧隴起程，經過蘭州及金城，再沿河西行，過赤嶺到河源，書中主人公的目的地。但是他到了積石山，便進了神仙窟〔註14〕。對一個空間的描述愈精確，所增加的獨特性就愈多〔註15〕。作者所選定的這個特定空間，不乏兩岸驚心動魄、險峻奇瑰的獨特地理空間：

> 深谷帶地，鑿穿崖岸之形；高領橫天，刀削崗巒之勢。煙霞子細，
> 泉石分明。……行至一所，險峻非常。向上則有青壁萬尋，直下則
> 有碧潭千仞。……忽至松柏岩，桃華澗，香風觸地，光彩遍天。

所以〈遊仙窟〉給予讀者一個清晰而確定的空間觀念，對於故事發生的地點，作者做了極明確現實的描繪，同時這空間背景所給讀者情緒上的一種準備，與故事的進展是非常和諧而自然的〔註16〕。接著，當張鷟被引進崔十娘家的正堂，作者更傾力為這核心空間精心雕琢：

> 於時，金台銀闕，蔽日干雲。或似銅雀之新開，乍如靈光之且敞。
> 梅梁桂棟，疑飲澗之長虹；反宇雕甍，若排天之嬌鳳。水精浮柱，
> 的皪含星；雲母飾窗，玲瓏映日。長廊四注，爭施玳瑁之椽；高閣
> 三重，悉用琉璃之瓦。白銀為壁，照耀於魚鱗；碧玉緣階，參差於
> 雁齒。入穹崇之室宇，步步心驚；見儻閬之門庭，看看眼磹。……
> 珠玉驚心，金銀曜眼。五彩龍鬚席，銀繡緣邊氈。八尺象牙牀，緋
> 綾帖薦褥。車渠等寶，俱映優曇之花；瑪瑙真珠，並貫頗梨之線。
> 文柏榻子，俱寫豹頭；蘭草燈芯，並燒魚腦。管弦寥亮，分張北戶
> 之間。

〔註14〕參考劉開榮：《唐代小說研究》（台北：臺灣商務印書館股份有限公司，1994年5月），頁161。

〔註15〕（荷）米克·巴爾著，譚君強譯：《敘述學：敘事理論導論》（第二版）（北京：中國社會科學出版社，2003年4月），頁160。

〔註16〕參考劉開榮：《唐代小說研究》（台北：臺灣商務印書館股份有限公司，1994年5月），頁159。

另外有一點值得注意，故事的開始，是第一天下午夕陽西下的時候，到第二天清早爲止，在這一樣一個短短時間過程中，實際上只是記載張騫與崔十娘從見面到入睡時幾個鐘頭的事情。從黃昏日落後的巧遇到隔天清晨含淚分手，作者卻以一萬字左右的工筆描繪來呈現，其中含有大量對空間、場面的細緻雕琢，使得兩人在神仙窟這個特定空間裡，時間彷彿慢了下來，其中發生的纏綿情事也得以產生聚焦效果，這都要歸功於作者對空間環境的大量著墨。

　　例二，〈封陟傳〉之空間與情節關係圖示如下——故事情節演進主要在細緻描繪下的核心空間「少室山」（封陟家）：

圖 2-1-10：【〈封陟傳〉空間與情節關係舉隅】

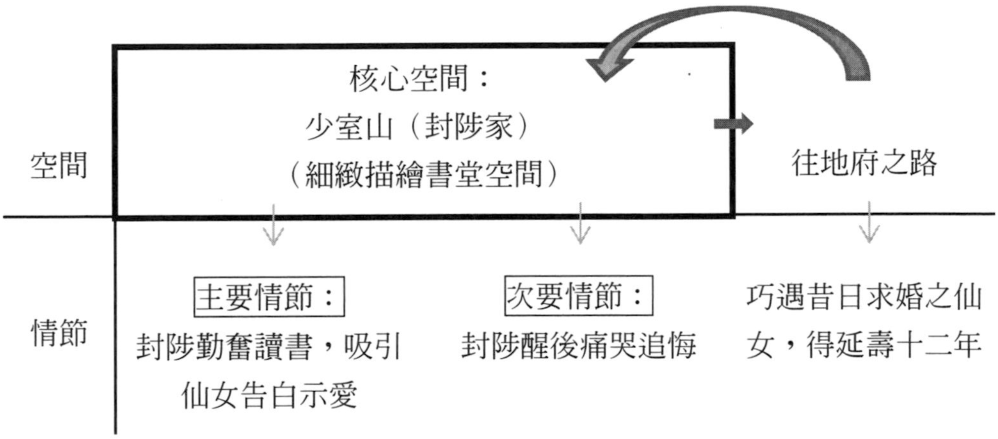

〈封陟傳〉屬於乙型——流動空間的形式是 A 空間到 B 空間再返回 A 空間，但仍以返回的 A 固定空間爲中心。裴鉶寫故事主人公封陟與仙女相遇互動的情節過程，全在少室山這個核心空間中進行，即使封陟死後空間曾移轉至通往地府的路上，但最終封陟仍回到少室山的家。封陟只是個書生，爲什麼他能吸引天上仙女下凡向他告白、表達願終身侍奉於他？作者在故事開頭特地描繪了封陟所住書屋附近的自然景物之美，對於環境的細緻描寫所產生的優雅、高潔的空間感，爲仙女爲何頻頻向封陟求愛以及封陟爲何會屢次拒絕仙女、郎無情妹有意的情節做了很好的鋪墊。故事開始時就說：

> 寶曆中，有封陟孝廉者，居於少室。貌態潔朗，性頗貞端，志在典墳，僻於林藪。探義而星歸腐草，閱經而月墜幽窗。兀兀孜孜，俾

> 夜作畫，無非搜索隱奧，未嘗暫縱愒時日也。書堂之畔，景像可窺，
> 泉石清寒，桂蘭雅淡，戲猱每竊其庭果，唳鶴頻棲於澗松。盧籟時
> 吟，纖埃晝闃。烟鎖闈篁之翠節，露滋躑躅之紅葩。薛蔓衣垣，苔
> 茸毯砌。

書屋附近，景象可觀，泉清石寒，桂淡蘭雅，玩耍的猴子常來偷吃院中的果子，鳴叫的仙鶴常棲息於山澗的松柏之間，天籟之聲常有。微塵在白天都是寂靜的，雲霧鎖住竹子綠色的枝節，露水滋潤著緩慢開放的紅花。薛蔓爬滿了牆壁，苔蘚像毯子一樣鋪在地面。作者把少室山的細部環境處理得極清新脫俗，使讀者對封陟的書堂產生高雅、幽靜的空間感。正是這樣精確、細膩的空間描繪，使仙女仰慕其立於天地之間的高尚品德、非凡氣度，而有了之後仙女多次往返示愛、對封陟寫詩表達心意的故事情節。裴鉶對於細部空間描寫的明晰性以及書堂附近空間感的整體性，都掌握得很精準明確，因為對少室山書堂空間環境的細緻描繪，幫助了之後情節的發展，使這篇小說成為完整的有機體，描寫書堂環境的文字，目的是在引發下文仙女來奔告白、封陟正直執意拒絕的情節。

　　例三，〈洞庭靈姻傳〉（柳毅傳）之空間與情節關係圖示如下──故事情節演進主要在細緻描繪下的核心空間「洞庭湖龍宮」：

圖 2-1-11：【〈洞庭靈姻傳〉（柳毅傳）空間與情節關係舉隅】

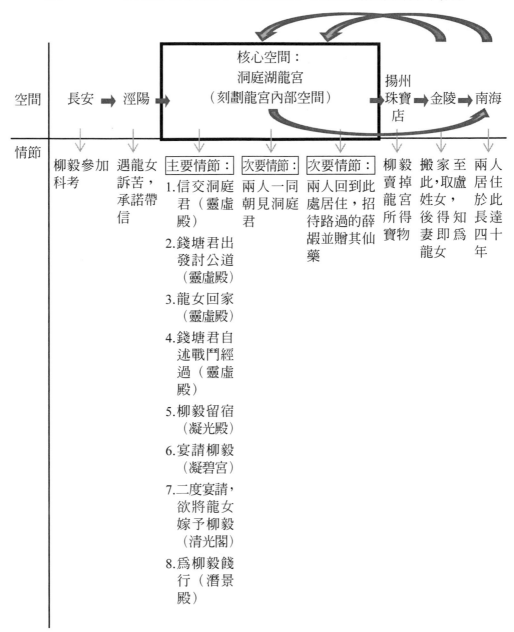

〈洞庭靈姻傳〉（柳毅傳）屬於丙型——流動空間的形式是若干個空間 A、B、C、D……，空間有返回現象，然後再移往下一個空間、又再次返回，但無論如何往返仍以所返回的某個固定空間為中心。作者李朝威寫此故事的情節曲

折、豐富，空間亦是流動式的移轉，然主要情節幾乎都在「洞庭湖龍宮」這個核心空間中進行，不僅如此，作者還著意刻劃龍宮靈虛殿內部空間裝飾，為情節鋪陳氣氛：

> 夫曰：「此靈虛殿也。」諦視之，則人間珍寶畢盡於此。柱以白璧，
> 砌以青玉，牀以珊瑚，簾以水精，雕琉璃於翠楣，飾琥珀於虹棟。
> 奇秀深杳，不可殫言。

此外，龍王在凝碧宮宴請柳毅時，「錢塘破陣樂」的剽悍威嚴以及「貴主還宮樂」的宛轉感人，一系列的龍宮歌舞表演集聽覺與視覺的感官空間效果，渲染了核心空間的氣氛，達到加強情節的效果：

> 宴毅於凝碧宮。會友戚，張廣樂，具以醪醴，羅以甘潔。初，笳角
> 鼙鼓，旌旗劍戟，舞萬夫於其右。中有一夫前曰：「此《錢塘破陣樂》。」
> 旌傑氣，顧驟悍慄。座客視之，毛髮皆豎。復有金石絲竹，羅綺珠
> 翠，舞千女於其左，中有一女前進曰：「此《貴主還宮樂》。」清音
> 宛轉，如訴如慕，坐客聽下，不覺淚下。

作者對洞庭龍宮空間環境的細緻描繪，豐富了讀者的感官，使情節在其中的發展順勢且合理，此即情節推展與空間細緻處理，兩者之間緊密配合後的藝術效果。

（二）「不斷移轉」的流動空間——均衡各空間情節發展

　　此類型為最典型的流動空間，因為故事情節能在各個空間中均衡發展，隨著情節的推進，空間也緊跟著「不斷移轉」，並無所謂的「某個固定重要核心空間」。此類型的空間流動，常見於主人公需靠不斷地經歷事件、不停地轉移地點，才能完成任務或使命的故事類型中。

　　流動空間，且不斷移轉，如下圖：

圖 2-1-12：【流動空間，不斷移轉】

$$A \rightarrow B \rightarrow C \rightarrow D \rightarrow \cdots\cdots$$

　　圖示為流動空間，但故事情節在 A、B、C、D……各個空間均衡推進，並未側重某一空間在情節推進上的比例。這一類的流動空間安排，有一個重點，就是故事情節的推動，是仰賴每一次的空間移轉來完成的。

通過散點透視來設置空間，就不可能集中於一個中心環境，它可以分散成幾個重點空間單元，也可以不分重點，走到哪裡算到哪裡，隨著情節的推進不加限制地變換著空間位置。有一種觀點認為，情節具有眾多的行動、變化，新奇的事件和大量的人物與民族，自然會使人感到快樂、雄偉、壯麗。為了這一種追求，有些作者寧願到廣大而多變的空間中去做另一種審美開拓〔註 17〕。

動態環境有一種顯而易見的呈現方式，就是故事中地點的變化，人物從一個地方轉向另一個地方。以主人公的遊歷為線索的小說中的環境是動態環境的典型形式，如《西遊記》隨著人物的行蹤，背景不斷發生變化〔註 18〕。隨場景變化來推進情節變化，也就是動態作用的空間，容許人物行動。例如人物行走，因而需要一條道路；人物旅行，因而需要一個大的空間：村落、江河、山嶺……。在策略上，人物的運動可以構成從一個空間到另一個空間的過渡〔註 19〕。於是，小說的結構重點產生了轉移，它不再是單從時間上著眼，而是也從空間上著眼；不是單以命運的因果關係為經縱向延伸，而是兼以環境的對應關係為緯橫向拓展；不是單求情節的曲折而尋找奇特的性格，而是於場面的充分展開下，讓人物在空間中去推動情節〔註 20〕。

在一個有限的世界裡，具體的時間意味著截斷，而具體的空間則起著框定作用。故而在小說創作中，具體時間總把漫長的人生縮於「相續」的「動作」中，構成所謂情節；具體空間則將眾多生相集於「並列」的「動作」中，組成所謂場景。從結構的外在意義上講，小說就是情節的「相續」與場景的「並列」相結合〔註 21〕。

例一，〈古鏡記〉之空間與情節關係如下表──空間不斷變換是為了驗證古鏡之效：

〔註 17〕 參考金健人：《小說結構美學》（台北：木鐸出版社，1988 年 9 月），頁 82～83。
〔註 18〕 參考胡亞敏：《敘事學》（武漢：華中師範大學出版社，2004 年 12 月），頁 164。
〔註 19〕 （荷）米克・巴爾著，譚君強譯：《敘述學：敘事理論導論》（第二版）（北京：中國社會科學出版社，2003 年 4 月），頁 161。
〔註 20〕 參考金健人：《小說結構美學》（台北：木鐸出版社，1988 年 9 月），頁 55。
〔註 21〕 參考金健人：《小說結構美學》（台北：木鐸出版社，1988 年 9 月），頁 54。

圖 2-1-13：【〈古鏡記〉空間與情節關係舉隅】

空間	情節	
河東	→ 得侯生紫珍古鏡	
長安長樂坡程雄家	→ 收服老狐	
京城御史台	→ 薛俠持寶劍試光	王度所涉歷之情節
王度家	→ 胡僧試金煙玉水等法	
芮城	→ 收服棗樹巨蛇	
陝東	→ 以鏡救張龍駒	
嵩山少室	→ 以鏡收服龜猿二怪	
箕山穎水太和玉井	→ 收蛟怪	
宋汴張琦家	→ 收大雄雞	
江南度揚子江	→ 平定黑風波浪	
攝山鞠芳嶺	→ 以鏡揮熊，熊鳥奔駭	
浙江	→ 以鏡照江，黿鼉散走	工勣遍遊山水之經歷
南浦・天台山	→ 宿鳥驚飛	
會稽	→ 逢異人張始鸞	
豫章	→ 見道士許藏秘	
豐城縣・李敬愼家	→ 收鼠狼	
廬山	→ 見處士蘇賓	
河東	→ 失鏡	

　　早先的敘事文學，總是側重時間的相續。特別是唐代以前的小說，一向是線條式的筆記體，一條一段，互不相屬，缺乏結構組織，如編年史一般。但〈古鏡記〉的形式雖保有六朝小說氣息，卻不依年月各自爲段地排列，而是連接成爲一篇，首尾相符的，即便只是機械地連成一氣，而不是設計的組織在一塊〔註22〕。讀者對於〈古鏡記〉的初始印象，不過是一個篇幅較長的志怪，

〔註22〕參考劉開榮：《唐代小說研究》（台北：臺灣商務印書館股份有限公司，1994年 5 月），頁 32。

內容仍是將道教的四方、八卦、五行、十二辰畜、二十四節氣諸說和占卜之術相揉合成章而已。但志怪故事各成獨立片段，〈古鏡記〉則不然，它係以一面古鏡為主題，纂合諸般滅妖除怪的事跡，串成一個完整的故事〔註23〕。所以它有一個核心呈現，就是「古鏡」的靈驗和神異，有一個聚焦的對象，就是「古鏡」。王度傾其全力，都瞄準、對焦在這一個對象上。　　基於此，〈古鏡記〉的作者必然需設法呈顯「鏡」的衛身辟邪功用，把古鏡佩帶在身上作為護身符，安排一個接續一個的場景更換變動來推動情節前進，以證明古鏡乃能力無邊的神物。在唐代小說中，運用場景轉移推進情節發展，林淑貞曾有相關論述。〈古鏡記〉主要的情節是以古鏡收服妖怪，如果在原場景則不能多遇奇人奇事，所以構寫故事時，必須讓主人公經歷不同地方而有不同的遭遇，發揮古鏡收服妖怪的效能〔註24〕。

　　例二，〈虯髯客傳〉之空間與情節關係如下表——空間不斷變換是為了推動亂世中群雄奔走、逐鹿的情節：

圖 2-1-14：【〈虯髯客傳〉空間與情節關係舉隅】

空間		情節	
楊素府	→	李靖、紅拂初遇	
李靖投宿之旅舍	→	紅拂夜奔李靖	
靈石旅舍	→	風塵三俠相遇、結交	
太原劉文靜宅邸	→	虯髯兩度見李世民，確認天命所歸	
虯髯京城府第	→	虯髯家產贈李靖	
京城（李靖）	扶餘國（虯髯）→	李靖任左僕射平章事	虯髯殺其主自立

小說故事情節是一系列空間場景的轉換，透過空間場面串聯為一段敘事，依序流動，就足以串接推進構成小說故事情節。作者是有特定意圖的空間安排，經過微妙的空間處理，讓情節演變至最終結局顯得有如命中注定。故事主要的情節在於群雄混亂割據的局面下，風塵三俠的結識、虯髯客四處奔走以確

〔註23〕參考劉瑛：《唐代傳奇研究》（台北：聯經出版事業公司，1994年10月），頁46。
〔註24〕參考林淑貞：〈唐傳奇「空間結構」之構寫技法與義蘊〉，《東亞漢學研究》第5期，2015年5月，頁110～111。

認真命天子，所以情節推展時，必須讓人物在空間的流動、場景的轉移下而有不同的生命際遇，以促成虬髯最終稱霸一方與李世民才是天命所歸的結論〔註25〕。〈虬髯客傳〉最重要的情節，就是「靈石旅舍」中風塵三俠的相遇，這一空間場面的安排，促成了一位英偉凝重、器宇不凡的書生，一位識見超群、美麗絕倫的歌妓，一位橫行江湖、寄跡風塵，而又想英雄趁時，扭轉乾坤的豪俠之結合。文中「靈石旅舍」李靖、紅拂巧遇虬髯這一段情節、場面的安排，在整個故事中，具有承上啓下的樞紐作用。因為之前只鋪敘了李靖和紅拂於「楊素府」初見、於「李靖投宿之旅舍」相識結合的經過，故事的靈魂人物——虬髯尚未出場，若不是在「靈石旅舍」此一空間場景的安排下，寒士佳人的奇異組合如何引起虬髯的好奇？紅拂如何能穿針引線？因為「靈石旅舍」這個重要的空間轉折，使得三人的相逢邂逅未淪為一場萍聚，而是關鍵性的締交為友，才能發展出後面精彩的故事。

　　例三，〈紅線傳〉之空間與情節關係如下表——空間不斷變換是為了完成往返於兩地之間的任務情節：

圖 2-1-15：【〈紅線傳〉空間與情節關係舉隅】

空間	情節
薛嵩營區	→紅線得知薛嵩心事，願效勞
紅線閨房	→裝扮準備
薛嵩屋外	→告別、出發
魏城	→抵達田承嗣營區
田承嗣寢室	→拿走金盒
魏城西門	→離開田承嗣營區
銅臺、漳水	→走了二百多里
薛嵩營區	→返回覆命

〔註25〕〈虬髯客傳〉的主題，正如篇末所寫的：「乃知真人之興也，非英雄所冀。況非英雄者乎？人臣之謬思亂者，乃螳臂之拒走輪耳。我皇家垂福萬葉，豈虛然哉！」這雖然是天命論，但在當時群雄紛爭的特定歷史條件下，想維護唐王朝的統一，反對「人臣思亂」，反對分裂割據，卻有其合理性。參考吳志達：《唐人傳奇》（台北：群玉堂出版事業股份有限公司，1991 年 11 月），頁 92。

故事主要的情節是紅線自請為主克敵,使用飛行術前往盜取魏博節度使田承嗣的床頭金盒,所以作者以流動空間帶動情節推進,乃順理成章之事。紅線自告奮勇,並行雲流水般地順利完成任務,使原本對薛嵩虎視眈眈的田承嗣心生恐懼而打消攻占潞州的念頭,藉此消弭了一場戰爭。從詳細敘寫紅線深入敵營之裝扮,到使用飛行術,一更出發、三更即回營覆命,這一連串的秘密行動,都由不斷變換的空間場景來完成此一情節效果。情節的安排推進,由紅線夜裡潛入田府盜盒,外宅男們昏睡不醒,田承嗣渾然未覺,輕易地在深夜中成功盜盒的情節,透過作者一個接一個的空間場景轉換,令人想見紅線武功高強,因為空間場面的迅速流動而畫面鮮明。

　　例四,〈東城老父傳〉之空間與情節關係如下表──空間不斷變換是為了呈現賈昌見證唐代治亂過程、興衰更迭的歷史情節:

圖 2-1-16:【〈東城老父傳〉空間與情節關係舉隅】

空間	情節
宣陽里	→賈氏家族原居處
東雲龍門	→賈昌因父有功,舉家遷入
皇宮禁苑	→賈昌有使雞異才,被玄宗拔擢為五百小兒長
泰山	→賈昌帶三百隻雞,隨玄宗封禪祭天
溫泉(驪山華清池)	→賈昌穿上鬥雞服與玄宗相會
皇宮、洛陽東宮、驪山	→賈昌於重要節慶領銜演出群雞鬥戲
南山	→安史之亂,因足傷未能隨玄宗去成都,而隱居在此
佛舍	→因安祿山懸賞捉拿而躲入於此
宣陽里	→安史之亂定,玄宗還、肅宗即位,遂回舊里
長安佛寺	→看破紅塵,憤然出家
長安東門外鎮國寺東偏	→在運平和尚遺骨塔下建一小屋,居住於此

故事中,焦點人物、歷史見證人賈昌,隨著唐朝盛衰的時間軸線所開展的空間動線,推動了故事情節的變化。老父從一個地方轉向另一個地方,因著人物的運動,空間場景不斷發生變化,情節的推展便隨之前進。〈東城老父傳〉的主要情節在於老父賈昌因「神雞童」的身分地位而導致的戲劇化的一生,

雖敘老父的生命歷程，但其生命際遇實依附於玄宗政治權力的消長，更精確地說，是描繪出唐代治亂過程、興衰更迭的政局曲線。因此賈昌於長安城內移動的空間場景，恰恰迤邐出唐王朝由盛轉衰的情節脈絡。

　　例五，〈李娃傳〉之空間與情節關係如下表——空間不斷變換是為了呈現唐代門閥制度下士子與妓女追求真愛的曲折過程：

圖 2-1-17：【〈李娃傳〉空間與情節關係舉隅】

空間		情節
常州		→ 滎陽公愛重其子
長安	布政里	→ 鄭公子欲參加秀才考試，居住於此
	鳴珂巷	→ 初見妓女李娃，掉鞭，為之傾倒
	李娃家	→ 登門，李母認他作女婿，住在李家
	宣陽里	→ 藉求子途經姨媽家，被設計拋棄
	李娃家	→ 鄭公子回去找李娃
	宣陽里	→ 欲追問姨媽究竟何故
	布政里	→ 鄭公子氣極，回舊宅
	凶肆	→ 奄奄一息，被抬至此，以管靈帳、唱輓歌維生
	承天門街	→ 比賽唱輓歌
	曲江西杏園東	→ 滎陽公鞭棄鄭公子
	凶肆	→ 被同事救回
	路邊	→ 因身體潰爛骯髒被丟棄，成乞丐
	安邑里東門	→ 與李娃雪地重逢
	安邑里北邊角租屋處	→ 李娃照顧鄭公子並陪讀，終考取，授成都府參軍
劍門		→ 李娃送鄭公子上任，鄭公子與滎陽公父子和好
成都		→ 李娃與鄭公子成親

蘇俄車爾尼雪夫斯基《論普希金文集》說：「好作品的每篇每頁都充滿著內容，平庸的作品拖長到幾十頁，卻未必能比這裡的一頁更精彩！」緊湊的文字使作品產生凝聚的力量美，小說不要寫多餘的廢話，冗贅拖沓的情節，常常會

使讀者昏然欲睡〔註26〕。而〈李娃傳〉的情節曲折複雜卻予人緊湊的節奏感，正是藉由流動空間不斷移轉，來帶動情節往前鋪展所產生的精彩效果。人類過的是群居的生活，許多時間都跟他人發生接觸，發生互動，發生影響。也就是說一個人無法脫離群體而生活，一個人從誕生之後就生活在人造的生活環境——社會之中，而受它影響，產生一些相近的宗教習俗、生活文化、價值觀念。每個時代都有它的社會問題及病象。小說是擅長描寫與反映現實的一種文學，所以小說家也常常從我們人類生活的社會之中，去選取寫作的題材，去反映社會的現象，因此對社會情況與時代背景的描寫，自然成為小說的一環〔註27〕。而〈李娃傳〉空間流轉所顯示的社會環境，正帶出了唐代當時門閥制度下的社會情況。〈李娃傳〉這篇小說揭示了唐代門閥制度對愛情和婚姻的強大威力，李娃的棄絕鄭公子（宣陽里姨媽家）是由於這椿愛情是沒有出路的，門第的隔閡使他們無法結合；鄭公子被父親所棄絕（曲江西杏園東）也是由於兒子玷辱了他高貴的門風。李娃之所以要養護和挽回鄭公子（安邑里北邊角租屋處），目的也在於使他重新回到能符合他家門的地位上去；鄭公子父子能捐嫌相好（劍門），也因為兒子掙得了不辱門楣的地位。愛情、婚姻就跟著門閥在轉，這是一個門閥制度下男女關係的悲喜劇〔註28〕。〈李娃傳〉正是透過流動空間的不斷移轉、各個空間的情節均衡發展，來延展曲折且新穎的情節，達到吸引讀者及呈現時代風氣影響下的唐代社會。

第二節　空間場面之設置對應情節關係

空間設置的特徵對應，在情節的推展上，能夠產生強烈對比、對照的藝術效果，有助於讀者理解兩種相對事物的本質和現象，進而推知情節背後代表的社會性意義，達成小說作者的創作意圖。

對應是橫向性的，是作品結構橫向展開的內在依據，屬於空間範疇。對應體現形象的鮮明性、情節的對照性與聯結的嚴整性。對應可以在一切節點

〔註26〕參考方祖燊：《小說結構》（台北：東大圖書股份有限公司，1995年10月），頁7。

〔註27〕參考方祖燊：《小說結構》（台北：東大圖書股份有限公司，1995年10月），頁482。

〔註28〕參考何滿子：《中國愛情與兩性關係——中國小說研究》（台北：臺灣商務印書館股份有限公司，1995年1月），頁84～85。

上橫向展開，而一切對應，目的中都包含著強化。事物有主要特徵與次要特徵之分，這是區別此一事物與彼一事物，或同一事物的此一階段的與彼一階段的標誌。在文藝創作中，只有抓住了特徵，形象才能獲得鮮明性，本質才能得到強化。從小說結構的角度來考慮，對應在這樣一些節點上顯得特別重要。當情節的對應在不同人物身上展開時，是爲了突出人物間的不同屬性，使各自的特殊性更爲明顯；當情節的對應在人物與置身其中的空間上展開時，是爲了突出人物的遭遇，使人物處境的社會根源得到挖掘。當社會現象的某一斷片：可以是一個人物、一樁事件、一幅畫面、或一幕場景，觸動了小說作者的情思，勾起了創作的慾念時，作者可以根據特徵的對應進行橫向虛擬。性格刻劃、情景配合、氣氛渲染、環境設置，根據特徵對應都可以進行橫的擴展。比如由一個已知道、已看到的現象、情境，再配置一個特徵相對應的現象、情境，單純的故事會變得複雜有趣，兩種現象、情境如兩鏡相對，可以彼此交映出無限深度〔註29〕。

其實，相互對立的情節線索的特徵對應，十分常見：如《三國演義》，第七十八回剛寫完劉備痛哭死關羽，第八十回緊接上曹丕苦逼曹植。第一百零三回，剛剛火熄上方谷，司馬懿得救，一百零四回緊接上燈滅五丈原諸葛亮喪生等。愛森斯坦曾在電影理論史上提出了一個經典性的論斷，其實這論斷不僅適用於電影鏡頭的對列，而且也適用於小說的細節、景物、場面、性格、因果鏈之間的對列：「把無論兩個什麼鏡頭對列在一起，它們就必然會聯成一種從兩個對列中作爲新質而產生出來的新的表象。……它之所以更像二數之積而不是二數之和，就在於對列結果在質上（如用數學術語，那就是在「次元」上）永遠有別於各個單獨的組成因素。〔註30〕」

本節所欲探討的空間設置對應情節關係，係以人爲主體，採用人本主義地理學的角度來看待唐代小說中的空間感和地方感，以明瞭某個空間場域給人帶來的主觀感受及其在情節上造成的對比效果。因爲人類行爲是依主觀評價的選擇而不必然的，既然人因有對其所識覺的環境有不必然的評價機能而爲一變數，故研究以人爲本的主觀空間感、地方感爲可變性、多樣性，才合乎邏輯。本節討論的內容包括空間感和地方感之較低層次的空虛感、疏離感、權力感、道德感、神祕感等，因空間感和地方感爲一種理性的感性，是人與環境互動關

〔註29〕 參考金健人：《小說結構美學》（台北：木鐸出版社，1988年9月），頁167～170。
〔註30〕 參考金健人：《小說結構美學》（台北：木鐸出版社，1988年9月），頁173～174。

係的結果，因此人與環境兩要素，人為能知和能動的主體，環境為所知和被動的客體，在互動的過程中，人對環境首先有識覺而獲得經驗和概念，再評價此經驗概念，而後產生對待環境的意向和行為。所以本文感知一空間場域對比於另一空間場域的最基本條件不是「被認知的對象是什麼」，而是「能知的我們自己持著什麼態度」，重視的是「人對環境的主體警覺性」〔註31〕。

以下分別就「塵俗與俠義空間之情節對比」、「榮顯與讒毀空間之情節對比」、「歡愛與冷落空間之情節對比」舉證說明，以彰顯空間設置的對應關係在小說情節結構上的張力作用，進而挖掘出對照性場面情節所豁顯的社會性意義。

一、塵俗與俠義空間之情節對比——突出俠義空間的神祕性及其公平正義

本文之「塵俗空間」，係指弱肉強食、不公不義的社會空間〔註32〕，生活於此空間的普通凡夫俗子不會武功、任人欺侮、無力反擊，而位高權重者則爭權奪利、生活侈靡，是充斥著名利、紛擾的空間；本文之「俠義空間」，係指能實現公平與正義的社會空間，生活於此空間的俠客能憑武功行俠仗義、濟弱扶傾、解民倒懸，猶如「第二社會」，亦可稱之為江湖世界、祕密社會、黑社會，是充滿著神祕感、距離感的空間。塵俗與俠義空間的設置對應恰成鮮明對比，它們能對照出俠義空間的神祕性、拉大與塵俗空間的距離，藉此渲染、加強行俠時的情節氣氛，亦有助於功成不居、退隱江湖的結局歸向，對舉的空間設置使情節的發展更具意義、深化作品內涵。

關於「塵俗」與「俠義」相對立的空間，陳平原有相關論述〔註33〕。為了強調俠義空間的高超武功，唐代小說作者開始將俠義空間神祕化。把沒有武功、到處遭人欺侮的「塵俗空間」，與憑藉武功行俠的「俠義空間」明確區分開來，自然是為了便於在俠義空間中寄託在塵俗空間裡很可能無法實現的公正與平等。茫茫人海，芸芸眾生，何處能報不平事？大概只有神祕化的俠

〔註31〕參考（美）段義孚（Yi-Fu Tuan）著，潘桂成譯：《經驗透視中的空間和地方》〈譯者潘序〉（台北：國立編譯館，1998年3月），頁（7）～（11）。

〔註32〕環境三大要素之一「社會背景」：包括人物活動的時代背景、風俗人情，也包括人與人之間的爭鬥、聯合、分離等具體關係。參考胡亞敏：《敘事學》（武漢：華中師範大學出版社，2004年12月），頁160。

〔註33〕參考陳平原：《千古文人俠客夢——武俠小說類型研究》（台北：麥田出版有限公司，1995年4月），頁59～64。

義空間了。唐代的豪俠小說，把俠義空間神祕化，是體現在退隱江湖這個結局上。故事常常是這樣的：一個貌不驚人而實際上並不平凡的「普通人」，平日不露山水、隱身等待於某處，這可說是他所屬俠義空間中的「蟄伏空間」；在緊急關頭突然挺身而出，憑藉其神奇本領匡扶正義懲治惡人，於危難時刻才偶爾露崢嶸，這可說是他所屬俠義空間中的「行俠空間」；事成之後則必然飄然遠逝，這可說是他所屬俠義空間中的「歸宿空間」。事先沒有任何徵兆，事後也沒有任何蹤跡，俠客如流星劃過夜空，一剎那間又消失在黑暗中。這就是被唐代小說作者神祕化了的典型「俠義空間」。事成後飄然遠逝，神龍見首不見尾，讀者只能借助想像來補充、豐富俠義空間的樣貌，究其原因有三：其一，功成不受報，此乃古俠的基本行為準則。倘非如此，不明擺著等人酬謝獎賞嗎？那還算什麼替天行道！其二，歷代統治者不可能允許俠客與官府爭權爭名，只要有可能，必剿滅之而後快，因此俠客只能隱身江湖，無法公開活動。其三，小說中俠義空間神祕詭異，基於作者藝術上的考慮，獨來獨往、稍縱即逝的空間設置更富有傳奇色彩、更能吸引讀者。所以製造俠義空間的神祕感是必要的，只要是可追蹤、可探究的，就談不上是能與塵俗空間區隔開來的「俠義空間」。

　　下表舉證說明俠義空間與塵俗空間之對應關係，以凸顯「俠義空間」之神祕感以及其在追求公平正義這點上與「塵俗空間」存在之差距：

表 2-2-1：【俠義空間與塵俗空間之對應情節關係舉隅】

空間對應　篇名	俠義空間			⟷	塵俗空間（不公不義、人際鬥爭的社會空間）
	蟄伏空間	行俠空間（追求公平正義）	歸宿空間		
〈聶隱娘〉	大石穴	都市、劉昌裔寢室	不知所之	⟷	憲宗元和年間，魏帥和陳許節度使關係不睦。
〈紅線傳〉	薛嵩家	田承嗣寢室	遂亡所在	⟷	肅宗至德年間，兩河未寧，田承嗣將併潞州。
〈崑崙奴〉	崔生家	一品宅	不知所向	⟷	唐大曆中，一品宅中有十院歌姬，逼紅綃妓為姬僕，有猛犬守歌妓院門外
〈謝小娥傳〉	江湖間	申蘭家	泗州開元寺	⟷	小娥之父與夫蓄巨產，往來江湖間，後俱為盜所殺

從上表中可見俠義空間與塵俗空間最重要的差異在於「公平正義」和「飄然遠逝」，而俠義空間神祕化的空間特徵主要表現於「歸宿空間」，俠客事成後清一色的不知去向或出家遠離塵俗，標榜出俠義空間的神祕與飄然遠逝的清高。這種空間設置的對比關係，有助於讀者理解「公平正義／不公不義」、「飄然遠逝／爭權奪利」兩種相對事物的本質和現象，進而推知情節背後代表的唐代風氣背景之社會性意義。

二、榮顯與讒毀空間之情節對比──表現看透仕途凶險、淡泊名利的思想觀念

本文之「榮顯空間」，係指官運亨通、功業赫赫、出將入相的官場社會空間，生活於此空間的人物深受器重，位居清要，封賜高官厚祿，榮耀顯赫，是位極人臣、飛黃騰達的仕宦空間；本文之「讒毀空間」，係指招致忌恨、蒙冤被貶、寵衰讒起的官場險惡空間，生活於此空間的人物遭遇人事風波，身處朝廷內部矛盾、鬥爭尖銳複雜的社會空間，是君臣或大臣之間勾心鬥角、互相傾軋疑忌的朝堂空間。誠如前述，當情節的對應在人物與置身其中的空間上展開時，是爲了突出人物的遭遇，使人物處境的社會根源得到挖掘。榮顯與讒毀空間的設置針鋒相對，它們能對照出榮顯空間的變幻無常、讒毀空間的鬱悶孤寂，藉此映示、強化出權力拉扯空間之情節的矛盾與眞實，反映出唐代君臣關係（包括至親的皇親國戚）中常有的現象，雖寫夢，卻是官場社會權力空間中現實問題的斑斑寫照。唐代小說作者以兩個空間的對應關係，希望讀者能從強烈對照中領會到人世間禍福窮達變幻無常的道理，從名韁利鎖、權勢慾望的權力空間中解脫出來〔註34〕。

從現實情境中引退，這要從唐代的文化氣氛來談。唐代當時正脫離一個大混亂的時代，建立了大一統的帝國。政治權力，開始可由科舉的方式取得，所以平民欲借科舉考試取得功名，得到翻身的機會，而一步登天。階級既可流動、富貴能夠爭取，因此科舉成了讀書人最大的誘惑。但人是容易在現實的功名中迷失的。爲官當初的理想、抱負，往往在光怪陸離的官場宦途中，被沖刷得只剩人與人之間的糾葛、衝突與矛盾！一個正在汲汲鑽營，想要「有所獲得」的人，又如何能體會、感受失去的痛苦，及發現「萬象皆空」的後

〔註34〕 參考吳志達：《唐人傳奇》（台北：群玉堂出版事業股份有限公司，1991 年 11月），頁 77。

果呢？是故唐代小說的作者以「榮顯」、「讒毀」兩個對立空間說明「現實是無常的」的真理，規勸世人不要再執著於現實的功名〔註35〕。

下表舉證說明榮顯空間與讒毀空間之對應關係，以表現看透仕途凶險、淡泊名利的思想觀念：

表 2-2-2：【榮顯空間與讒毀空間之對應情節關係舉隅】

篇　名　＼　空間對應	榮顯空間　⬌	讒毀空間
〈枕中記〉	京城：中進士，授校書郎 ⇩ 渭南縣：轉任縣尉 ⇩ 京城：任監察御史 ⇩ 京城：皇帝身旁的起居舍人兼知制誥 ⇩ 同州、陝州：任知州 ⇩ 汴州嶺南道：任採訪使 ⇩ 京城：任京兆尹 ⇩ 隴右（隴山之右，亦稱隴西）：被冊封御史中丞、河西隴右節度使 ⇩ 京城：任御史大夫、吏部侍郎 ⇩ 京城：任戶部尚書、升宰相 ⇩ 京城：任中書令、趙國公 ⇩ 山東：榮返故鄉	端州：因被忌恨、中傷，貶為刺史 ⇩ 監獄：被排擠、誣告而入獄，欲拔刀自盡 ⇩ 驩州：貶為地方官

〔註35〕參考中華文化復興運動總會、文藝研究促進委員會、國家文藝基金管理委員會主編：《中國古典小說賞析與研究》（台北：中華文化復興運動總會文藝研究促進委員會，1993 年 8 月），頁 172～173。

| 〈南柯太守傳〉 | 修儀宮：娶金枝公主
⇩
南柯郡：任郡太守，國王賜封地、爵位，居官至三公宰相 | 南柯郡：與檀蘿國之戰，戰敗；妻金枝公主病死，因失勢而自請免去太守職務
⇩
首都：因作威作福遭朝臣議論，引起國王疑懼
⇩
家鄉：被遣回 |

從上表中可見榮顯空間與讒毀空間之對比在於表達宦海浮沉、伴君如伴虎的險惡。這種空間設置的對應關係，有助於讀者理解「榮／辱」、「窮／達」、「得／失」、「生／死」不必過於戀棧執著，宜看破富貴功名，進而推知情節背後代表的唐代封建制度統治階級內部鬥爭的風氣背景之社會性意義。

三、歡愛與冷落空間之情節對比——對唐代士族婚姻制度的批判

本文之「歡愛空間」，係指男女兩情歡愜、如膠似漆、繾綣纏綿的空間場域，生活於此空間的戀人既有熱烈挑逗、狂熱追求的示愛舉動，亦有海誓山盟、甜言蜜語的愛情承諾，是男女享受愛情蜜果的空間場域；本文之「冷落空間」，係指女子被始亂終棄、淚痕斑斑、哀痛欲絕的空間場域，生活於此空間的女子因對方負心而懷憂抱恨，陷入無止境的等待，是愛情悲劇的空間場域。歡愛與冷落空間場域的對舉，是作者有意向讀者揭示小說主旨：造成愛情悲劇的根源，在於士族婚姻制度；男子自私負心的行徑，是這一制度的必然產物。人們厭惡負心男子，但更應該痛恨產生負心男子的那個罪惡的制度〔註36〕。

範疇型情節指用為數不多的具有指代意義的概念或短語去規範、統轄情節。在這種類型中，序列〔註37〕之間的關係是一種邏輯集合，情節被視為某一範疇的繁衍。「癡情女子負心漢」是愛情故事中常見的範疇。古今中外，許多因一方負心而導致愛情破滅的哀怨纏綿的故事均屬此例。《杜石娘怒沉百寶箱》是這一範疇的突出代表。一個男人與兩個女人的愛情糾葛是這一類型的擴展〔註38〕。

〔註36〕 參考吳志達：《唐人傳奇》（台北：群玉堂出版事業股份有限公司，1991 年 11 月），頁 57。

〔註37〕 序列：是由功能組成的完整的敘事句子，它通常具有時間和邏輯關係。

〔註38〕 參考胡亞敏：《敘事學》（武漢：華中師範大學出版社，2004 年 12 月），頁 139 ～140。

　　關於愛情中的男子負心型，何滿子有相關論述〔註 39〕。中國的男女關係中有一句傳得很廣的概括性的俗諺：「痴心女子負心漢。」在男權社會中，大抵是「弱者，你的名字是女人。」經濟條件迫使女人依附於男人，被男子始亂終棄的女子沒有反擊能力。涉及愛情道德時，輿論的壓力男子也遠輕於女子，因此多數愛情悲劇中，受損害的一方總是女性。這一現實使最早的愛情小說中就出現了男子負心型的作品，蔣防的〈霍小玉傳〉便是這型小說的開山。故事中，李益因科舉登第將離長安出任外官，而李益的母親已為兒子議定了世族盧氏之女，約定近期完婚。唐代五姓高門嫁女要索巨額聘禮，李益忙於籌措聘禮，無心再顧舊約，霍小玉朝夕盼待思念，憂憤成疾。李益因準備與盧氏結婚，回長安潛居迴避，雖經霍小玉的熟人邀約，仍不肯和她見面。小玉怨憤愈深，病勢日危。長安市上知情者都譴責李益的薄倖，有一豪士不平，將李益誘騙挾持到了霍小玉家，小玉斥其負約，一慟而絕。死前聲言必為厲鬼報復，後來李益與盧氏完婚後，果然閨房中經常發生異事，或幻見男子與盧氏私通，或發現妻子處有男人曖昧的饋贈，終至夫妻仳離。她臨死時對負心郎的譴責和發誓死後報仇，是痛徹心肝的血的奔湧。中國的弱女子只能以死後為鬼的迷信的指望來洩憤。唐代士大夫為了仕宦前途，論婚必求高門。霍小玉即使真是霍王之女，實際上也已淪為身世不明的平民，李益必然要遺棄她，這是一個社會性的悲劇。同樣屬始亂終棄悲劇的，還有元稹〈鶯鶯傳〉中張生和崔鶯鶯的故事。元稹是個人格卑劣的巧宦，顯示這薄倖男子的人格卑劣之處，在於他竟將對於鶯鶯來說是如此珍貴的愛情秘密作為向朋友炫耀的資本，還將鶯鶯給他的情書也出示楊巨源、李紳等人，將對方崇高的愛情無恥地予以褻瀆，可說喪盡良心。這種卑下的人格一定要在愛情行為中表現出來，即使鶯鶯慧才美貌，為他所心愛，但為了仕途的打算，他肯定要捨棄這寒門之女，另求高門為匹配。小說中的張生以春詞挑逗，鶯鶯的始而矜持終於熱烈地投入挑逗者的懷抱，溫情繾綣，作者刻劃女主角的心理隱秘，由矜持到奔放，直到最後的哀婉，的確悽豔動人。

　　下表舉證說明歡愛空間與冷落空間之對應關係，以顯示唐代士人雖有紅粉知己，仍順從封建門閥制度的婚配觀念：

〔註39〕參考何滿子：《中國愛情與兩性關係：中國小說研究》（台北：臺灣商務印書館股份有限公司，1995 年 1 月），頁 69～74。

表 2-2-3：【歡愛空間與冷落空間之對應情節關係舉隅】

空間對應 篇名	歡愛空間 ⟷	冷落空間
〈霍小玉傳〉	霍小玉住處：兩人洞房花燭夜，李益第一次在白縑上寫下誓言。此後，兩人共度了兩年形影不離的日子。至李益上任鄭縣主簿前，再度對小玉許下誓言。	霍小玉住處：兩人離別後，再沒相會。小玉博求師巫，遍詢卜筮，懷憂抱恨，羸臥空閨，遂成沉疾。日夜涕泣，都忘寢食，期一相見。後黃衫客挾持李益前來，小玉訣別言罷，長慟號哭數聲而絕。
〈鶯鶯傳〉	張生住所：兩人第一次祕密偷情交歡 ⇩ 西廂房：兩人同宿，張生朝隱而出、暮隱而入	崔鶯鶯住處：獨夜操琴，愁弄淒惻；睹物增懷，但積悲歎耳；閑宵自處，無不淚零，乃至夢寢之間，亦多感咽；心邇身遐，拜會無期。

從上表中可見歡愛空間與冷落空間之對比在於表達男子的負心與薄倖。這種空間設置的對應關係，有助於讀者理解愛情悲劇結局形成的原因，在於唐代士族婚姻制度及門第觀念對當時社會之影響。唐人缺乏戀愛平等的觀念，心中的天平永遠傾向男性世界，因而愛情悲劇在當時是不可避免的，唐代對禮法的講究不甚嚴酷，使得處於性苦悶中的青年文士能夠自由地到妓院去尋求解脫，但唐代又是一個重視門第的社會，無論高級妓女還是「失節」的閨秀、婢妾都不可能與及第前後的進士結成婚姻。在唐代，選官吏時，要調查應選人的內外族姻，與身分低賤的女子通婚，則無異於斷送前程。所以他們所追求的其實是一種婚前戀，這就注定了戀愛的另一方遭到被遺棄的結局〔註40〕。

第三節　唐代小說情節與空間場域示現之意義

空間場域在情節結構轉折時，會透露著情節發展上的某種訊息〔註41〕，此即空間之於故事情節所示現的作用與意義。空間能提供訊息作用，是因空間對於人物所完成的每一個行動都是潛在而必不可少的。如果人物正騎著自

〔註40〕參考俞汝捷：《幻想和寄託的國度——志怪傳奇新論》（台北：淑馨出版社，1991 年 4 月），頁 132～133。

〔註41〕關於「訊息」與「信息」這兩個用詞，大陸使用「信息」，而台灣則使用「訊息」。筆者於本論文皆使用「訊息」一詞，採用的是台灣學界的用法。

行車，我們知道那是在室外一條路上。人物如果睡覺，我們知道是在床上。實際上，如果再增加一些酣睡的訊息，那我們就可以認定床是溫暖而舒適的。當單獨的敘述部分僅僅致力於空間訊息的描述時，我們稱其爲描寫（description）。這樣，空間就不是簡單地被附帶提及，而是成爲明確的描述對象。這樣的空間描寫，是與人物的感知連在一起的，從而注意到每個細節，值得注意的是，在這個片斷情節中，空間被清楚明確地描繪出來，彷彿一個獨立成分一樣。有時，對空間的描寫是以極爲精確的方式進行的，在這樣的描寫中，重要的是眞實且清晰可見。一個空間可以被清楚地指明，這不是由於在其中發生的行動，而是由於以它完成的行動〔註42〕。以下分別探討「糾葛空間：二元對立之訊息作用」、「頓挫空間：情節由好轉壞之訊息作用」、「轉機空間：情節由壞轉好之訊息作用」、「焦點空間：情節進入高潮之訊息作用」、「急降空間：情節明朗化之訊息作用」五種空間場域在情節上所示現的意義和作用。

一、糾葛空間：二元對立之訊息作用

　　單調的故事是引不起讀者的興趣的，而故事過於單調了也無法表現它的主題，小說所要表現的通常都是多方面的，如眞與假、善與惡、美與醜、強與弱、光明與黑暗等二元對立，唯有對照的寫法，才能眞僞分明、善惡分明、美醜分明……。愈是主題深遠的故事，糾葛就應愈多，如果一個惡霸第一次遇見某個英雄就被他殺死了，試問這英雄又如何能顯得他是英雄？這惡霸又如何能顯得他是惡霸？故事糾葛表現得良好與否，不但是作者天才的表現，也是作者修養的表現。而每個故事成績的優劣也就關繫於此〔註43〕。

　　與其說一個事件、一段情節發生在某個空間中，倒不如說是利用某個空間來完成一段情節。而空間場域在糾葛的情節上，可以傳遞出二元對立的訊息。「對立」的情節類型，是指兩種力量的對抗和衝突，它的深層結構是二元對立〔註44〕。

　　例一，〈聶隱娘〉——節度使劉昌裔房間成爲正、邪二元對立的糾葛空間：

〔註42〕參考（荷）米克・巴爾著，譚君強譯：《敘事學：敘事理論導論》（北京：中國社會科學出版社，2003年），頁165～167。

〔註43〕參考羅盤：《小說創作論》（台北：東大圖書有限公司，1980年2月），頁98～99。

〔註44〕參考胡亞敏：《敘事學》（武漢：華中師範大學出版社，2004年12月），頁138。

　　陳平原認為，俠客為「報恩」而行俠，這基本上是唐代小說家的發明。唐傳奇中的俠客，也頗有為報恩而行俠的，例如聶隱娘即是報知己之恩。但因行俠不再出於公心，不再分辨是非，從替天行道降為為人謀事，即使所謀得當，其境界也大不如前。且「報主恩」中明顯的依附關係，使得俠客喪失獨立人格，不再是頂天立地無所畏懼的英雄漢〔註45〕。蔡守湘則認為，〈聶隱娘〉是寫女俠對抗不臣的藩鎮，反映了維護李唐王朝一統天下的思想。統一，則無大規模的殺伐戰亂，對民眾是有益的。作者創作此傳奇，表明他關注著國家的統一，民生的苦難。隱娘本是魏博大將聶鋒之女，她不但不助魏博節度使去刺殺陳許節度使劉昌裔，反而幫助劉昌裔抵抗魏博的兼併。其中的原因，是魏博藩鎮田承嗣與其子田緒、孫田季安之流，不臣於唐廷，想通過兼併來擴展自己的勢力。作者站在維護國家統一的立場上，塑造了聶隱娘這個抵抗兼併的俠女形象〔註46〕。

　　但筆者以為，無論前人如何評價聶隱娘行俠的動機以及其行俠的高度和境界究竟為何，就她個人的行事立場而言，當然認為她自己是屬於「正義」的一方，而對方就理所當然地被她視為必須打擊的「邪惡」勢力了。故事中共有兩段正、邪兩股勢力對抗的情節，都是利用節度使劉昌裔的房間這個空間場域來完成的。第一回合的衝突，是魏博派精精兒來取劉昌裔的人頭，作者寫紅、白二幡子互相擊打，就在劉昌裔床的四周，上演正邪、善惡、勝敗、生死的糾葛情節；第二回合的對抗，是魏博改派技高一籌的空空兒來應戰，與化為蠛蠓鑽到劉昌裔腸中的聶隱娘交手，正義與邪惡力量亦在劉昌裔的床邊一較高下。劉昌裔寢室的空間設置，代表的重要意義是節度使個人的隱密性、核心性、要害性，而魏博派的刺客卻直搗對手的要害空間，這說明藩鎮爭奪已達到白熱化的程度，不惜直取對方性命以達目的。所以劉昌裔房間之設置，作為情節發展的糾葛空間、作為正邪雙方糾紛戰鬥的空間場域，實透露著二元對立下激烈衝突的訊息作用。

　　例二，〈長恨歌傳〉——馬嵬坡成為人性與文化規範（或社會）的衝突空間，亦是忠賢、奸佞兩股力量對抗衝突的糾葛空間：

　　陳鴻的〈長恨歌傳〉明顯比白居易的〈長恨歌〉多了幾許盛衰之感，弔

〔註45〕　參考陳平原：《千古文人俠客夢——武俠小說類型研究》（台北：麥田出版有限公司，1995 年 4 月），頁 52～53。

〔註46〕　參考蔡守湘：《唐人小說選注》（台北：里仁書局，2002 年 6 月），頁 724～725。

古傷今的惆悵情緒貫串始終。爲了有效的表達盛衰之感，〈長恨歌傳〉使用了對比的格局，前一部分極寫盛，極寫樂；後一部分極寫衰，極寫悲。相互映襯。唐玄宗與楊貴妃的愛情是陳鴻用以抒發盛衰之感的核心內容，他們之間的愛，愈深摯、愈美好，它的被毀滅也就愈能引發讀者的悲劇感，也就愈能激起讀者的興亡之思。唐玄宗和楊貴妃的愛情有其畸形的一面，這是由其特殊的社會身分所決定的：他們一個是帝王，一個是后妃。玄宗因寵眷楊妃，沉溺於朝歡暮樂的生活，不理朝政，又任用其兄楊國忠爲右相，最後導致了安史之亂的爆發，這確是事實。可以說，李、楊愛情的本身就埋下了愛情被毀滅的種子：翠華南幸，一場兵變發生了，楊貴妃被迫自殺。這是畸形愛情的畸形結果。這種畸形結果，本質上反映了人性與文化規範（或社會）的衝突。皇帝多情，是亡國的根本。對於人性與社會的衝突，身經安史之亂的杜甫是站在後者一邊的，他在〈北征〉詩中把楊貴妃比擬爲褒姒、妲己，及讚賞陳玄禮在馬嵬發動兵變；而陳鴻則給予人性以深厚的同情。他儘管沒有指責陳玄禮，但將楊貴妃之死點染得淒然欲絕，即意在表明，這是一場意想不到的、難以承受的悲劇。陳鴻的傾向是清晰的：他批評了李、楊愛情的畸形的一面，但欣賞和同情是主要的〔註47〕。

　　馬嵬坡這個空間場域除了是上述人性與社會的衝突空間外，也是忠與佞對抗的糾葛空間，所以導致了兵變事件：六軍持戟不進、從官郎吏請誅楊國忠以謝天下、左右請以賜死貴妃遏止天下人的怨怒，最終以國忠被處死於路旁、貴妃縊死於三尺白綾之下收場。試看這段糾葛情節於馬嵬坡空間場域所透露的二元對立訊息作用：

> 天寶末，兄國忠盜丞相位，愚弄國柄。及安祿山引兵向闕，以討楊氏爲辭。潼關不守，翠華南幸，出咸陽道，次馬嵬亭。六軍徘徊，持戟不進。從官郎吏，伏上馬前，請誅錯謝天下。國忠奉犛纓盤水，死於道周。左右之意未愜，上問之。當時敢言者，請以貴妃塞天下之怒。上知不免，而不忍見其死，反袂掩面，使牽而去之。蒼黃展轉，竟就絕於尺組之下。

安史之亂爆發後，潼關失守，於危殆慌亂之際，唐玄宗從長安逃至四川，途中經馬嵬坡。「馬嵬坡」是皇帝逃難過程的空間，也是盛與衰、忠與佞、勝與

敗兩個極端互相拉扯的糾葛空間，所以從巍巍皇城被迫遷至後方成都，意謂著曾經至高無上的皇權因弄臣誤國、小人當道、沉迷女色而蕩然無存，這一段兵變、糾葛的情節就是利用馬嵬坡驛站這個空間場域來完成的。禁軍與隨從官員是「忠賢」的代表、楊國忠及其妹楊貴妃是「奸佞」的代表，一忠一奸兩股勢力、兩種力量的對抗和衝突張力感十足，於馬嵬坡這個空間場域展開，即是二元對立、緊繃僵持的糾葛訊息空間。

二、頓挫空間：情節由好轉壞之訊息作用

　　小說的故事應該有頓挫，有頓挫的故事情節才有變化，故事如沒有頓挫，其情節的發展便是直線式的，直線式的故事是難以表現複雜的主題，負荷繁重的使命的。欲將故事情節轉變為一個新的場面時，應該將原有的情節的發展予以頓挫，使之經過這一頓挫後能轉變為一個新的面目。意即中途發生的事故，便是情節發展的一種頓挫〔註48〕。

　　情節的組織原則之一，是理念原則，指對敘事文意義單位的某種有規律的組織，這種原則具有語義學上的意義。理念原則包括「否定連接」，指序列逐步向對立面過渡，這是一種典型的語義模式，敘事文中絕大多數情節發展都具有向對立面轉化的趨勢，這種組接可以是由順境下到逆境〔註49〕。而空間場域在否定連接、頓挫的情節上，可以傳遞出由好轉壞、由順境下到逆境的訊息。

　　例一，〈李娃傳〉——宣陽里姨媽家成為情節發展由好轉壞的頓挫空間：

　　李娃與鄭公子相戀之初，是妓女與士子之間較為典型的戀愛，既有郎才女貌的互相鍾愛之情，又是一種金錢買賣的庸俗的色情。她雖然愛鄭公子，但在公子錢財蕩盡之後，她可以順從假母的意願，要弄詭計騙局，把他甩掉〔註50〕。而鄭公子是一個幼稚單純的世家公子，他不諳世事，選擇老練的李娃為自己的初戀對象，經常受騙而不自知。例如為了將他逐出妓院，李娃騙他說，我們相愛一年卻還沒有懷孕，聽說竹林神廟很靈驗，我們一起去向神靈祈求吧！又不是夫妻，求什麼兒子？而鄭公子竟「不知是計」〔註51〕。試看下文：

〔註48〕　參考羅盤：《小說創作論》（台北：東大圖書有限公司，1980年2月），頁99。
〔註49〕　參考胡亞敏：《敘事學》（武漢：華中師範大學出版社，2004年12月），頁124、128。
〔註50〕　參考吳志達：《唐人傳奇》（台北：群玉堂出版事業股份有限公司，1991年11月），頁66。
〔註51〕　參考陳文新：《中國傳奇小說史話》（台北：正中書局，1995年3月），頁167。

他日，娃謂生曰：「與郎相知一年，尚無孕嗣。常聞竹林神者，報應如響，將致薦酹求之，可乎？」生不知其計，大喜。乃質衣於肆，以備牢醴，與娃同謁祠宇而禱祝焉，信宿而返。策驢而後，至里北門，娃謂生曰：「此東轉小曲中，某之姨宅也，將憩而覲之，可乎？」生如其言，前行不逾百步，果見一車門。窺其際，甚弘敞。其青衣自車後止之曰：「至矣。」生下，適有一人出訪曰：「誰？」曰：「李娃也。」乃入告。俄有一嫗至，年可四十餘，與生相迎曰：「吾甥來否？」娃下車，嫗逆訪之曰：「何久踈絕？」相視而笑。娃引生拜之，既見，<u>遂偕入西戟門偏院。中有山亭，竹樹蔥蒨，池榭幽絕。生謂娃曰：「此姨之私第耶？」笑而不答，以他語對。俄獻茶果，甚珍奇。</u>食頃，有一人控大宛，汗流馳至曰：「姥遇暴疾頗甚，殆不識人，宜速歸。」娃謂姨曰：「方寸亂矣，某騎而前去，當令返乘，便與郎偕來。」生擬隨之，其姨與侍兒偶語，以手揮之，令生止於戶外，曰：「姥且歿矣，當與某議喪事，以濟其急，奈何遽相隨而去？」乃止，共計其凶儀齋祭之用。日晚，乘不至。姨言曰：「無復命何也？郎驟往覘之，某當繼至。」生遂往，至舊宅，門扃鑰甚密，以泥緘之。生大駭，詰其鄰人。鄰人曰：「李本稅此而居，約已周矣。第主自收，姥徙居而且再宿矣。」徵徙何處，曰：「不詳其所。」<u>生將馳赴宣陽，以詰其姨，日已晚矣，計程不能達。乃弛其裝服，質饌而食，賃榻而寢，生忿怒方甚，自昏達旦，目不交睫。質明，乃策蹇而去。既至，連扣其扉，食頃無人應。</u>生大呼數四，有宦者徐出。生遽訪之：「姨氏在乎？」曰：「無之。」生曰：「昨暮在此，何故匿之？」訪其誰氏之第，曰：「此崔尚書宅。昨者有一人稅此院，雲邇中表之遠至者，未暮去矣。」<u>生惶惑發狂，罔知所措。</u>

「宣陽里姨媽家」的空間設置，外部景觀環境竹樹青翠、池塘水榭幽雅罕見；內部物質環境茶點、水果珍貴稀有。空間布置裡裡外外合乎情理、毫無異常，讀者在這樣的空間場域氛圍下，感受到的是直線式的情節進行，但殊不知一切看似美好、和諧的空間氣氛表象下，其實是暴風雨前的寧靜，眼前所見的事態皆是李娃母女事先設計籌謀好的，當被蒙在鼓裡的鄭公子輾轉得知自己被預謀拋棄後，情節立刻急轉直下，使鄭公子陷入人生的黑暗世界。所以「姨媽家」這個空間場域透露的訊息是情節發展由好轉壞，是危機即將到來的頓

挫空間。

例二，〈馮燕傳〉──張嬰家寢室成為情節發展由好轉壞的頓挫空間：

〈馮燕傳〉的主角是馮燕，作者把馮燕這個俠士的快意情仇、敢做敢當、不計後果的鮮明性格寫得淋漓盡致〔註52〕。馮燕是被作為「古豪」來看待的，他胸懷坦蕩、光明磊落，是一個豪俠世界的人物，對於他，我們不能用日常生活的標準來要求，正如對於《水滸傳》中的好漢，我們不能認真地統計其殺人的數量〔註53〕。但就情節發展上，若以張嬰的角度來看他自己生命中的驚險遭遇，他有苦難言、說了也沒人信，鬼門關前走一回，讓讀者為他捏一把冷汗。則「張嬰家寢室」作為命案發生的現場，張嬰理所當然被認定是兇手，他直接遭受巨大衝擊、承受天打雷劈般的精神折磨，對張嬰來說，他家的寢室就是命運由順轉逆的頓挫空間了。試看：

> 會從其類飲，燕伺得間，復偃寢中，拒寢戶。嬰還，妻開戶納嬰。
> 以裾蔽燕。燕卑踽步就蔽，轉匿戶扇後，而巾墮枕下，與佩刀近。
> 嬰醉且瞑。燕指巾令其妻取，妻即刀授燕。燕熟視，斷其妻頸，遂
> 巾而去。明旦嬰起，見妻毀死，愕然，欲出自白。嬰鄰以為眞嬰煞，
> 留縛之。

「張嬰家寢室」的空間設置，本是張嬰與同僚們暢快酣飲後必然賦歸的安樂窩，喝醉酒回家休息睡覺、老婆在家裡等他回來都是天經地義、再尋常不過的事，但因其妻與馮燕正在房裡私通，這使得張嬰回夫妻倆所屬的寢室睡覺這件看似稀鬆平常的事，已是暗潮洶湧、飽蓄山雨欲來之勢，一樁姦夫殺害淫婦的驚悚命案即將在這一個寢室空間發生，而更令人抱屈的是，戴了綠帽的張嬰竟含冤莫辯地認了殺妻之罪。所以「張嬰家寢室」這個空間場域透露的訊息是情節發展由順轉逆，是危機即將到來的頓挫空間。

三、轉機空間：情節由壞轉好之訊息作用

如果我們寫的故事是以悲劇收場，則故事情節受到頓挫後即使其「一蹶不振」，繼續發展下去。但故事若不作悲劇終場，當故事情節受到頓挫後還要給它「轉機」的機會，譬如唐僧在取經的中途曾數十次遇難；假如他在高家

〔註52〕參考蔡守湘：《唐人小說選注》（台北：里仁書局，2002年6月），頁537。
〔註53〕參考陳文新：《中國傳奇小說史話》（台北：正中書局，1995年3月），頁138
　　　　～139。

庄招親了，或被牛魔王吃掉了，這經以後由何人取回？他怎能獲得正果？所以「圓滿終場」的故事，當其受到頓挫以後，還得要轉機。使其「山窮水盡疑無路，柳暗花明又一村」。將曾經受到頓挫的情節，又扭轉回來〔註54〕。而空間場域在轉機的情節上，可以傳遞出由壞轉好、由逆境扭轉爲順境的訊息。

　　例一，〈李娃傳〉——長安安邑里東門街道之雪地重逢成爲情節發展由壞轉好的轉機空間：

　　妓女和士子之間產生戀情，一是千夫所指的女人，一是未來如日中天的士族，對立性的升高，增添了衝突性，也加重了傳奇的可看性〔註55〕。鄭公子仰慕的是李娃的貌，而李娃首先關心的是他的金。她也喜歡鄭公子，但洞明世事的李娃明白她與鄭公子之間的關係，一是嫖客，一是妓女，兩人的愛情不會有什麼結果。於是她和鴇母一起設計將鄭公子逐出了妓院，她主動熄滅了自己的愛情之火，這對鄭公子是冷酷的。但她內心裡還是潛伏著對鄭公子的愛，當淪落爲乞丐的鄭公子在門外疾呼「饑凍之甚」時，她一下子就辨別出來，並立刻「連步而出」〔註56〕，試看大雪覆蓋下的安邑里街道如何使愛情露出一線生機：

　　　　一旦大雪，生爲凍餒所驅。冒雪而出，乞食之聲甚苦，聞見者莫不淒惻。時雪方甚，人家外戶多不發。至安邑東門，循里垣，北轉第七八，有一門獨啓左扉，即娃之第也。生不知之，遂連聲疾呼：「饑凍之甚。」音響淒切，所不忍聽。娃自閤中聞之，謂侍兒曰：「此必生也，我辨其音矣。」連步而出。見生枯瘠疥癘，殆非人狀。娃意感焉，乃謂曰：「豈非某郎也？」生憤懣絕倒，口不能言，頷頤而已。娃前抱其頸，以繡襦擁而歸於西廂。失聲長慟曰：「令子一朝及此，我之罪也。」絕而復甦。

這既表明，李娃曾經協助鴇母欺騙鄭公子，將他逐出妓院；也顯出她對鄭公子是一直牽掛著的；她的負罪感使她痛不欲生，促使她寧可與鴇母決裂也要恢復鄭公子的健康與社會地位；此後的李娃，她所關心的幾乎只有鄭公子，

〔註54〕參考羅盤：《小說創作論》（台北：東大圖書有限公司，1980年2月），頁99
　　　　～100。

〔註55〕參考中華文化復興運動總會、文藝研究促進委員會、國家文藝基金管理委員
　　　　會主編：《中國古典小說賞析與研究》（台北：中華文化復興運動總會文藝研
　　　　究促進委員會，1993年8月），頁181。

〔註56〕參考陳文新：《中國傳奇小說史話》（台北：正中書局，1995年3月），頁166。

她爲鄭公子而生活著。一顆複雜而高貴的心靈就這樣呈現出來。至於鄭公子山窮水盡的境遇及柳暗花明的命運突轉，也給了讀者清晰的印象〔註57〕。冰天雪地這樣的惡劣天氣，本身就已是自然環境中的逆境，當「長安街道雪地」空間酷寒到一個極點，也就預示著物極必反、否極泰來的日子不遠了，有道是：「冬天都來了，春天還會遠嗎？」鄭公子在長安安邑里挨家挨戶沿街乞討，在雪中乞食、亦是在雪地裡與李娃重逢，鄭公子此後得救，改頭換面、重拾書本、孜孜不倦，連年考場得意，終至官拜成都府參軍。是「長安街道雪地」這個空間場域的設置，使雪地重逢的感人情節發生其中，作者的情節安排正是所謂「絕處逢生」、「置之死地而後生」，所以「長安街道雪地」既是絕處、死地，也是鄭公子浴火重生的空間場域，此即情節發展由好轉壞、從逆境攀升順境的轉機空間。

例二，〈無雙傳〉——王仙客房間成爲情節發展由壞轉好的轉機空間：

〈無雙傳〉的特色在於情節的曲折離奇。在古押衙設法救援無雙的日子裡，一天，突然傳來消息：無雙被殺！王仙客徹底絕望了，讀者也已心灰意冷，此刻，作者才揭開謎底：無雙並非眞死；她吃了古押衙從茅山尋來的奇藥，當時死去，三日後復活。仙客與無雙，一對患難戀人，終成眷屬〔註58〕。試看：

> 忽傳說曰：「有高品過，處置園陵宮人。」仙客心甚異之，令塞鴻探所殺者，乃無雙也。仙客號哭，乃歎曰：「本望古生，今死矣，爲之奈何！」流涕歔欷，不能自已。是夕更深，聞叩門甚急，及開門，乃古生也，領一篋子入，謂仙客曰：「此無雙也，今死矣，心頭微暖，後日當活。微灌湯藥，切須靜密。」言訖，仙客抱入閣子中，獨守之。至明，遍體有暖氣。見仙客，哭一聲，遂絕，救療至夜方愈。

豪俠小說出現以藥物行俠的描寫，以〈無雙傳〉最爲經典，因爲茅山道士那能令人死而復生的還魂藥在整個故事中起了關鍵作用〔註59〕，使低迷消沉的情節露出希望的曙光。無雙本被賜藥自盡於皇宮園陵內，她的屍體被古押衙連夜送到王仙客房中，經過愛人王仙客兩天一夜灌湯藥搶救、小心翼翼呵護、

〔註57〕參考陳文新：《中國傳奇小說史話》（台北：正中書局，1995年3月），頁168。
〔註58〕參考陳文新：《中國傳奇小說史話》（台北：正中書局，1995年3月），頁277。
〔註59〕參考陳平原：《千古文人俠客夢——武俠小說類型研究》（台北：麥田出版有限公司，1995年4月），頁58。

不眠不休地悉心照料下，無雙的身體終於有了熱氣，總算起死回生、活了過來。是還魂藥使無雙能出得了皇宮內廷，而王仙客對她的深愛、在閣子內寸步不離的守護，更是她能再度呼吸人間空氣的重要情節。所以「王仙客房間」這個空間場域的設置，在於反轉戀人生命危在旦夕的險境，透露的訊息是化險為夷、從谷底向上攀升的情節發展，是女主角「死而復生」、「死去活來」的轉機空間。

四、焦點空間：情節進入高潮之訊息作用

　　所謂焦點，也就是故事的高潮。通常情節較簡單的故事經過頓挫和轉機以後，就進入高潮。高潮就是整個故事的焦點，且焦點的形成，是逐漸的，是曲折的，不是偶然的，不是直線的〔註60〕。

　　例一，〈李章武傳〉——華州王氏家的房間成為情節進入高潮的焦點空間：

　　故事寫李章武在華州宿娼的故事，主題是生死戀，其中的高潮在於王氏鬼魂的出現和同李生的溫存、向李生懇請照顧楊六嫂並餽贈李生以靺鞨寶等事，最後寫相互賦詩，相泣而別，多層次地展現了王氏內心的善良和多情〔註61〕，而這一賺人熱淚的情節全發生在「華州王氏家的房間」此一焦點空間內。試看：

> 乃具飲饌，呼祭。自食飲畢，安寢。至二更許，燈在牀之東南，忽爾稍暗，如此再三。章武心知有變，因命移燭背牆，置室東西隅。旋聞西北角悉窣有聲，如有人形，冉冉而至。五六步，即可辨其狀。視衣服，乃主人子婦也。與昔見不異，但舉止浮急，音調輕清耳。章武下牀，迎擁攜手，款若平生之歡。自云：「在冥錄以來，都忘親戚。但思君子之心，如平昔耳。」章武倍與狎暱，亦無他異。但數請令人視明星，若出，當須還，不可久住。每交歡之暇，即懇託在鄰婦楊氏，云：「非此人，誰達幽恨？」至五更，有人告可還。子婦泣下牀，與章武連臂出門，仰望天漢，遂嗚咽悲怨。卻入室，自於裙帶上解錦囊，囊中取一物以贈之。其色紺碧，質又堅密，似玉而冷，狀如小葉。章武不之識也。子婦曰：「此所謂『靺鞨寶』，出昆侖玄圃中。彼亦不可得。妾近於西嶽與玉京夫人戲，見此物在眾寶璫上，愛而訪之，夫人遂假以相授，云：『洞天群仙，每得此一寶，

〔註60〕參考羅盤：《小說創作論》（台北：東大圖書有限公司，1980年2月），頁100。
〔註61〕參考蔡守湘：《唐人小說選著》（台北：里仁書局，2002年6月），頁206。

皆爲光榮。』以郎奉玄道，有精識，故以投獻。常願寶之，此非人
間之有。」遂贈詩曰：「河漢已傾斜，神魂欲超越。願郎更回抱，終
天從此訣。」<u>章武取白玉寶簪一以酬之</u>，並答詩曰：「分從幽顯隔，
豈謂有佳期。寧辭重重別，所嘆去何之。」<u>因相持泣，良久。</u>子婦
又贈詩曰：「昔辭懷後會，今別便終天。新悲與舊恨，千古閉窮泉。」
章武答曰：「後期杳無約，前恨已相尋。別路無行信，何因得寄心。」
款曲敘別訖，遂卻赴西北隅。行數步，猶回頭拭淚。云：「李郎無捨，
念此泉下人。」復哽咽佇立，視天欲明，急趨至角，即不復見。但
<u>空室窅然，寒燈半滅而已。</u>

「王氏房間」這個空間在故事裡不是簡單地被附帶提及，而是成爲明確的描
述對象。這樣的空間描寫，是與李章武的感知連在一起的，從而注意到每個
空間細微的風吹草動。作者寫王氏鬼魂進入焦點空間時，既注意突出她作爲
人的癡情，也未忽視她作爲鬼的特殊性。例如寫她二更赴會時，章武能聽見
房間西北角的動靜聲響，好像有人影緩緩而來，這與中國民俗所賦予的鬼的
特徵是吻合的，是眞正從陰間來的。王室鬼魂在房內與章武相見時說，自從
到陰間以來親戚們都忘了，但思念情郎的那份心仍如過去一樣，從中國的文
化傳統來看，戀愛從來不是中心問題，中國的愛情作品雖然很多，但沒有讓
愛情去抹殺其他的人倫，比如〈離魂記〉中的倩娘，就既重愛情也思念父母，
而王氏卻忘掉了所有的一切，唯獨思念她的情人，這眞算得癡情了。以這種
癡情爲依託，作者集中筆力描寫一對情人在房間內的離別，這個房間遂成爲
使情節推至高潮的焦點空間。他們的歡會，時間有限：由於人鬼殊途，王氏
的鬼魂只能在夜間與李見面，一旦啓明星出，即必須回到「冥中」；而分手之
後，可能就再也沒有機會相見了。這樣的訣別，足以使人心碎。明明已被告
知必須走了，還不甘心地去「仰望天漢」，但願啓明星尚未出現；當最後一線
期冀破滅，只得「嗚咽悲怨」，解物相贈。這是悲慘的離別儀式。隨後的「因
相持泣，良久」，是這儀式的高潮。然而，無論這儀式多麼悲慘，它都感動不
了無知無覺的時間。最後的一刹那是最令人傷心的一刻。在「空室窅然，寒
燈半滅而已」的死一般的寂靜中，王氏鬼魂消失了，但讀者卻似乎更清晰地
聽見了她的哀怨的哭聲〔註62〕。

〔註62〕 參考陳文新：《中國傳奇小說史話》（台北：正中書局，1995 年 3 月），頁 172
～174。

一人一鬼，在「華州王氏家的房間」內溫存，兩人深情不斷，人鬼相聚，以續前緣。浪漫、多情的描寫，是這場生死戀的高潮情節。可見焦點空間的設置、場面氣氛的鋪陳等細節準備已向讀者透露訊息，其空間場域聚焦所及，高潮情節於其中發展，既能凝聚讀者目光、也能散發感人能量、更能呈現藝術效果，實在令人為之驚嘆。

例二，〈謝小娥傳〉——潯陽郡申蘭家成為情節進入高潮的焦點空間：

謝小娥是一位機智頑強、堅忍不拔的女復仇者，她在申家兩年有餘，甚得主人的歡心與信賴。小娥又發現申家果藏有掠自謝家的金寶、錦繡衣物等，更確定她的父親和丈夫乃是申蘭和他的昆弟申春所殺。終於乘二人醉臥之際，將二人刺殺，為父、夫復仇〔註63〕。而復仇的高潮情節就發生在「申蘭家」這一焦點空間裡，試看：

> 歲餘至潯陽郡，見竹戶上有紙榜（同榜）子，云召傭者。小娥至，應召，詣門，問其主，乃申蘭也。蘭引歸，娥心憤貌順，在蘭左右，甚見親愛。金帛出入之數，無不委娥。已二歲餘，竟不知娥之女人也。先是謝氏之金寶錦繡，衣物器具，悉掠在蘭家。小娥每執舊物，未嘗不暗泣移時。蘭與春，宗昆弟也，時春一家住大江北獨樹浦，與蘭往來密洽。蘭與春同去經月，多獲財帛而歸。每留娥與蘭妻蘭氏同守家室，酒肉衣服，給娥甚豐。或一日，春攜大鯉兼酒詣蘭，娥私歎曰：「李君精悟玄鑑，皆符夢言，此乃天啟其心，志將就矣。」是夕，蘭與春會，群賊畢至，酣飲。暨諸兇既去，春沉醉臥於內室，蘭亦露寢於庭。小娥潛鎖春於內，抽佩刀先斷蘭首，呼號鄰人並至。春擒於內，蘭死於外，獲贓收貨，數至千萬。初，蘭、春有黨數十，暗記其名，悉擒就戮。

誠如羅盤所言：高潮的形成，是逐漸的，是曲折的，不是偶然的，不是直線的。所以作者李公佐先寫謝小娥之父親與丈夫往來江湖做買賣，被強盜殺害。後寫小娥訪得兇手，受雇為役，伺機殺死了兩個仇人——申蘭、申春，並告官府盡收其餘黨〔註64〕。令謝小娥觸景傷情、睹物思人的是在申蘭家看到從前從她謝家搶來的金銀財寶、錦繡衣料、穿著服飾、日常用具，這一幕描寫

〔註63〕參考劉瑛：《唐代傳奇研究》（台北：聯經出版事業公司，1994年10月），頁384。
〔註64〕參考陳文新：《中國傳奇小說史話》（台北：正中書局，1995年3月），頁158。

也讓讀者為之心折，頗能與之同情而共感。故事的高潮則是謝小娥砍下了申蘭的頭，得以報了父與夫的血海深仇，而「申蘭家」這個焦點空間，即是強盜掠奪財物、藏匿贓物的賊窟大本營，這個焦點空間的設置使女扮男身、俠智兼備的謝小娥完成了她個人生命裡的復仇大業，在仇人家達成報仇的使命，讓情節推展至巔峰的過程既合於情理又大快人心。

五、急降空間：主題明朗化之訊息作用

當故事情節發展到最高潮以後，情節就應該使之明朗。所謂使之明朗，就是真偽必須分明，善惡必須分明，美醜必須分明，強弱必須分明，光明與黑暗必須分明。作者所欲表現的這時應該明朗化，使得讀者了解整個故事，也了解全篇主題。故事一經發展到最高潮後，情節不宜再做過多的發展，譬如一個愛慕虛榮的少女，由於愛慕虛榮，幾經陷阱最後覺悟過來決意自新，這時痛改前非重新做人，就故事結構而言便是急降〔註65〕。

例一，〈枕中記〉──睡醒後一切如初的客店成為「人生如夢」主題的急降空間：

急降空間的運用能使故事情節明朗化、讓讀者接收到清楚的訊息，對於勸戒動機強烈、宣揚主題明確的小說作者而言，是很好的運用手法。〈枕中記〉寫盧生得到道士呂翁的一個枕頭，枕之入夢，在夢中登第入官，歷任顯要，五十餘年，飽享了人世的富貴榮華，也嘗到了失寵受辱的辛酸滋味。一覺醒來，主人的黃粱米飯還沒有蒸熟。他因此感悟到功名的空虛。黃粱夢的故事，表達了沈既濟富貴無常不可恃的人生體驗。在他看來，追求榮華富貴雖然並沒有什麼過錯，但飛黃騰達者卻往往不得善終。在現實的人事紛爭之中，處處是風波，時時有危險，不僅到手的東西可能失去，說不定還會搭上性命，宦途易進難退，到時想抽身也來不及了。與其躁進而蹈湯火，不如索性永遠站在險象環生的官場之外。盧生的悟道，不妨說是沈既濟的悟道；他借此抒發了勘破世情的悲憤，表達了對官場的批判，並奉勸讀書人把功名利祿看淡一些〔註66〕。故事情節末尾，盧生睡醒發現自己正躺在客店裡，又看到呂翁也在自己身邊，店主人蒸著的黃粱米飯尚未煮熟，用手摸摸周圍的東西也都

〔註65〕 參考羅盤：《小說創作論》（台北：東大圖書有限公司，1980年2月），頁100。
〔註66〕 參考陳文新：《中國傳奇小說史話》（台北：正中書局，1995年3月），頁120
　　　　～122。

依然如故。在世事變與不變、可恃與不可恃之間,「客店」這個急降空間讓主題表現瞬間明朗化。試看:

> 盧生欠伸而寤。見方偃於邸中,顧呂翁在傍,主人蒸黃粱尚未熟,
> 觸類如故,蹶然而興曰:「豈其夢寐耶。」翁笑謂曰:「人世之事,
> 亦猶是矣。」生憮然良久,謝曰:「夫寵辱之數,得喪之理,生死之
> 情,盡知之矣。此先生所以窒吾欲也,敢不受教。」再拜而去。

〈枕中記〉無疑是一篇含諷刺意味的小說,作者在表達「富貴不過過眼雲煙」的主題下,設定故事中真實世界的空間場景以「客店」始、以「客店」終,將盧生醒後「客店」景物如初、人事俱在的場景作為故事尾聲的急降空間,強調現實中的人生一切都沒變、變的是那些不足恃的榮華虛名,促使「人生如夢」的主題明朗化,明確揭示了小說欲表達的人生觀,是用來呈現本篇小說寄寓哲理效果最佳的結局收束安排。

　　例二,〈離魂記〉──停船處通往張鎰家的路上成為「有情人終成眷屬」主題的急降空間:

　　故事敘太原王宙與表妹倩娘相愛,後倩娘被許嫁他人,「宙陰恨悲慟」,託辭赴京,「決別上船」。倩娘因思念王宙,魂魄離軀,在半夜趕上他,結成夫婦。「凡五年,生兩子」。倩娘思親歸寧,家中另有一倩娘病臥閨中,見面時,「翕然而合為一體」。作者善於故設疑陣,小說前段寫離魂的倩娘,完全像是寫真人;可是當她五年後回家探望父母時,讀者突然被告知:閨中另有一生病數年的倩娘。這到底是怎麼回事?一直到兩個倩娘「合為一體」,我們才明白私奔的是倩娘的魂〔註67〕。試看急降空間的設置如何使魂魄和真人在相迎的路上合體,藉此達成小說主題明朗化的作用:

> 遂俱歸衡州。既至,宙獨身先至鎰家,首謝其事,鎰大驚曰:「倩娘
> 疾在閨中數年,何其詭說也?」宙曰:「見在舟中。」鎰大驚,促使
> 人驗之。果見倩娘在船中,顏色怡暢,訊使者曰:「大人安否?」家
> 人異之,疾走報鎰。室中女聞,喜而起,飾妝更衣,笑而不語,出
> 與相迎,翕然而合為一體,其衣裳皆重。

作者以浪漫的表達方式強化出「愛」的力量,寫出一對青年男女追求自由戀愛,奮不顧身奔赴戀人身邊的執著竟使倩娘的靈魂能出竅;而「愛」的力量

〔註67〕參考陳文新:《中國傳奇小說史話》(台北:正中書局,1995年3月),頁97
　　　　～98。

和呼喚，亦讓已病在閨中數年的倩娘肉體立刻振作起來梳洗打扮。在故事情節末尾的急降空間裡，下了船的倩娘與走出閨房的倩娘在彼此相迎的路上瞬間合為一體，已為人婦的倩娘和待字閨中的倩娘於道上迎面走來，這樣的空間場面迎來的是勇於追求真愛的幸福與皆大歡喜的圓滿結局，更明確傳遞了作者欲表達之「有情人終成眷屬」的小說主題。

本章小結

空間是獨立自主而有其內在邏輯的，但是與其他社會文化現象或要素必須共同一起運作而不可分，尤其是與人的活動不可分。空間的存在是建立在對於人的客觀性及主觀性活動的描述上；空間也由人體（空間）所構成。事實上，人體不只使我們感受、生產、受制於空間，也使我們呈現於空間而成空間的一部分；它更使我們能包容周遭的各種物體而擴展了空間〔註68〕。唐代小說中對於空間場域的經營和布局，除了基本的推動情節功能外，情節對應關係的設計、情節轉折的訊息透露，這些空間場域皆在故事情節的推展上產生關鍵作用。若從唐代小說的敘事方式觀之，空間場域所示現的重要意義，即是透過輔助情節發展以吸引讀者目光，達到情節能扣人心弦、沁入人心的藝術效果。

無論是固定空間或流動空間、空間場面之設置對應、空間場域透露的訊息，都顯示空間的布局在唐代小說情節推展上起著關鍵性作用，具有串聯、對照、轉折等重要意義。透過對固定空間或流動空間的分析歸類，使我們知道唐代小說不僅運用了單一的固定空間設置使情節在其中推展、以某個固定空間為核心的流動空間使主要情節在其中推進、以不斷移轉的流動空間均衡各空間情節發展；空間場面之設置更對應了情節發展，使塵俗與俠義、榮顯與讒毀、歡愛與冷落的對比關係在小說情節結構上產生張力，進而彰顯唐代時空背景下的社會性意義。此外，空間場域在情節結構轉折時，會透露著情節發展上的某種訊息，包括糾葛空間呈現二元對立、頓挫空間促使情節由好轉壞、轉機空間暗示情節由壞轉好、焦點空間推動情節進入高潮、急降空間使故事主題明朗化，這五種空間場域在情節上皆示現了其意義和作用。唐代

〔註68〕 參考黃應貴主編：《空間、力與社會》〈導論——空間、力與社會〉（台北：中央研究院民族學研究所，1995 年 12 月），頁 3。

小說中有關空間場域的鋪排設置，不僅推動情節發展、產生情節對比效果，也透露了情節轉折的訊息，可見唐代小說的空間場域布置的確與敘事層面的情節推展具有密切聯繫。

　　從「空間場域示現」對唐代小說情節之總體性文化意蘊來看，筆者試擬以下三點論述之：

　　一、鎖定空屋，假物類人格化之情節以現唐代文人文化：

　　唐代是「詩」這種文學體裁登峰造極的輝煌時代，唐代文人看似人人都會寫詩，但詩作的品質如何則令人存疑。基於此，唐人以文為戲、假小說之名以寄嘲諷之實，喜作像〈元無有〉及〈東陽夜怪錄〉此類小說，以諷刺那些不擅寫詩卻愛舞文弄墨、冒充詩人的文士。無獨有偶的，這類嘲諷型小說皆以「空屋」這種固定空間，來集中故事情節的發展，將物品（無生物）或動物們予以人格化之對話，虛寫物類作詩相互吹捧，而實寫文人自視甚高卻才能平庸。小說作者只需鎖定空屋、鋪衍各角色間的情節對話，無須更換空間場景。由此可見，唐代文人間的調侃文化，頗具寓意。

　　二、空間呼呼流轉，藉主角之義行情節以現唐代俠客文化：

　　唐代的「行俠風氣」盛行，俠的形象、俠的義行、俠的職業化、俠的神祕化，羅織成唐代俠客文化的樣貌。基於此，唐人豪俠類小說精彩紛呈，無論是仗義、報恩、報仇或實踐理想抱負，都可能成為俠客的行動目的。顯而易見地，這類豪俠小說皆以「呼呼流轉」的流動空間，來持續推進故事情節的發展，也只有透過不斷變換、流動的空間，才能引領俠客變動不居的行動，也才能藉著轉往四處奔波的歷程完成任務。小說作者必須不斷更換空間場域、藉空間推動情節往前進。由此可見，空間對唐小說情節呈顯了唐的俠客文化面貌。

　　三、空間對比設置，以對應之情節呈現唐代特有之藩鎮、仕宦、狎妓文化：

　　唐代的「藩鎮政治問題」、「仕宦階級意識」、「文士狎妓風氣」，是我們透過對小說文本分析後對唐代所做出的文化闡釋。正因為唐代社會生活的真實面貌是如此，所以當小說作者設置空間、安排情節時，常採用對比式的空間場面，來呈現劍拔弩張、兩極化對立的社會環境，而空間的對比設置，恰好讓處於兩個極端的情節發展於其中。由此可見，空間設置對唐小說情節透顯了唐代的文化態樣。

　　下圖為第二章情節推展與空間場域關係之論述結構：

圖 2-3-1：【第二章結構圖】

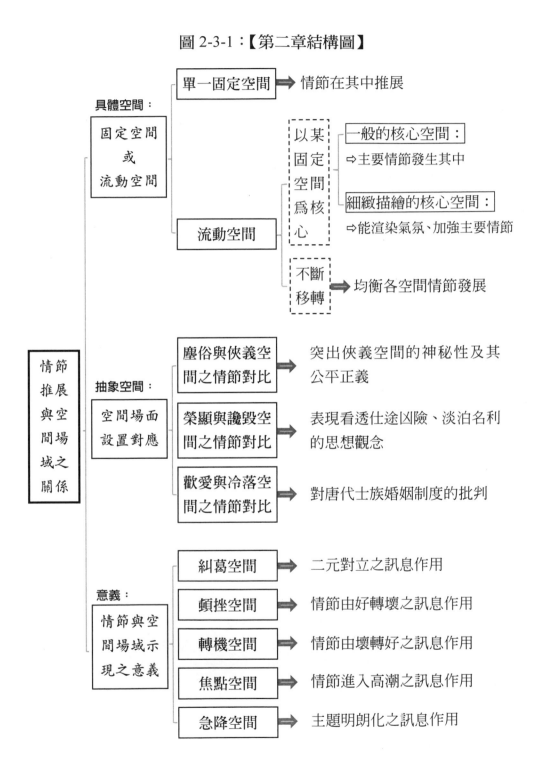

第三章　唐代小說人物形象與空間喻示

　　本章主要探討唐代小說中空間場景與人物形象塑造之間的關係。從小說的構寫技法而言，與空間有交涉關聯的是場景，主要是運用環境或空間場景的塑造來襯托主人公的性格，或特殊的風姿格調。本章分別從「特定空間場景與人物之關係」和「流動空間與人物之關係」兩方面進行探討，無論是特定空間或流動空間，都顯示空間場景在唐代小說人物形象塑造上起著作用，發揮著積極而重要的功能。

第一節　特定空間場景與人物之關係

　　本節之「特定空間」，係指小說人物活動時停留在某處的固定空間場景，即小說的某一空間對人物形象、性格產生的隱喻作用，包括抽象和具象環境、荒僻和鬧市空間對人物形象的塑造。

　　人物是小說整個形象體系的核心。即使以異類為主角的唐代小說，仍曲折表現人物的性格和相互關係，或是人格化的異類。小說人物凝聚作者的思想感情、社會理想和審美追求等主題。然而小說表現人物的技法，儘管有諸如敘述人介紹法、人物介紹法、心理分析、肖像描寫、行動描寫、對話描寫、心態描寫等直接或間接地呈現手法，卻鮮少有人以人文地理學的空間角度來分析唐代小說人物形象的塑造。小說世界是由地點與場景、場所與邊界、視角與視野組成。小說裡的人物、敘事者，以及閱讀之際的讀者，都會佔有各式各樣的地方與空間〔註1〕。將文本內容所包含的區域，與地理學的區域連結

〔註1〕　（英）邁克・朗克（Mike Crang）著，王志弘、余佳玲、方淑惠譯：《文化地

起來。這種只是將兩張「地圖」疊在一起的做法可能很有趣,但視野卻頗狹隘。或許更有意思的是檢視空間場景,如何建立於文學文本之中。這同時牽涉了情節、人物與作者創作意圖〔註2〕。小說敘事是在特定時間與空間交會下發生的一連串事件,因此若能以空間閱讀法突破長久以來文學批評以時間演變爲閱讀中心的盲點,就能在文本的情節與角色的歷時性發展之外,特別留意角色在社會空間結構裡的文化位置。在原本的線性(時間)閱讀之中,置入(空間)點狀閱讀,全面性地解讀出暗藏在文化地理裡的符碼〔註3〕。

一、抽象和具象環境表現人物性格

本文之「抽象環境」,係指人物所處的社會背景、人際互動網絡或其身分、地位、職業等精神層次的環境;本文之「具象環境」,係指人物所處能看得到、摸得到、聽得到、聞得到的具體感官空間,包括人物的居住環境、他身上佩帶的物件、感官環境等。而「人物性格」,就是一個人完整的個性。性格就是個性,就是一個人一定不移的特有的品性氣質,是心靈世界的一種表現。我們在實際的生活中,在應付各種事情,處理人際關係的時候,一個人的性格就會明顯表露出來。人物的性格就是人物行爲的一種類型,常常是先天的遺傳與體質,後天的生活與處境所創造出來的〔註4〕。

小說中人物的塑造,不能專靠平鋪直敘的描寫,必須用戲劇的手法去呈現。意即必須讓小說裡的人物在「眞實的人生舞臺上活動」,因此小說作者必須描寫人物生存與活動環境(environment)。法國小說家左拉《論小說》說:「人不能脫離環境而生存,他必須有他自己的衣服、住宅、城市、省分,方才臻於完成。」因此,要描寫一個人物,他的心理與性格爲什麼這樣?應該從人物的生活環境去尋找原因。作者要對小說人物生活的環境的各種情況做詳細地描寫,因爲人物生活的外在環境和內在心理世界是息息相關的〔註5〕。

理學》(台北:巨流圖書有限公司,2003年),頁58。

〔註2〕 (英)邁克・朗克(Mike Crang)著,王志弘、余佳玲、方淑惠譯:《文化地理學》(台北:巨流圖書有限公司,2003年),頁62。

〔註3〕 范銘如:《文學地理:臺灣小說的空間閱讀》〈導論:看見空間〉(台北:麥田出版城邦文化事業股份有限公司,2008年8月),頁28~29。

〔註4〕 參考方祖燊:《小說結構》(台北:東大圖書股份有限公司,1995年10月),頁397。

〔註5〕 參考方祖燊:《小說結構》(台北:東大圖書股份有限公司,1995年10月),頁458。

　　抽象環境能客觀敘述和刻劃人物形象、性格，具象環境也能夠發揮側面烘托人物的作用。以下分別就抽象和具象環境對人物形象塑造所產生之效果做舉例說明。

（一）抽象環境——展現人物形象、情思和性格

　　小說家等於人物畫的畫家。他是用心靈作畫筆，用布局作構圖，用文字作顏料，將人物的形象與情思描繪出來，他對人物形象的描寫，可以分做「靜態描寫」和「動態描寫」。靜態描寫，大都以介紹的口吻，來描敘人物的家世、學經歷、身分、地位、事業、成就、心態、人生觀和生活態度的情況；動態描寫，大都以記錄的手法寫人際社會之間的互動，來刻劃人物的表情、動作、神態的情形。這些描寫有的寥寥數筆，有的相當細膩〔註6〕。而人物所處的抽象社會背景環境和他的身分、地位、職業等精神環境，恰可透過對抽象環境動態和靜態的描寫，來展現人物的形象、情思和性格。

1. 社會背景——由人際關係構成的社會活動呈現人物形象

　　小說描寫人物有一種間接的方法，是爲「暗敘法」，即作者隱藏在「幕後」，不直接描寫這個人，而由另一個人物的眼中顯示出來，作者只是在旁做「忠實」的紀錄，這種描寫人物的手法較爲巧妙靈活，態度上也較客觀，容易取得讀者的信任。作者不作正面的用筆，而是用幾個人物來彼此觀察，譬如，某人和某人第一次見面，這是兩者彼此觀察的最好時機。或者，由人物之間彼此作口頭的介紹及評論，作者可以避免對人物作呆板的介紹，也可以避免對人物作正面的批評。對於一個人物的好壞，作者如用直接的口吻作正面的批評，不論評其好壞，總會顯得相當主觀，難以取信於讀者。用人物製造成一種輿論，由輿論來論斷其好壞優劣，這樣就顯得客觀得多了〔註7〕。透過這種人際間的互動環境描寫，也是小說呈現人物形象的一種方式。

　　根據胡亞敏的說法，環境三大要素之一：社會背景，指由人際關係構成的社會活動，包括風俗人情，即使不具備身分和情節功能的龍套人物也屬於社會背景的範圍〔註8〕。意即小說中人物參與的社交活動及其身邊週遭的人物

〔註6〕　參考方祖燊：《小說結構》（台北：東大圖書股份有限公司，1995 年 10 月），頁 345。

〔註7〕　參考羅盤：《小說創作論》（台北：東大圖書有限公司，1980 年 2 月），頁 84～85。

〔註8〕　參考胡亞敏：《敘事學》（武漢：華中師範大學出版社，2004 年 12 月），頁 160。

角色，亦可視爲一種敘事環境，這種抽象社會環境也能產生敘寫、刻劃主人公之人物形象和性格的效果。小說從幾乎是單純的時間藝術轉向對空間描繪的重視，是由於社會生活的發展也即對象的複雜化。人與人之間關係的複雜，一個人物的性格離開了生成的社會環境就什麼也不能說明〔註9〕。

例一，〈霍小玉傳〉──文人社交活動喻示人物媚俗性格：

康韻梅曾指出，李益到「崇敬寺」遊賞牡丹一事，是以媚俗的社交活動彰顯人物性格的明顯例子〔註10〕。李益已與盧氏訂親，爲了斷絕霍小玉對他的期盼，他不對霍小玉透漏自己的行蹤。當他因盧氏女在長安，請假入城回長安完婚時，便偷偷地選了個僻靜的地方住下，不讓人知道。霍小玉後來知道他回長安，就請遍親戚朋友，用各種辦法去叫李益，但李益終不肯往，甚至還早出晚歸，刻意迴避。當時已是三月，人們多去春遊，李益與同伴五六人到「崇敬寺」觀賞牡丹花，在西廊上散步、吟詠詩句。「崇敬寺」的賞牡丹活動竟使得深居簡出的李益願意公開拋頭露面，正顯示李益個性中附庸風雅的虛華特質，因春遊「崇敬寺」翫賞牡丹花是長安文人的重要活動，而且形成了數十年的傳統，李益斷不會輕易缺席。當某一件事發生於長安城時，這將意味著，所產生的效果對那些十分熟悉這一城市的古代讀者和對僅僅知道長安城是一座大城市的現代讀者是截然不同的。長安城的一座寺院中一處賞牡丹花場面的文人盛事的氣氛，那些十分熟悉這一氛圍的人將立刻就能看到更多的東西，對於他們來說，「在長安城」、「在崇敬寺」等空間場面將喚起更多對於故事人物的精確形象〔註11〕。在此，「長安崇敬寺」的文人傳統社交活動，即是文本中的空間性，或說是組織空間的內在社會人文特性，既有地理學物質形式上的基礎也有人文象徵介入構成的因素〔註12〕。抽象的社

〔註9〕 參考金健人：《小說結構美學》（台北：木鐸出版社，1988 年 9 月），頁 54～55。

〔註10〕 參考康韻梅：〈唐代小說中長安的城市空間場景與敘事之關係〉，《成大中文學報》第 32 期，2011 年 3 月，頁 21～22。

〔註11〕 當某一件事發生於都柏林時，這將意味著，所產生的效果對那些十分熟悉這一城市的讀者和對僅僅知道都柏林是一座大城市的讀者是截然不同的。那些十分熟悉這一氛圍的人將立刻就能看到多得多的東西，對於他們來說，「在廚房裡」、「在起居間」等符號將喚起更多的精確形象。參考（荷）米克·巴爾著，譚君強譯：《敘事學：敘事理論導論》（北京：中國社會科學出版社，2003 年），頁 160。

〔註12〕 范銘如：《文學地理：臺灣小說的空間閱讀》〈導論：看見空間〉（台北：麥田出版城邦文化事業股份有限公司，2008 年 8 月），頁 35。

會背景，即喻示了人物性格，完全將李益媚俗、虛榮的人物性格表露得淋漓盡致。

例二，〈崑崙奴〉——人際互動關係刻劃人物純情性格：

故事中的崔生是個美少年，品行清新正直不隨流俗，行事能秉持自我原則。動作優雅從容，舉止沉穩鎮定。說話時清雅脫俗，是個不凡之人：「生少年，容貌如玉，性稟孤介，舉止安詳，發言清雅。」以上這段對崔生人物形象的正面敘寫，屬於表現人物技法中的肖像描寫，是對人物的面貌、身體、姿態等所做的形象化、外形描寫。接著一品讓一位穿紅綃衣的家妓端了一碗糖漬的鮮桃給崔生吃，崔生是個少年郎君，在家妓面前顯得很羞澀，並未食用。一品又讓紅綃妓用湯匙餵食崔生，他在盛情難卻、迫不得已之下才吃了：「一品遂命衣紅綃妓者擎一甌與生食。生少年，赧妓輩，終不食。一品命紅綃妓以匙而進之，生不得已而食。」面對姿色美豔動人的紅綃妓的伺候餵食，崔生竟會感到害羞臉紅、手足無措，頗能呈現他性情純潔的一面，似乎不曾染指富貴公子哥兒調笑戲謔的陋習，這是出人意表的。抽象環境中的社會背景，以人際互動呈現小說人物的性格，是一種偏重動態的描寫。人際互動裡的動作，包括人物的表情、神態、手勢，可以使人看出人物心理活動、複雜的情思，可以使讀者觸摸到人物的情感和性格，即所謂「情態語、動作語或肢體語」〔註 13〕。且這段文字描寫崔生到一品家作客，無疑地它是一種社交活動，寫人物做什麼和怎麼做，包括主要人物與次要人物之間小的動作細節，是客觀社會背景的敘述和刻劃，是人際互動環境對主角形象性格的敘寫。這裡藉由人際互動關係所構成的社會活動，以及抽象社會環境裡的次要人物起著敘寫、刻劃主人公崔生性格的作用。

例三，〈霍小玉傳〉——人際互動評價呈現人物才氣縱橫形象：

故事中的李益門第清高顯貴，少年時就有才氣和意趣，文章中有很多華麗的辭藻和精彩的語句，當時的人都說他舉世無雙，知名前輩對李益一致讚許佩服：「生門族清華，少有才思，麗詞嘉句，時謂無雙。先達丈人，翕然推伏。」以上這段文字屬於表現人物技法中的直接表現法，無論是作者作為敘述人介紹李益這位人物，以及小說社會背景裡那些知名前輩對李益所做的介紹評價，都是屬於抽象社會環境敘寫、刻劃人物。陳文新曾指

〔註 13〕參考方祖燊：《小說結構》（台北：東大圖書股份有限公司，1995 年 10 月），頁 351。

出，傳奇中的李益，與李賀齊名。他的不少邊塞題材的詩，被樂工譜入管絃，播傳內廷，唐憲宗因此召他為秘書少監〔註14〕，可見李益當時極負文采盛名。而故事中善於彈唱詩詞文章的霍小玉，在與李益初次見面之前，即已聽聞京城中有這麼一號人物：「昨遣某求一好兒郎，格調相稱者。某具說十郎。他亦知有李十郎名字，非常歡愜。」可見李益的詩名早已在人群中傳揚開來。此外，霍小玉的母親淨持亦曾聽說李益的文才：「素聞十郎才調風流，今又見容儀雅秀，名下固無虛士。」這些透過人際互動所獲知的關於李益的人物評價、傳聞名聲，皆能證明李益的確是才名卓著之人，所以小說是藉社交活動口耳相傳這樣的抽象社會環境，來呈現李益這位人物才情橫溢、名揚京城的才子形象。

2. 身分、地位、職業等精神層次的環境──直接標榜人物形象

小說中的人物性格有其個別性，是普遍性與個人的特殊性融會在一起的，因為同一類型的人物由於遺傳、教育、身分、職業、境遇和家世背景的不同，性格也就自然不完全相同〔註15〕。小說人物的身分、社會地位、家世背景、職業等精神層次的環境，很能向讀者揭示故事人物當前或好或壞的處境，直接標榜了人物的形象。而且，這種由作者直接描寫人物所處的身分、地位、職業等精神環境的人物描寫法，是為「明敘法」，直接呈現於讀者眼前，直接影響到讀者的欣賞與感受，與讀者所發生的關係是直接的，讀者非關心不可〔註16〕。一個人的生活跟其遺傳家世與個人遭遇皆有密切關係，也因此形成這個人物的多彩生活與複雜性格。法國左拉曾在《論小說》裡提及，寫小說的第一個著力點，就是放在凸顯主角的性格，為了描寫「性格」，要特別觀察那個人物的家世、所受的教育等。描寫人物應該從現實的生活去描寫，才能夠寫出活生生的人物〔註17〕。

例一，〈崑崙奴〉──家世背景、身分職業塑造人物年輕有為形象：

故事中的崔生，他父親是一位地位顯赫的官員，與當時的勳臣一品很要好，崔生當時任宮中警衛，負責皇宮安全維護的工作：「有崔生者，其父為顯

〔註14〕參考陳文新：《中國傳奇小說史話》（台北：正中書局，1995年3月），頁150。
〔註15〕參考方祖燊：《小說結構》（台北：東大圖書股份有限公司，1995年10月），頁403。
〔註16〕參考羅盤：《小說創作論》（台北：東大圖書有限公司，1980年2月），頁82。
〔註17〕參考方祖燊：《小說結構》（台北：東大圖書股份有限公司，1995年10月），頁396。

僚，與蓋代之勛臣一品者熟。生是時爲千牛〔註18〕。」小說剛開始就點明了崔生爲富家子弟，其父親爲顯僚，以顯示社會地位背景的不凡。且崔生的職業又是個千牛衛，有個正經的職業，代表他不是個終日穿梭花街柳巷、不務正業的膏粱子弟，非一般世俗對所謂「官二代」的負面印象，而是個懂得上進的青年才俊。作者藉由崔生的家世背景、身分職業等精神環境，來塑造其年輕有爲的人物形象。

例二，〈李娃傳〉──身分、地位、職業塑造人物落魄邊緣人形象：

故事中的鄭公子，在被凶肆老闆等人救活後，雖得以苟活於人世，但因此淪爲賤民的身分，在喪事店鋪裡幹活管靈帳，後來更做了唱輓歌的高手，以此維持自己的生活：

> 由是凶肆日假之，令執縋帷，獲其直以自給。累月，漸復壯。每聽其哀歌，自嘆不及逝者，輒嗚咽流涕不能自止，歸則效之。生，聰敏者也。無何，曲盡其妙，雖長安無有倫比。初，二肆之儭凶器者，互爭勝負。其東肆，車輿皆奇麗，殆不敵，唯哀挽劣焉。其東肆長知生妙絕，乃醵錢二萬索顧焉。

作者藉由凶肆賤民的身分、卑賤的社會地位以及唱輓歌維生的職業等精神環境，塑造了鄭公子失魂落魄的形象。

且後來鄭公子被父親鞭笞瀕於死亡，因過於潰爛骯髒被棄置路邊，遂成了一無所有的街頭乞丐，靠討飯過日子：

> 一夕，棄於道周。行路咸傷之，往往投其餘食，得以充腸。十旬，方杖策而起。被布裘，裘有百結，襤褸如懸鶉。持一破甌，巡于閭里，以乞食爲事。

作者以社會最底層的流浪漢、乞丐的身分之精神環境，來形塑鄭公子社會邊緣人的形象。

（二）具象環境──讓讀者感知、認識和理解人物形象

人是感情的動物，人們能感覺到空間或是人地關係。其實，在日常生活裡，到處充滿了對空間的感覺。因此，從可以看得到、摸得到的具象環境裡，人們感受到怎樣的空間？這是此處要討論的。地理學在「空間」的解讀上，有一句話能反映認知上的落差：「世界上最遙遠的距離，不是生與死，而是

〔註18〕千牛備身的簡稱，爲唐時警衛宮廷的武官，屬左右千牛衛，多用貴族子弟充當。參考蔡守湘：《唐人小說選注》（台北：里仁書局，2002年6月），頁706。

－75－

我就站在你面前，你卻不知道我愛你。」「我站在你的面前」，我倆所形成的距離，這是絕對空間，可以量測，但是因爲某種緣故，所形成的「遙遠」，這是「感受」所造成的距離感。而這一類的空間，直到七〇年代，人文主義與列斐伏爾（Lefebvre）的出線才來到學術殿堂。「空間」背後有個力量在制約著大家，那就是「人」，但卻又不是「人」能全然操作的，所以「空間」就是存在著這樣的魔力。要感受這股魔力，首先要拋棄把「空間」做一個容器，所謂的「容器觀〔註19〕」想法。因爲具有「主體性」的空間觀，才具有「感受能力」。列斐伏爾（Lefebvre）認爲空間有其「主體性」，「三元辯證〔註20〕」開啓了一扇了解人類生活世界的視野，透過空間。所以，此處要討論的具象環境，若以具有「主體性」的空間視之，我們可以說「家是溫暖的地方」，此時，家這個空間已經被「溫暖」這個感覺所「固著」，成了有意識的固著空間。當然，隨著不同的自我——他者（不同族群）的辯證，會出現不同的地方固著〔註21〕。

總之，人對空間的感受，使空間有了意義。小説作者透過空間的描寫而產生某些感知，讓人們對故事人物的形象和性格有了認識和理解。故此處將分析唐代小説中具象環境對人物形象、性格的塑造和刻劃，共有三種，分別爲居住環境、物質環境、感官環境。

1. 居住環境——烘托人物品味、性情、形象

「烘托」是小説常用的寫作技巧，多用於人物、多係長期地圍繞著主體，且是比較具體而有系統的。它也是一種間接手法，其使命是以客體強調主體，它自身並不獨立地存在，它是一種無名英雄的行爲，它不能越俎代庖、喧賓奪主。運用烘托手法的好處有二：一是可增強主體的力量，另一是可避免作者的主觀而免引起讀者的敵對心理〔註22〕。人物的居處環境，可以看出一個人的品味、襯托人物性情、烘托人物形象。象徵型環境往往爲人物的活動提

〔註19〕 空間是一個容器，上面裝載著大大小小的事物，不管是平面的二維分析、立體的三維分析，甚至是號稱加入時間要素的四維時空分析，都是在這個容器觀下進行。

〔註20〕 「三元辯證」即世界存有空間性、歷史性、社會性，要了解這個渾沌的世界，能從這三個方面下手，三者彼此是相互糾結、互相辯證的。

〔註21〕 參考施雅軒：《地理思想·思想地理》（高雄：麗文文化事業股份有限公司，2012年8月），頁89～93。

〔註22〕 參考羅盤：《小説創作論》（台北：東大圖書有限公司，1980年2月），頁120。

供相宜的氣氛與場所，尤其是家庭內景，可以看作是對人物的轉喻性的或隱喻性的表現〔註23〕。例如《紅樓夢》描寫林黛玉的生活環境，即是用來映照襯托人物的性格特性。曹雪芹把環境的色彩氛圍和人物的心理性格交織一起，他寫林黛玉住的瀟湘館，是「鳳尾森森，龍吟細細」，「湘簾垂地，悄無人聲」（第二十六回），還有館中的鸚鵡、竹子、石頭、花草、秋聲、秋雨，彷彿都帶有林黛玉的柔情、憂傷的性格，都是那樣的多愁善感，都像它們的主人一樣的為著青春、為著愛情而哭泣心碎〔註24〕。刻劃環境會對人物產生影響，一個人的住所與其性格特徵、生活方式和可能發生的事相聯繫〔註25〕。

例一，《玄怪錄・崔書生》──名花美好氛圍襯托人物性情：

故事中的崔書生在東州邏谷口居住，喜好種植名花：「於東州邏谷口居，好植花竹，乃於戶外別蒔名花，春暮之時，英蕊芬鬱，遠聞百步。書生每晨必盥漱獨看。」邏谷口住處是個遍植名花、百步之外就能聞到花蕊濃郁香氣的地方，視覺空間與嗅覺空間交相重疊的美好氛圍，用以襯托崔書生性情雅好幽靜，遂能吸引仙女前來與之結縭。

例二，〈霍小玉傳〉──空間場景氣氛襯托人物性情：

故事中寫其居處「庭間有四櫻桃樹」、「鮑引生就西院憩息。閑庭邃宇，簾幕甚華。」只見安靜的庭院、深廣的屋宇、門窗的簾子非常華麗，即便女主人公是一名娼妓，作者蔣防仍藉此空間場景氣氛的描寫來襯托霍小玉的蘭心蕙質，因為當時娼妓有類於今日的交際花，不只綽約多姿、談吐文雅，而且多有文才，並能吟詠〔註26〕。此外，作者鋪陳此空間場面亦隱含有庭院深深幽靜孤獨寂寞、與外界隔絕之處，一名當時平康里妓院中，初長成準備但尚未在社交場中露過面的美貌少女〔註27〕，對擁有純粹愛情的等待、憧憬與渴望。在霍小玉看似閑靜的深居中、貌似華麗的門簾之內，怦然的少女心其實已經蓄勢待發，深深庭院之後，無盡深邃、蠢蠢欲動的少女情懷真能被門

〔註23〕 參考胡亞敏：《敘事學》（武漢：華中師範大學出版社，2004年12月），頁165。

〔註24〕 參考方祖燊：《小說結構》（台北：東大圖書股份有限公司，1995年10月），頁470。

〔註25〕 （荷）米克・巴爾著，譚君強譯：《敘事學：敘事理論導論》（北京：中國社會科學出版社，2003年），頁163。

〔註26〕 參考劉瑛：《唐代傳奇研究》（台北：聯經出版事業公司，1994年10月），頁188。

〔註27〕 參考劉開榮：《唐代小說研究》（台北：臺灣商務印書館股份有限公司，1994年5月），頁86。

庭空間層層隔離嗎？作者文筆之下有意無意之間所滲透出來的空間場景氣氛，對霍小玉這樣有良好文化教養的女性人物形象的襯托，實有一定程度的作用。

例三，〈虯髯客傳〉——空間場面烘托人物豪富與帝王氣象：

故事中亦有空間場面烘托人物的現象，寫李靖和張氏到京師拜訪虯髯客家，發現「乃一小板門」，足見虯髯客刻意擇居在坊曲之中，又出入口竟是個「小板門」，其為了舉大事所下的用心可見一斑。且入門後「延入重門，門益壯麗」、「廳之陳設，窮極珍異」、「乃虯髯者，紗帽褐裘，有龍虎之姿」、「陳設盤筵之盛，雖王公家不侔也」，用以烘托虯髯客的豪富與帝王氣象，更為下文的海外得志作鋪墊。

例四，〈遊仙窟〉——空間場所襯托人物非凡氣質：

故事中的積石山，是個「深谷地帶，鑿川崖岸之形，高嶺橫天，刀削崗巒之勢，煙霞子細，泉石分明，實天上之靈奇，乃人間之妙絕。」這樣的奇絕景致，是用來烘托神仙窟的人跡罕至，前人有云「神仙窟」其實即是歌樓酒館，不論是隱晦地描寫人跡罕至的神仙洞府或是歌樓酒館，皆是用來襯托崔十娘的冰清玉潔，不與時流相同。且作者對於崔十娘居室的細節刻劃極其精緻：

> 于時金臺銀闕，蔽日干雲。或似銅雀之新開，乍如靈光之且敞。梅梁桂棟，疑飲澗之長虹；反宇雕甍，若排天之矯鳳。水精浮柱，的皪含星；雲母飾窗，玲瓏映日。長廊四注，爭施玳瑁之椽；高閣三重，悉用琉璃之瓦。白銀為壁，照耀於魚鱗；碧玉緣陛，參差於雁齒。

以銅雀臺、靈光殿、長虹、鳳凰來喻其居處堂構，對於空間場所的描繪，實與崔十娘的人物氣質吻合，足見她的神仙住所仙氣逼人、非凡間女子所能望其項背。

例五，〈補江總白猿傳〉——空間場域襯托人物性情格調：

故事中描摹白猿所居洞窟，深溪環繞、名花遍植、綠草如毯，清明曠遠、寂靜無聲，幽寂不同於外界之所。且看：

> 有深溪環之，乃編木以渡。絕巖翠竹之間，時見紅綵，聞笑語音。捫蘿引組，而陟其上，則嘉樹列植，間以名花，其下綠蕪，豐軟如毯。清迴岑寂，杳然殊境。

寫白猿洞府之遼遠奇絕景緻以及獨立於世俗之外的空間場域,描寫空間簡潔清麗,點出了白猿精怪用來藏匿美婦的奇絕環境,呈現了白猿精怪人格化後的居住空間,以襯托他不與時流相同的性情格調。

2. 物質環境——襯托人物性格、形象或以物喻人

小說人物身上所佩帶之物件,例如刀劍、髮飾、腰帶、鞋靴等,常襯托其性格和形象。環境三大要素之一:物質產品,指人類生產或利用的客體〔註28〕。意即使用之物品、交通工具等,亦可視為一種敘事環境,產生襯托或以物喻人的效果。例如《紅樓夢》描寫林黛玉用的花鋤、小手爐,看的書籍,吟的詩詞,在在都在表現林黛玉多愁善感的情性。這是人物的悲劇性格與環境的悲劇色彩,交融一起的描寫〔註29〕。

例一,〈虯髯客傳〉——交通工具、身上配件暗喻人物奇異不凡:

故事中,虯髯的坐騎蹇驢、攜帶的東西:匕首、革囊,顯得突出而異乎常人。尤其英雄不乘駿馬而騎蹇驢,必有象徵意義。蹇驢其行若飛,並非凡品,暗喻主人不凡〔註30〕。蹇驢命運之乖舛不言可喻,亦隱喻主人為了追求理想匆忙奔走、卻又堅持不悔的形象。

例二,〈紅線傳〉——髮飾、衣著、配件形塑人物女俠形象:

故事中,紅線回自己屋內梳洗準備:「乃入閨房,飾其行具。梳烏蠻髻,攢金鳳釵,衣紫繡短袍。繫青絲輕履,胸前佩龍文匕首,額上書太乙神名。」胡人的烏蠻髻髮形、俐落的短袍、腰帶、輕便靴、匕首、額上寫太乙神明,透過敘事環境中的物質要素,形塑出紅線風姿颯颯的俠女形象。

3. 感官環境——產生更上乘的烘托人物效果

「感官空間」也是屬於「具象空間」。「感官空間」也是「空間」,因為具體的空間即包括了「地域空間」和「感官空間」。而感官空間就包括有視覺、

〔註28〕 參考胡亞敏:《敘事學》(武漢:華中師範大學出版社,2004 年 12 月),頁 160。

〔註29〕 參考方祖燊:《小說結構》(台北:東大圖書股份有限公司,1995 年 10 月),頁 470。

〔註30〕 葉慶炳於〈「虯髯客傳」的寫作技巧〉一文中提到,作者用蹇驢、匕首、革囊等加強環境氣氛,使這些東西的所有者更顯得突出而異乎常人。尤其是蹇驢,英雄如虯髯客,不騎駿馬而乘蹇驢,作者如此抉擇,諒必經過一番熟慮。駑驥日行千里,理所當然,似不足道;今乘蹇驢,而能「其行若飛」,足見此驢非凡品。驢之不凡,則其主人可知。參見樂蘅軍主編:《中國古典文學論文精選叢刊》(台北:幼獅文化事業公司,1980 年 3 月),頁 30~31。

聽覺、嗅覺、觸覺……等知覺在內，所以感官空間就是人進到一個空間裡，他感覺到什麼？譬如我來到此地正在下雪，我就會感到冷，這就是感官的空間，即「觸覺的感官空間」；我進到這個場域，我聽到音樂，這就是聽覺的空間，就是「聽覺的感官空間」；我進到教授的研究室看到好多書，這就是「視覺空間」，且同時聞到薰香香氣，這就是「嗅覺空間」。

「描寫」是小說筆法中的骨幹，其特點是細膩、生動、深刻、具體、客觀。小說中的空間場面都必須採用描寫的筆法，唯有描寫，才能細膩生動；唯有描寫，才能深刻具體〔註31〕。作者刻劃環境愈細膩、描寫空間愈細微，透過感官空間的側面烘托會對人物形象的塑造產生更上乘的效果。而且，空間的填充由那一空間中可找到的物體所決定。物體具有空間狀態。它們以其形狀、大小、顏色確定著房間的空間效果。物體在空間被安排的方式，以及物體的形狀，也可以影響對那一空間的感知〔註32〕。透過對空間的感知，小說人物的性格和形象便被塑造了出來。

例如，〈紅線傳〉──感官空間塑造人物性格、形象：

故事中，寫薛嵩在屋內獨飲，忽然聽到一陣晨風吹過、好似有片樹葉落下來，他一驚而起，原來是紅線回來了：「忽聞曉角吟風，一葉墮露。經而試問，即紅線回矣。」這裡作者描寫自然界環境裡的風聲、落葉聲而構築出一個感官空間、聽覺空間，就連細微的落葉聲都可聽得見，來凸顯薛嵩這個人物的緊張和故作淡定，所以藉由對自然景物感官空間的描繪，能襯托人物的心理與性格。也藉著這個四周環境幾乎出入悄無聲息的聽覺空間，來呈顯紅線的神出鬼沒。

又如〈紅線傳〉中，對魏博節度使田承嗣寢室內部空間的細膩描寫：

> 某發其左扉，抵其寢帳。田親家翁止於帳內，鼓趺酣瞑。頭枕文犀，
> 髻包黃縠。枕前露彙一七星劍，劍前仰開一金盒，盒內書生身甲子，
> 與北斗神名。復著名香及美珍，散覆其上。揚威玉帳，但期心豁於
> 生前，同夢蘭堂，不覺命縣於手下。寧勞禽縱，祇益傷嗟。時則蠟
> 炬光凝，爐香燼煨。侍人四布，兵器森羅。或頭觸屏風，鼾而齁者；
> 或手持巾拂，寢而伸者。某攀其簪珥，縻其襦裳，如病如昏，皆不

〔註31〕　參考羅盤：《小說創作論》（台北：東大圖書有限公司，1980年2月），頁111。
〔註32〕　（荷）米克·巴爾著，譚君強譯：《敘事學：敘事理論導論》（北京：中國社會科學出版社，2003年），頁159。

能寤。遂持金盒。

作者對田承嗣的寢室空間做了房內特寫，物與人、人與物緊接相連的視覺空間，使畫面有了聚焦的效果。寫房內的侍者四散、兵器扔在一起，人與物於此空間被安排的方式，使讀者感知到寢室內原是戒備森嚴，從而以側面方式寫出了田承嗣也怕自己在睡眠中遭他人暗算。侍者們頭碰屏風、鼾聲大作，房內竟無一人察覺紅線入屋的聽覺空間描寫，亦凸顯了紅線的細心謹慎、身手矯健、來去自如，以及她絕妙的隱身術〔註33〕。藉由對房內空間狀態的仔細描述，塑造出紅線如入無人之境、神通廣大的俠客形象。

再如〈洞庭靈姻傳〉（柳毅傳）更是以震撼感官的空間場面誇張渲染人物形象的經典例證。小說中，誇張的手法是極被重視的，沒有誇張就沒有小說。小說是描寫人生「不常」的生活，需與實際人生有著一段小小的距離，它不能太寫實、太平凡、太生活化。不過誇張也得有其分寸，不可違背情理，不能脫離現實。需是一種可能性和必然性，以讀者誠悅置信為原則，以大家所能公認為原則〔註34〕。故事中寫錢塘君聽到姪女的悲慘遭遇後怒不可遏，立刻出發去涇陽討回公道，而出發前的這一幕，作者將錢塘君剛烈威猛、無畏無懼的形象，透過驚天動地的空間場面呈現出來：

> 語未畢，而大聲忽發，天拆地裂。宮殿擺簸，雲烟沸涌。俄有赤龍
> 長千餘尺，電目血舌，朱鱗火鬣，項掣金鎖，鎖牽玉柱，千雷萬霆，
> 激繞其身，霰雪雨雹，一時皆下。乃擘青天而飛去。

當一個人物第一次上場露面的時候，給他一個描寫，就叫做「出場描寫」。這可以使讀者對這個人物先留下深刻印象，然後再來鋪敘他的故事、顯現他的性格、描寫他的心理〔註35〕。錢塘君出場的氣勢懾人：忽然有大聲傳來，天搖地動、宮殿搖擺、雲煙奔湧，他脖子上押著的金鎖鍊雖繫在玉柱上，都能扯斷脫身飛騰而去。就連自然環境中的雷電、風雪、冰雹都為他這次因正義出征的行動瘋狂地造勢一番，一連串排山倒海的空間場面相繼席捲而來，聽

〔註33〕 如故事中紅線說她入魏博節度使田承嗣宅裡的情形，宅內防備的嚴密程度，實在連老鼠都不能隨便進去，但紅線能進入警備那麼森嚴的節度使的臥室裡，不受任何障礙，毫不令人發覺，這確是她使用隱身術了。參考崔奉源：《中國古典短篇俠義小說研究》（台北：聯經出版事業公司，1986年12月），頁223。

〔註34〕 參考羅盤：《小說創作論》（台北：東大圖書有限公司，1980年2月），頁118。

〔註35〕 參考方祖燊：《小說結構》（台北：東大圖書股份有限公司，1995年10月），頁356。

覺、觸覺、視覺等感官空間兼用，將錢塘君衝動暴躁、直率剛猛的形象描寫
得精準到位。作者透過空間場面的安排，把錢塘君逐漸描述出來，讓人物自
己上場露臉，隨即描寫他的形象和故事。作者不作正面直接的描述，只是在
空間場面的鋪排中和故事人物的對話中，把他所要塑造人物的形象和故事的
開頭，在人物出場時候很自然呈現在讀者的面前〔註36〕。且作者此處對空間
場面的誇張渲染不違背情理，雖已將錢塘君人格化，卻仍保有其龍的習性、
本質，「雲從龍」、「龍騰雲駕霧」的本領，以及龍的最基本神性是上天下水，
變化不居。此外，龍的基本神職是興雲布雨，司水理水，故龍的神性是通過
它的神職體現出來的。蓋描寫人物的形象與性格一定要把握每一個人物的特
徵，例如吳承恩《西遊記》筆下的妖魔，除了具有人的思想情感外，還具有
他們原來動物的形態和習性的特點，像盤絲洞中的蜘蛛精，能從肚臍眼裡冒
出絲繩，用手按了一按，有些黏軟沾人，全是結網擄住蟲蟻、蜜蜂、牛蝱、
蜻蜓。這些形象與特性都是根據現實來寫的。人物的形象與性格的搭配，也
應該根據現實中所見的來描寫，這樣才容易被讀者接受〔註37〕。〈洞庭靈姻傳〉
（柳毅傳）的作者能善用這些特徵，透過感官空間描寫出錢塘君的形象性格。

二、荒僻和鬧市空間與人物形象之關係

小說作者對空間景物的描寫，可以產生製造故事氣氛的功能。藉空間景
物的描寫來造成一種意象，通過讀者的聯想作用，及利用讀者的真實經驗，
使得讀者的幻覺中能產生一種所望的氣氛，藉這氣氛再來烘托人物的心理，
或幫助故事情節的發展〔註38〕。本文之「荒僻空間」，係指小說文本中現實與
怪異空間的交叉點，此空間往往是人煙稀少、偏遠無往或郊外荒僻的場所，
例如長滿野草的荒園廢地、城外墓地、停放棺材陰氣重重的殯宮、郊外偏僻
的茅草屋等，這些空間的場景描寫，與一般的市井生活空間描繪手法相當不
同，是以誇張的敘述技巧來描繪空間的奇異〔註39〕；本文之「鬧市空間」，係

〔註36〕 參考方祖燊：《小說結構》（台北：東大圖書股份有限公司，1995年10月），
頁363。

〔註37〕 參考方祖燊：《小說結構》（台北：東大圖書股份有限公司，1995年10月），
頁405。

〔註38〕 參考羅盤：《小說創作論》（台北：東大圖書有限公司，1980年2月），頁135。

〔註39〕 參考金明求：《虛實空間的移轉與流動：宋元話本小說的空間探討》（台北：
大安出版社，2004年2月），頁239～240。

指城市中人來人往、車馬川流不息的鬧區街道上。「異類」的生活環境雖在「荒僻空間」，但跟人類的邂逅可能發生在「荒僻空間」也可能在「鬧市空間」。例如出現於荒僻空間的有：《河東記・盧佩》——「地祇」（冥府地神）生活在延興門外的城東墓田中、《續玄怪錄・張庚》——嬌艷美麗的青衣者（狐妖）出於坊門南街的廢墟墳墓、〈任氏傳〉——鄭六與容色殊麗的婦人們（狐妖）一夜狂歡淫慾的地點竟是蓁荒廢圃、《廣異記・薛矜》——手白如雪的婦人（女鬼）住處在「殯宮」（停放棺材的地方）、《靈怪集・鄭生》——柳氏女外祖母的鬼魂存在鄭州西郊、《河東記・申屠澄》——申屠澄的妻子（虎妖）娘家在路旁荒僻茅草屋；而出現於鬧市空間的則有：〈任氏傳〉——鄭六公然與任氏（狐妖）在京城長安大街上調情挑逗、《廣異記・薛矜》——薛矜在長安市場鬧街上搭訕一名車中女子（女鬼）。意即妖、鬼這些「異類」會往來於荒僻與鬧市之間，因為妖怪、鬼魂空間與人世空間是交疊的，它們既出沒在荒僻也會在鬧市空間。只是它們基本上生存的空間是在荒僻的地方，故「異類」比較容易出現在「荒僻空間」。荒僻空間常與人格化了的異類人物形象發生緊密的連結關係，異類出沒的空間在唐代小說中的描述已非常具體明確。相對地，鬧市空間在唐代小說中的運用，亦能見其與大膽好色的人物形象產生聯繫。以下分別就荒僻和鬧市空間對人物形象塑造所產生之效果做舉例說明。

（一）荒僻空間——異類出沒

　　康韻梅曾指出，在唐代小說中，荒僻空間場景與異類人物存在著聯繫關係〔註 40〕。六朝志怪小說對於異類出現的空間描述多半不明確或省略其敘述，例如《列異傳・定伯賣鬼》文中只說宗定伯年輕時夜裡走路遇到一個鬼，但鬼從哪裡來？未有具體描述。又如《列異傳・談生》文中只敘述某天半夜裡有個美麗女子大約十五、六歲，來說自願和談生結為夫妻。但這女鬼從哪裡來？並未交代其具體空間來處。但唐代小說處理異類與空間的關係，已能明確指出異類人物出沒、往來的方位或地點。郊外荒僻的茅草屋的確與異類形象有密切關係，無論異類為鬼魂或妖物，這些異類進出的荒僻茅舍也都能非常具體的指出其空間所在地點。

　　例一，《河東記・盧佩》——城東墓田說明異類人物出沒地點：

　　故事中，渭南縣丞盧佩是個孝子，其母生病，腰和腿日夜痛得難以忍受，

〔註40〕參考康韻梅：〈唐代小說中長安的城市空間場景與敘事之關係〉，《成大中文學報》第 32 期，2011 年 3 月，頁 20～21。

盧佩便毅然辭去官職，護送母親回長安，住在長樂里的別墅中，並請名醫王彥伯來給母親治病。但名醫架子很大，和王彥伯約定好看病的時間，他卻遲遲未到。盧佩焦急地望穿雙眼，心裡又怨又急，忽然看見一個穿白衣的女子騎著一匹駿馬來回奔馳後停在盧佩家門前，主動告訴盧佩願意幫其母親治病的心意。之後白衣女子果然讓盧佩母親的病起死回生，並以嫁給盧佩爲妻作爲治病的代價。只是她婚後每過十天就要回一次娘家，並拒絕盧佩用車馬接送。盧佩於是偷偷跟在後面，見其妻騎馬出了延興門，來到城東的墓地裡，其妻竟接受了巫師的酒茱和紙錢並指示做墳地。原來白衣女子就是冥府地神，主管京城三百里以內的喪葬事宜。「地祇」即是異類人物，「延興門」外「城東墓田中」即是長安城外荒僻空間，這就說明了異類出沒與空間之關係。

例二，《續玄怪錄・張庚》——廢墟墳墓分辨異類人物：

故事中，張庚住在長安昇道里南街，有一天晚上，看見幾個嬌豔美麗的婢女推門而入，並叩門邀請他到院中一同宴飲歡樂。張庚心想這個坊的南街都是廢墟墳墓，絕對沒有人住。婢女們說從坊中出來，可是坊門已經關閉，如果不是妖狐就是鬼。此處作者就是以空間場域來區辨青衣者的身分即爲異類。

除了上述兩例能點出異類出沒與空間之關係外，尚有另外一種情況：即空間的改變才能凸顯出異類的眞實身分，呈現「前／後；幻／眞；屋／墟」這樣的空間改變。唐代小説作者藉著空間前、後的改變，空間虛幻、眞實的丕變，空間從一般屋子化爲荒僻廢墟，來向讀者傳達人格化了的異類的眞實身分，用「空間的驟變」使讀者頓生恍然大悟之感。

例一，〈任氏傳〉——空間從「第宅」驟變成「蓁荒廢圃」，點出狐妖身分：

故事雖以「任氏，女妖也。」作爲開頭，但起初並未明確點出她的狐妖身分。而是在鄭六騎驢入昇平里北門，遇到了任氏，於一番調情表意之後，鄭六跟隨她們來到樂遊園：「鄭子乘驢而南，入昇平之北門。偶值三婦人行於道中，中有白衣者，容色姝麗。……稍已狎暱。鄭子隨之東，至樂遊原。」一夜狂歡淫慾後的隔天清晨，鄭六從賣餅舖的老闆口中得知樂遊園那裡是沒人要的地方、沒有豪宅：「此隤墉棄地，無第宅也。」且「此中有一狐，多誘男子偶宿。」才確認任氏是狐精。等到天亮後鄭六再去看那地方：「見土垣車門如故。窺其中，皆蓁荒及廢圃耳。」所以作者用荒僻的空間場景向讀者傳

達、確立任氏狐妖的身分，關鍵就在於「樂遊園」。康韻梅指出，「樂遊園」即「樂遊原」，在昇平里的東北角，是長安城最高處，《西京記》特別描述其地「四望寬敞」，屬於長安的遊憩之所，非住宅之地，是妖狐鬼魅常聚之地，狐妖常出沒其中，所以任氏引誘鄭六到樂遊園歡宴縱慾，即暗示出任氏的非人身分。在此，空間場面與人物身分的聯繫關係，是透過「樂遊園」這一市郊荒僻空間來建立任氏女狐妖的身分與形象，同時，亦使用「空間的驟變」來向讀者傳達人格化了的異類（狐妖）的真實身分。

例二，《廣異記・薛矜》——空間從「金光門外之宅」驟變成「殯宮」，點出女鬼身分：

故事中，薛矜任長安尉，執掌宮內採買事宜。一天，在東市市前，看見一駕坐車，車中有一婦人，手白如雪，薛矜頓生愛慕之心。薛矜稍稍挑逗了這婦人，婦人竟很高興，就對薛矜說：「我住在金光門外，你應該來看看我。」第二天，薛矜來到婦人住處，在外廳落坐，卻覺得很冷，走到內室，見那婦人坐在帷帳中用羅巾蒙住臉，薛矜用力拉下羅巾，看見婦人的臉有一尺多長，純黑色，發出了像狗一樣的叫喚聲。薛矜被嚇得立即昏倒在地，而薛矜所在之地竟是一處臨時停放棺材的地方。婦人即為女鬼，其「金光門外」住處即為「殯宮」。這裡可看出異類與人類之間的空間區隔關係，同時，亦使用「空間的驟變」來向讀者傳達人格化了的異類（女鬼）的真實身分。

例三，《靈怪集・鄭生》——空間從「鄭西郊之屋」驟變成「都無所有」，點出鬼魂身分：

故事中，鄭生進京趕考，天將黑時至鄭州西郊，到一個人家裡投宿。就在這個晚上，鄭生竟意外地答應了這戶人家老婦人的提議，與她的外孫女柳氏舉行了婚禮。鄭生婚後帶著柳氏回到淮陰拜見岳父母，柳氏進門下車後慢慢走進院中，柳家家中的女兒也笑著走出來，兩個柳氏女長的一模一樣，在院中相遇之後，忽然合成了一個人。柳縣令追察這件事，才知道原來是自己死了很久的岳母把她外孫女柳氏的魂許給了鄭生。後來鄭生再去尋找鄭州西郊他曾投宿過的地方，那裡卻已「都無所有」了。所以作者最後用事後真實的「都無所有」之空間場景向讀者傳達、確立老婦人的身分即為異類鬼魂，即使用「空間的驟變」來向讀者傳達人格化了的異類（女鬼）的真實身分。之前在「鄭西郊」投宿的屋子是虛幻的，即為柳氏女外祖母的鬼魂所在空間，是異類存在的荒僻空間。

例四，《河東記‧申屠澄》──空間從「路旁茅舍」驟變成「不復有人的廢墟」，點出虎妖身分：

　　故事中，申屠澄上任途中走到眞符縣東十里左右的地方遇上大風雪，於路旁的茅草屋裡借住一宿，因緣際會下娶了此戶人家的女兒做妻子。婚後第二天，岳母對申屠澄說：「這地方孤零而遙遠，沒有鄰居，房子還低下狹小，不可久留。女兒既然已經給了你，你就帶著她走吧！」然婚後因妻子想念父母，便一起回到了娘家，但娘家的空間景象卻是：「草舍依然，但不復有人矣。」她在牆角下的一堆舊衣服裡發現了一張虎皮，於是她把虎皮披到自己身上，立即變成一隻老虎，咆哮撲跳了幾下，衝門而出便遠去了。作者以「眞符縣東十里許之路旁茅舍」、「此孤遠無鄰」、「不足以久留」說明故事中虎妖之住處，故異類形象實與荒僻空間關係密切，同時，亦使用「空間的驟變」來向讀者傳達人格化了的異類（虎妖）的眞實身分。

（二）鬧市空間──凸顯男性人物大膽又好色的形象

　　與荒僻空間相對的是鬧市空間。鬧市空間與人物形象的塑造之間，究竟有何關係？閱讀唐代小說文本，不難發現一些豔遇發生的地點都被作者設定在熙來攘往的鬧街空間，而這樣公開的喧鬧空間，恰好在男女遇合的場面上凸顯了男性人物大膽又好色的形象。

　　例一，〈任氏傳〉──京城鬧街凸顯人物色膽包天形象：

　　故事中的鄭六，在首都長安城昇平里的大街上，公然對豔麗動人的任氏調情，他不顧形象、不惜在大庭廣眾之下當街挑逗美女。試看鄭六於長安街道上初遇任氏及其他三個婦女時，對她們的美貌驚喜萬分，本就好色的他，忍不住上前搭訕的情形：

> 鄭子乘驢而南，入昇平之北門。偶值三婦人行於道中，中有白衣者，容色姝麗。鄭子見之驚悅，策其驢，忽先之，忽後之，將挑而未敢。白衣時時盼睞，意有所受。鄭子戲之曰：「美豔若此而徒行，何也？」白衣笑曰：「有乘不解相假，不徒行何爲？」鄭子曰：「劣乘不足以代佳人之步，今輒以相奉。某得步從，足矣。」相視大笑。同行者更相眩誘，稍已狎暱。

作者在京城的鬧市空間裡，安排在大街上上演一段豔遇，把鄭六好色放蕩的形象塑造得非常鮮明，令人印象深刻。「策其驢，忽先之，忽後之」將鄭六當街對美女狎暱、神魂顛倒的好色模樣描摹得極生動。值得注意的是，這樣的

男女追逐遊戲地點，竟是置放在最繁華的長安鬧市空間裡。放肆的調情動作發生在鬧街上，更顯鄭六的色膽包天形象。作者沈既濟在文末的評論中認為「鄭生非精人，徒悅其色」，則是把鄭六以色為重的形象諷刺得更加徹底。

例二，《廣異記・薛矜》——市場鬧區凸出人物大膽挑逗的好色形象：

故事中的薛矜，也是在長安東市人來人往的鬧街裡碰上一段豔遇。薛矜外出採買時，看到街上停著一輛華美的車，車裡端坐著一個女子，她的一隻手從車窗裡伸出來，那隻手瑩白似雪。薛矜痴痴地看著，頓時對那車中女子興起愛慕之意，進而以一個花紋異常精美的銀質小盒子作為誘餌，試圖搭訕車中女子。那女子果然上了鉤，軟語向薛矜道謝，薛矜知道那女子對自己的禮物十分滿意，言談之間，漸漸大膽起來，竟然有了挑逗之意：

> 一日於東市市前，見一坐車。車中婦人，手如白雪。矜慕之，使左右持銀鏤小合，立於車側。婦人使侍婢問價，云：「此是長安薛少府物，處分令車中若問，便宜餉之。」婦人甚喜謝，矜微挑之，遂欣然。

在人聲鼎沸的市場鬧區，薛矜公然搭訕車中女子、大膽挑逗的好色形象昭然若揭。這個故事的作者也將鬧市空間的運用與人物好色輕佻的形象聯繫在一起，可以說，作者選擇川流不息的鬧市空間作為豔遇發生的地點，更凸出了人物大膽好色的登徒子形象。

第二節 流動空間與人物之關係

本節之「流動空間」，係指小說人物活動時不斷流動、移轉的空間場景。小說文本中空間場景的流動和移轉在人物形象塑造、人物身分轉換和人物生命際遇的轉變上，具有關鍵性的作用。例如空間的快速流動，往往成為形塑俠客人物輕功了得、身手矯捷形象的重要因素；又空間移轉多與人物身分地位的轉換、生命際遇的喻示有著緊密相連的關係。

一、空間流動速度，形塑人物特質

本文之「人物特質」，係指小說人物所展現的優秀武功特質，例如輕功了得、高超飛行術、身手矯捷。小說的空間特點之一，是轉換自由。作者以心馭筆，以筆遣詞，隨心所欲地搭設著人物投入的「舞台」。空間之流動，既能

四面八方地平向展開，也能上下左右前後裡外地立體構築；至於深入到人物的心理空間，那更是小說的拿手好戲〔註41〕。

例一，〈紅線傳〉——空間迅速流動彰顯人物輕功了得：

故事中，除了寫紅線出了魏城後一路上的空間流動外，也藉她視覺上感知到的空間呈現出人物此刻的心理狀態：「既出魏城西門，將行二百里。皆銅臺高揭，而漳水東注，晨颷動靜，斜月在林。」作者描繪空間流動的筆觸忽而城門、忽而銅臺、忽而河流，一切都是即現即縱，空間流動的變化叫人目不暇給，塑造出紅線輕功了得的形象。而紅線對月上林梢、晨雞鳴動的空間感知，更寫出了她的心情在回程時是完全迥異的悠哉與從容的姿態。「所以夜漏三時，往反七百餘里。入危邦，經五六城。」寫紅線不顧半夜三更來回於潞州和魏城之間、經五六城往返七百餘里，簡潔的空間流動描述，彰顯她速度飛快的輕功，武功高強、身手矯捷的俠女氣勢。空間的迅速流動也凸出紅線兼程趕路、不辭辛勞，對主人田承嗣一片赤誠的忠貞形象。

例二，〈崑崙奴〉——空間瞬時移動凸顯人物高超武藝：

故事中，寫崑崙族奴僕磨勒，幫助主人崔生排除重重障礙，終於與一品大官的侍婢紅綃結為夫妻的故事。磨勒背負崔生飛越十重垣牆，與紅綃相會：「是夜三更，與生衣青衣，遂負而逾十重垣，乃入歌妓院內。」作者寫磨勒背主人幾縱幾躍之間，竟越過了一品官的重重高牆，藉描述空間流動之迅速而人物飛躍穿梭高牆間，身手靈敏，形塑出磨勒輕鬆駕馭輕功與飛行術的豪俠形象。不只如此，即使磨勒同時背著崔生和紅綃兩人，也能飛出高牆大院十幾處，簡直易如反掌，一品家的守衛，竟都沒發現：「遂負生與姬而飛出峻垣十餘重。一品家之守御，無有警者。」高牆院落十幾處，空間雖大但「飛」字點出了速度之快，烘托出磨勒進出一品府第如探囊取物般，動作俐落輕巧的俠客特質透過空間迅速移動而鮮明的人物形象躍然紙上。文末，磨勒更手持匕首，飛出高牆，輕如羽毛，快如鷹隼。儘管箭矢如雨，卻沒能射中他：「磨勒遂持匕首，飛出高垣，瞥若翅翎，疾同鷹隼，攢矢如雨，莫能中之。頃刻之間，不知所向。」他以輕盈飛行的姿態跨越空間中的高牆，空間瞬時移動，磨勒在頃刻之間，不知去向。這番描述，通過迅速流動的空間，凸顯了人物深藏不露的高超武藝。

〔註41〕參考金健人：《小說結構美學》（台北：木鐸出版社，1988 年 9 月），頁 56～57。

例三,〈田彭郎偷玉枕〉——空間迅速流動凸顯人物腳程飛快:

故事中,寫龍武二蕃將王敬宏身邊的一名小僕,這名小僕先是自豪地在主人王敬弘面前誇說自己能即刻去取來侍兒慣用的琵琶,接著不理會主人對他「禁鼓一響,軍門便鎖上了」的提醒,逕自退了出去。只待眾將稍飲數巡,小僕便把那琵琶捧了到來:

> 有龍武二蕃將軍王敬弘,嘗蓄小僕,年甫十八九,神彩俊利,使之無往不屆。敬弘曾與流輩於威遠軍會宴,有侍兒善鼓胡琴。四座酒酣,因請度曲。辭以樂器非妙,須常御手者彈之。鐘漏已傳,取之不及。因起解帶,小僕曰:「若要琵琶,頃刻可至。」敬弘曰:「禁鼓縱動,軍門已鎖,尋常汝豈不見,何言之謬也?」既而就飲數巡,小僕以繡囊將琵琶而至。座客歡笑,曰:「樂器本相隨,所難者惜其妙手。」南軍去左廣,回復三十里,入夜且無行伍,既而倏忽往來。

空間迅速流動的畫面就在於:從南軍到左廣來回三十里,而且入夜之後,嚴禁通行,這小僕居然能倏忽往來。於是這名小僕腳程飛快、往返速度驚人的健步如飛形象,便在作者筆下的流動空間描述中迅速凸顯出來。

例四,〈洞庭靈姻傳〉(柳毅傳)——緊湊的空間流動形塑人物行動迅速:

故事中,寫錢塘君一氣呵成、以迅雷不及掩耳的速度救回龍女一段,更令人直呼過癮、拍案叫絕:「向者辰發靈虛,已至涇陽,午戰於彼,未還於此。中間馳至九天,以告上帝。」營救龍女一事對嫉惡如仇的錢塘君而言刻不容緩,他於辰時出發,巳時已到達涇陽,午時在那裡大戰一場,未時即回到龍宮,過程中還趕到九重天向天上的玉帝報告。作者藉由緊湊連綿的空間場景流動,將錢塘君性情急躁、行動迅速的人物特質形塑出來。

二、空間移轉與人物身分、際遇之關係

描寫空間流動的情況,又寫人物身分、生命際遇的轉變,這種將人物遭遇與空間移轉緊密地結合一起來描寫,是小說描寫人物的一種手法。例如施耐庵《水滸傳》中的林沖,原是宋朝東京八十萬禁軍的教頭,家庭美滿幸福。有一年三月,他妻子張氏去嶽廟燒香,被高太尉的過房兒子高衙內看上。高衙內相思成疾。高太尉因此屢次設計陷害林沖,刺配滄州。張氏因林沖尚在,不肯改嫁。太尉乃派人前往滄州,買通管營、差撥,命林沖去看管草料場,想放火把他燒死。沒想到風雪把殘破的草料廳壓倒,林沖只好到山神廟過夜,

躲過這場劫難，並且在廟外殺死放火害他的人。施耐庵在〈林教頭風雪山神廟〉這一回裡，為林沖塑造了一個對其身分、生命際遇具關鍵性轉變的草料場，他描寫這個草料場的空間場景，主要是在使這個「火燒草料場」的場面凸顯出來，而促使善於逆來順受的林沖，終於忍無可忍，走上殺人復仇的路子，為林沖身分、生命際遇的大轉變勾勒了一個合理的背景〔註42〕。從「東京」（汴京）到「滄州」，林沖的身分已然從皇宮禁軍總教頭轉而淪為連夜逃亡的殺人犯，他的人生再也回不去了。空間的流動與轉移，實能意謂著小說人物生命際遇的轉折。

康韻梅曾指出，唐代小說中空間場景的推移，對人物身分的轉換以及人物生命的際遇有顯著關聯，能夠形塑故事中的靈魂人物〔註43〕。

例一，〈李娃傳〉——空間不斷移轉喻示人物身分地位跌宕起伏：

故事中，長安城空間場景的不斷移轉，即喻示著鄭公子身分地位的跌宕起伏，隨著作者空間場景的接連更替，實緊扣著鄭公子的生命際遇。首先是「布政里」，此處多為朝廷之臣的宅邸，鄭公子此時是頂著其父視為「吾家千里駒」的光環與期許寓居於此的。但當他「自平康東門入……至鳴珂曲……有娃方憑一雙鬟青衣立……」隨著空間的移轉，從「布政里」到「平康里」遇見李娃，鄭公子的身分已然悄悄地從背負科考使命的士子轉而淪為整天狎妓狂歡、夜夜笙歌、通宵達旦的青樓常客，他的生命中心已從科舉功名的求取移轉為愛情的追求與執守。空間的轉移，亦意謂著鄭公子生命際遇的轉折。後來至竹林神處以求子嗣為名，返回時拜訪宣陽里阿姨的宅第，卻使鄭公子奔波往返於平康、宣陽，終面臨人去樓空的慘境，鄭公子無可奈何下落寞地回到原來布政里的寓處，但驚恐怨恨至極，一病不起，被住宅的主人搬到殯儀館裡去。從「宣陽里」到「平康里」再到「凶肆」，鄭公子此時的身分更跌為殯儀館內以唱輓歌維生的低賤伙計，空間的移轉，喻示著人物身分的一貶再貶、表徵著人物生命際遇的重又陷溺。「凶肆」此一空間場所，本就是處理死者之地，令人唏噓的是，鄭公子以奄奄一息的微弱身軀被送進來，幾乎被視為一將死之人，與死人幾無二致，這樣的形象，形同死者，而「凶肆」即昭示他實際意義的生命已走到了盡頭，催人奮進的發條斷了，一個人失去了

〔註42〕 參考方祖燊：《小說結構》（台北：東大圖書股份有限公司，1995年10月），頁471～472。

〔註43〕 參考康韻梅：〈唐代小說中長安的城市空間場景與敘事之關係〉，《成大中文學報》第32期，2011年3月，頁13～14。

生命重心，生命之火也將熄。而鄭公子的人生谷底，是在「曲江西杏園東」遭父親鞭棄，終因全身潰爛汙穢至極，被丟棄在路邊，靠討飯過日子，他不但身敗名裂，而且真的子然一身、身無長物了。廁所、地窖、市場、店鋪都能看到他沿街乞討的身影。鄭公子在空間場景不斷移轉下，生命走勢陡然直落，一次又一次的空間場景轉變，喻示著對鄭公子原有肉體與心靈的層層刨除。而故事最後大快人心的結局，也是以空間場景的流轉來呈現，透過鄭公子與李娃在安邑里的重逢，逐步重又圓滿了他的人生。

下表整理出〈李娃傳〉故事中的空間移轉，藉此顯現故事人物鄭公子身分轉變與空間場景推移之關係：

表 3-2-1：【〈李娃傳〉空間移轉舉隅】

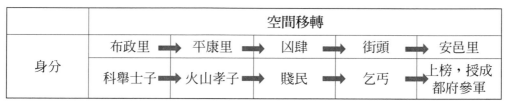

身分	空間移轉				
	布政里 →	平康里 →	凶肆 →	街頭 →	安邑里
	科舉士子 →	火山孝子 →	賤民 →	乞丐 →	上榜，授成都府參軍

例二，〈虯髯客傳〉——空間移轉關聯著人物身分、生命際遇、形象之轉變：

故事中，空間移轉與紅拂女、李靖、虯髯客三位人物身分的轉換、人生際遇的轉變及其人物形象的變換有著對應關係。小說的空間場面首先登場於「楊素府中」，此時李靖以「平民身分」向楊素進獻奇策，雖是平民之軀卻能在權傾一時的楊素豪宅裡邊侃侃而談，表現出不畏權勢的剛直、膽識過人的形象；而紅拂女張氏此時身分卑下，僅為楊素府中的家妓，從她「獨目靖」、「指吏問」，可以看出她對李靖的一見鍾情。接著空間移轉到「李靖投宿的旅舍」，從紅拂的夜奔、絲蘿託喬的告白，可見她思慮周詳、慧眼獨具、膽識過人、主動積極的人物形象，更可看出她的乾脆、對時局的深刻見解，在反抗禮教、傳統、追求愛情之外，更表現出她打破貧富貴賤界限，與敢做敢為的膽識；相反的，李靖此時面對紅拂至旅舍私奔於他，情緒先是疑慮、接著愈喜愈懼、之後產生不安，可看出他個性謹慎、遇事不易決斷的人物性格。從「楊素府中」到「李靖投宿的旅舍」，兩人的身分已成為「夫妻關係」。後來至「靈石旅舍」，風塵三俠在此相遇，虯髯客在此處登場。面對虯髯的闖入，李靖與紅拂兩人的反應精彩地凸出人物性格形象：李靖憤怒卻猶疑不決，襯托了紅拂的果敢機智、迅即掌握全場，斡旋於劍拔弩張的兩雄之間，轉化局

面，化敵爲友，以智慧化解衝突。而虬髯在「靈石旅舍」的出場先聲奪人、氣勢不同凡響：「忽有一人，中形，赤髯而虬，乘蹇驢而來，投革囊於爐前，取枕欹臥，看張氏梳頭。」虬髯在此一場面的冒昧乖張，恰好反映出他不拘禮節、豪放不羈的俠客性格。「靈石旅舍」這一空間場面，使三俠結交爲友，確立了三人的「朋友身分關係」，也牽動、影響了日後三人各自的生命際遇。接著在刻意的安排下，虬髯終於在「太原劉文靜宅邸」見到李世民。空間移轉至「太原」，暗示著虬髯未來的動向。「太原」喻示著虬髯人生的重大決定：退出中原，另圖他方霸業。「太原」此一空間的意義對虬髯至爲重大，使虬髯死了逐鹿天下之心，有甘拜下風的自知之明，宣告放棄與李世民爭天下，這或許是虬髯天人交戰、極爲痛苦卻又無奈的決定。離開「太原」後，李靖夫婦依約來到「虬髯位於京城的宅第」。虬髯雖坐擁萬貫，卻慷慨豪爽地將全部家產贈予李靖夫婦以助李世民匡定天下，淋漓酣暢地表現出他能屈能捨的性格。「虬髯宅第」這一空間移轉所帶來的生命際遇，就是使三俠由聚合又變爲離別。後分別以東南海上的「扶餘國」確立了虬髯入主爲國王的身分，以及李靖於「京城」接到東南蠻奏本時位處左僕射平章事（相當於宰相之職），成了唐王朝的開國元勳。從文本中三人行動的空間佈建大抵是楊素府、李靖投宿之旅舍、靈石旅舍、太原、虬髯府第、扶餘國，這一連串的空間移轉，全與三位小說人物的身分轉換、形象性格、生命際遇有著緊密相連的關係。

此處的論述沒有、也不討論空間的「象徵意涵」，而是著重在「空間移轉」就會讓人物的「身分變動」，身分變了他的「人生際遇就會改變」，身分位階改變了他的「形象也跟著轉變」，所以人物的形象會跟空間產生對應的關係。空間的轉變，是人物身分和際遇的轉變，同時也是人物形象的轉變。

下表整理出〈虬髯客傳〉故事中的空間移轉，藉此顯現故事人物風塵三俠身分轉變與空間場景推移之關係：

表 3-2-2：【〈虬髯客傳〉空間移轉舉隅】

	空間移轉					
	楊素府		李靖投宿之旅舍 →	靈石旅舍 →	扶餘國 →	京城
身分	李靖	紅拂	李靖、紅拂	風塵三俠	虬髯	李靖
	平民	家妓	夫妻	朋友	國王	左僕射平章事

　　例三，〈東城老父傳〉——空間移轉關聯著人物的人生際遇：

　　故事中，老父賈昌的人生際遇，與長安城空間移轉產生緊密相連的關係。賈昌原本就是長安人，整個賈氏家族的遭遇，無論是獲得皇帝盛寵或淡然歸隱佛門，都與唐代開元、天寶期間的盛衰曲線一同上下起伏，很顯然地，作者想藉由「神雞童」賈昌來作為此段歷史的見證人。而賈昌的個人際遇和身分的轉變，透過長安城空間場景的轉移來呈現，對於賈昌這位長安在地人而言，一切生命的變化便幾乎與長安這個空間疊合在一起了。賈昌本是長安宣陽里平民，因其父親有功，被選入長刀隊做了皇帝的貼身侍衛，於是舉家遷到了東雲龍門。因為賈昌住進了皇宮禁苑，使玄宗有機會注意到他馴雞的特殊才能，任命他擔任五百馴雞少年的首領。從此他蒙受皇恩，賞賜恩寵不斷，成了玄宗的寵臣。安史之亂，玄宗避難成都，賈昌趕緊跑去保護皇帝的車，夜晚從便門出來，馬跌倒在道邊土坑裡。他傷了腳，不能前進，只好拄著拐杖逃進了南山。安祿山當年到京城朝見皇帝時，在橫門外認識了賈昌。等到他攻下東、西二京後，就在長安、洛陽兩市用千金懸賞尋找賈昌。賈昌於是改了姓名，寄住於佛寺。等到安史之亂平定，玄宗回到興慶宮，肅宗登上皇位時，賈昌才回到原來住的里弄。但宣陽里的家園已殘破不堪，賈昌於是隱身佛寺中，展開了修行之路，成了虔誠的信徒。賈昌的身分從寵臣轉變為信徒，隨著長安城內空間場景的不斷移轉，他的生命空間也從政治權力場域轉移至宗教修行場域。可以說，小說故事藉由空間場景的移轉，標誌了賈昌身分的轉換，也喻示了他的生命際遇。空間場景與人物身分、生命際遇的關係，實是緊密重合。

　　下表整理出〈東城老父傳〉故事中的空間移轉，藉此顯現故事人物賈昌身分轉變與空間場景推移之關係：

表 3-2-3：【〈東城老父傳〉空間移轉舉隅】

身分	空間移轉			
	宣陽里 ➡	皇城 ➡	南山 ➡	佛寺
	平民 ➡	寵臣 ➡	逃犯 ➡	信徒

本章小結

　　唐代小說的空間場景提供體察唐代世界的方式，展示人文、經驗與歷史

的廣闊地景。唐代小說是唐代社會的產品、是唐代社會的媒介、是唐代小說作者表意作用的社會過程。唐代的社會制度與時代的意識形態、思想觀念及人文風情，同時塑造著這些小說文本內的空間場景，又爲其所創造。唐代小說中出現的空間場景，除了以特定空間襯托人物性格特質外，流動空間亦揭示了人物的身分、生命際遇之轉變，這些空間場景皆在人物形象的塑造上發揮了具體的作用。若從唐代小說的敘事方式觀之，空間場景已然成爲形塑人物形象的重要因素。

　　無論是特定空間場景或空間流動與人物之關係，都顯示空間場景在唐代小說的人物形象塑造上，發揮積極而重要的功能。透過對特定與流動空間場景的分析，使我們知道唐代小說不僅運用了抽象和具象環境表現人物性格、烘托人物形象、喻示了人物的人格特質，荒僻和鬧市空間更點出了人物屬性的區隔和鮮明形象的刻意渲染。事實上，就連空間流動的速度也能形塑出人物的豪俠特質。而不斷移轉的空間，更向讀者喻示了人物身分和生命際遇的轉變。空間在文本裡的作用不僅只有隱喻而已，空間是敘事的必要條件之一，小說人物在文本內外上的空間位置更是詮釋作品歷史文化意涵的重要參照〔註44〕。唐代小說中有關空間場景的運用，彰顯了小說空間的人文地理學屬性，故事發生的空間場景，不僅助益了對小說人物性格、形象的理解，也引發了對唐朝時代空間背景的感性認知，而唐代小說的空間場景也的確與敘事層面的人物形象塑造產生關連。

　　從「空間」喻示唐代小說人物形象，來看唐代總體性文化的空間思維，可以人文地理學的概念來闡釋。因爲唐代小說中的空間是以「人」爲主體性，從「人」出發，從最貼近個人的閨房、書房乃至居住環境，接著外推到鄰里、家鄉，再往外擴及到京城、他鄉，甚至遠達中原之外的域外空間。霍小玉的閑靜深閨、〈遊仙窟〉中崔十娘神仙般的居所之所以能烘托人物形象，在於主體性人的存在與其週遭客體性物之間的關係已產生了意義。而個人這個主體，會繼續與其周圍的人際關係構成社會活動，人與人之間的往來、遇合，亦能喻示人物性格。〈霍小玉傳〉中的李益參與長安文人社交盛事──賞牡丹，社交活動之所以能刻畫人物性格，即在於人際接觸過程已構築了意義網絡，已於無形中塑造了文化空間的價值。而社群網絡在身分、地位、職業、

────────

〔註44〕 范銘如：《文學地理：臺灣小說的空間閱讀》〈導論：看見空間〉（台北：麥田出版城邦文化事業股份有限公司，2008 年 8 月），頁 32。

階級上，也可以標榜人物形象。〈崑崙奴〉中崔生的千牛衛職位、〈李娃傳〉中鄭公子淪落乞丐賤民，乃至虯髯客從太原遠至海外建立扶餘國、東城老父在首都長安前後的遷徙流離，這些空間喻示人物形象給予我們的啟示是，個人→社群→網絡→家國的形成，源自個人為主體的存在空間，因為人與空間產生關連、發生意義，這樣的文化空間才足以喻示人物性格。

　　下圖為第三章人物形象與空間喻示之論述結構：

圖 3-2-4：【第三章結構圖】

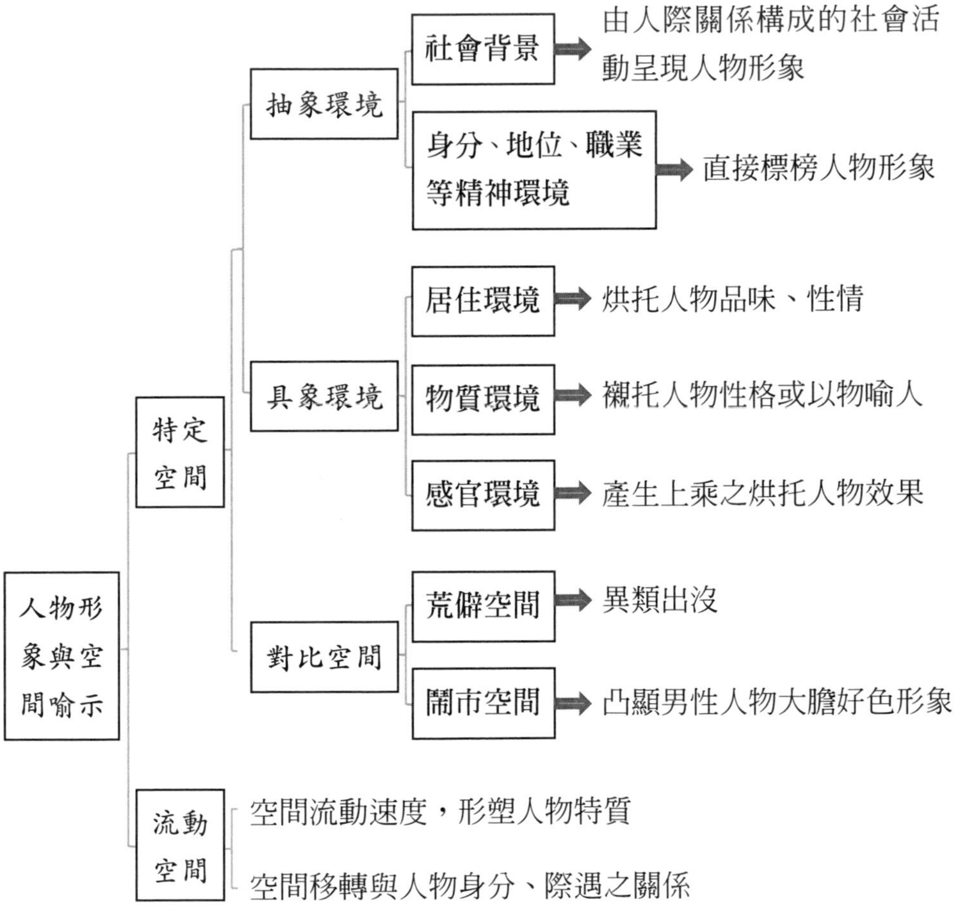

第四章　唐代小說主題表現與空間場域示現之作用與意義

　　空間場域的描寫可以直接表現小說主題，空間場域本身所展示的生活現象，本身就包含著作者欲傳達的主題因素。人物活動的空間場域，包括社會歷史背景、時代氣氛、具體生活條件和人際之間的關係。但小說中的風俗畫與風景畫，並非原始生活面貌的複製，而是注入作者的想像與他們生活的累積，是生活實景實情的提純，並以之作爲小說主題表現的空間場域。作者對小說空間場域的選定或創造，總是和作品整個藝術描寫，尤其是人物行動的描寫同步進行，只有攝取典型的細節、場面、情節，並以人物行爲爲線索，將它們貫串組織，才能構成統一的、有機的、活的社會空間場域，也才能藉此呈顯作者創作小說的主題宗旨。

第一節　主題化空間深化作品意蘊

　　象徵型環境本身具有深化作品意蘊的作用，意即除了製造氣氛、烘托人物性格形象以外，還能深化作品內在豐富的含義。它通過對環境的著意描寫、精細描繪，或借助環境的某些特徵和屬性，構成隱喩〔註1〕。甚至在某些作品中的空間場景，更體現了靈魂、氣質和精神的強烈色彩。在許多情況下，空間常被「主題化」：空間自身即是描述的對象本身（而不只是「一個結構」、「一個行動的地點」而已）。於是，空間就成爲一個「行動著的地點」（而非「行

_____

〔註1〕　參考胡亞敏：《敘事學》（武漢：華中師範大學出版社，2004 年 12 月），頁 165。

爲的地點」而已），是「事情在這裡的存在方式」（而非「這件事發生在這兒」
而已），主題化空間使這些事件得以發生〔註2〕。

一、對空間著意、精細描寫，構成對主題的隱喻

　　小說對空間景物的描寫，可以構成意象。作者藉有形事物所表現的一種
意識謂之意象。也就是聯合許多形相，將他們組合在一起，使它產生一種新
的東西，讀者因此而得到一種新的感受，這種感受就是作者所欲表達的一種
意識，而就讀者感受所得的結果而言，便是一種意象〔註3〕。唐代小說審美追
求的方式之一，即是「意境描寫的加強」。所謂意境，就是情景交融的藝術形
象。其美感特徵是「有風韻」，有「韻外之致」。以景寓情的景物描寫在其中
扮演了重要角色，包括生機盎然的景物描寫、豐富的空間場景想像和清麗的
狀物手法，尤爲可觀〔註4〕。

　　例一，〈遊仙窟〉——神話色彩的空間描寫，隱喻若有若無的情愛：

　　〈遊仙窟〉寫作者張鷟自己和崔十娘遇合的故事，小說文本中含有大量
對神仙窟此一空間的著意且精細描寫。神仙窟在意義上，即妓院。以唐代的
文化內涵觀之，唐人的「遇仙」就是豔遇，結情婦〔註5〕。當作者張鷟即是故
事主人公的情況下，他把神仙窟安置在積石山這樣一座中國西陲與吐蕃接界
的荒山，就小說空間背景上的選擇而言，他的用意爲何？因爲這裡歷來就有
「神仙」的聯繫，通吐蕃必經之道傳說必定很多，或許作者就是藉這一個神
話的背景來寫自己的經驗罷了〔註6〕。把自己狎妓遊歷的經驗架設在帶有神話
色彩的空間場域加以模糊化，虛虛實實、朦朧縹緲，亦有避免受社會攻擊之
用意所在。經驗有一消極的含義，所謂有經驗的男人，表示曾有事件在他的
身上發生。人類的經驗是屬於成熟的程度，乃人的本能的發揮，也是本能的
一種創造，一項事實是由經驗構成，也是人的感覺和思想的產品。經驗是冒

〔註2〕　參考（荷）米克‧巴爾著，譚君強譯：《敘述學：敘事理論導論》（第二版）（北
　　　　京：中國社會科學出版社，2003 年 4 月），頁 160～161。

〔註3〕　參考羅盤：《小說創作論》（台北：東大圖書有限公司，1980 年 2 月），頁 136。

〔註4〕　參考陳文新：《中國傳奇小說史話》（台北：正中書局，1995 年 3 月），頁 299。

〔註5〕　參考劉開榮：《唐代小說研究》（台北：臺灣商務印書館股份有限公司，1994
　　　　年 5 月），頁 152～154。

〔註6〕　參考劉開榮：《唐代小說研究》（台北：臺灣商務印書館股份有限公司，1994
　　　　年 5 月），頁 156。

險的克服，因為經驗之產生實際上是在不確知和困惑的情況下進入一個不熟悉的實驗空間。人為什麼膽敢冒險？因為人被熱情所驅使，此熱情來自人本身的心智力量〔註7〕。而張鷟對追求妓女的熱情，即表現在〈遊仙窟〉此一作品的創作上。〈遊仙窟〉寫男女遇合的場所，作者對此一溫柔鄉的空間場域描繪如下：「行至一所，險峻非常。向上則有青壁萬尋，直下則有碧潭千仞。古老相傳云：『此是神仙窟也。』人踪罕及，鳥路纔通。」情愛遇合，本是無跡可尋，仙洞虛無縹緲，正用以隱喻男女之間若即若離、若有若無的情愛追索，所以此一虛虛實實、朦朧唯美的主題化空間即深化了作品意蘊。

例二，《纂異記・嵩嶽嫁女》——詩情畫意的空間描寫，隱喻清麗之淨土：

《纂異記・嵩嶽嫁女》寫中秋之夜，書生田璆和鄧韶到城郊攜酒賞月途中，巧遇仙人李八百，受邀至他的莊園。一進莊門，香味迎面，彷彿入了仙境。清泉與飛瀑交流，松、桂在道路兩旁的土地上一字排開，奇花異草綿延鋪展，仙鶴鷺鳥飛騰舞動，到處散發著百花的芳香。試看：

> 至一車門始入，甚荒涼。又行數百步，有異香迎前而來，則豁然真
> 境矣。泉瀑交流，松桂夾道，奇花異草，……其花四出而深紅，圓
> 如小瓶，徑三寸餘，綠葉，形類杯，觸之有餘韻。小童折花至，於
> 竹葉中凡飛數巡，其味甘香，不可比狀。……則有鷺鶴數十，騰舞
> 來迎。步而前，花轉繁，酒味尤美。其百花皆芳香，壓枝于路傍。

詩情畫意的空間描寫，正用以隱喻清麗之淨土，所以此一仙宮洞府的主題化空間即深化了作品意蘊，表達了小說主題——作者李玫急欲跳脫塵緣牢籠、解脫世俗桎梏的渴望。

二、借助主題化空間的特徵、屬性，構成象徵

如《玄怪錄・崔書生》寫崔書生與西王母的第三個女兒玉巵娘子遇合的故事，因崔書生於自家住處園子裡栽種名花，花香濃郁因而吸引仙女前來嫁與他為妻。作者對主題化空間的布置顯然刻意為之，取花園中名花英蕊芬鬱、遠聞百步的特徵、屬性，花香的嗅覺空間明顯深化了人、仙之戀的作品意蘊。就另一角度而言，花香的嗅覺空間亦可視為對崔書生良好品德性情的象徵，自然更能受到地位層級較高、品味不同凡俗的神女的愛慕青睞了。而且小說

〔註7〕　參考（美）段義孚（Yi-Fu Tuan）著，潘桂成譯：《經驗透視中的空間和地方》
　　　　（台北：國立編譯館，1998 年 3 月），頁 7～8。

的空間場域本身所展示的情景，本就來源於現實生活；小說空間所呈現的現象，總是對社會現象直接或間接地再現。以唐代的文化內涵觀之，根據程國賦的說法，他認爲人與神女、仙女之間的戀情隱射的是世間貴族女性與平民男子交往乃至私通的社會現象〔註8〕。在《玄怪錄‧崔書生》文本中有四點可以印證程國賦的看法，證明故事中的仙女即隱射貴族女性：其一，小說中神女、仙女容貌絕代、侍眾甚眾，且看：「女郎有殊色，所乘馬駿」、「忽見一女郎自西乘馬東行，青衣老少數人隨後。」；其二，神女、仙女居住的地方多爲富麗堂皇的宮殿，且看：「入邏谷三十餘里，山間有川，川中異香珍果，不可勝紀。館宇屋室，侈於王者。」；其三，神女、仙女贈送的信物十分貴重，且看：

> 女郎遂出白玉合子遺崔生……忽有胡僧扣門求食。崔生出見，胡僧曰：「君有至寶，乞相示也。」崔生曰：「某貧士，何有見請？」僧曰：「君豈不有異人奉贈，貧道望氣知之。」崔生因出合子示胡僧，僧起拜請曰：「請以百萬市之。」

其四，在人與神女、仙女戀愛的小說中，她們與世人之間只能留下一段戀情，卻不會有什麼結果且看：「崔生入室見女郎，女郎涕淚交下，曰：『本待箕帚，便望終天，不知尊夫人待以狐媚輩，明晨即便請行，相愛今宵耳。』崔生掩淚不能言。」所以，這個東州邏谷口馨香遠播的嗅覺空間被主題化，成爲作者置放人、仙之戀，實爲傳達貴族女性與平民男子偷情、遇合主題的空間。作者欲呈現現實生活中貴族女性偷情、私奔的現象，布置了此一男女遇合的主題化空間，而花香的空間場景則深化了作爲上層社會品味不俗的貴族女性發生婚外戀的作品意蘊。

又如〈鶯鶯傳〉寫張生看過崔鶯鶯送他的一首題爲《明月三五夜》的詩後，心中明白詩中的意思。到了十五月圓的那晚，張生爬上杏花樹翻牆到崔家住處，到了西廂房，見房門正好半開著：「崔之東有杏花一株，攀援可逾。既望之夕，張因梯其樹而逾焉。達於西廂，則戶半開矣。」首先先看「杏花樹」在空間中的意義。杏花在春天開花，「紅杏出牆」、「紅杏枝頭春意鬧」、「春色滿園關不住，一枝紅杏出牆來」，杏花象徵春意盎然，也象徵愛情。所以當作者設定崔家住處的東面有一株杏花樹，又說攀著樹枝可越過牆去到達崔鶯

〔註8〕　參考程國賦：《唐代小說與中古文化》（台北：文津出版社有限公司，2000年2月），頁63。

鶯住所，此一空間即為事件在這裡存在的方式、是一對未婚男女遇合的主題化空間。於是，空間外圍植栽上的刻意安排，以及杏花樹的象徵便不言可喻了。借助杏花樹在空間安排上彰顯的特徵和屬性，構成了逾越傳統禮教下、未婚男女越軌偷情的象徵。

　　〈李娃傳〉中也有空間深化作品意蘊的例證。文本中寫李娃和鄭公子雪地重逢那一段：

> 一旦大雪，生為凍餒所驅，冒雪而出，乞食之聲甚苦，聞見者莫不淒惻。時雪方甚，人家外戶多不發。至安邑東門，循裡垣北轉第七八，有一門獨啓左扉，即娃之第也。生不知之，遂連聲疾呼「饑凍之甚」，音響淒切，所不忍聽。娃自閣中聞之，謂侍兒曰：「此必生也。我辨其音矣。」連步而出。見生枯瘠疥厲，殆非人狀。娃意感焉，乃謂曰：「豈非某郎也？」生憤懣絕倒，口不能言，頷頤而已。娃前抱其頸，以繡襦擁而歸于西廂。

作者借助大雪紛飛的天氣環境，以雪天冰寒的特徵、屬性象徵人際間的冷漠與絕情，被嚴雪冰封了的大街是作者安排的主題化空間，將重逢事件置放其中。空間裡的寒冷象徵著街上路人及住戶對鄭公子沿街乞討的冷漠，更象徵了妓女李娃對鄭公子的絕情拋棄。歷經拋棄與被棄的兩人，作者安排他們在雪地空間裡重逢。而銀白雪地的空間場景自然催化出動人的情感，深化了公子與妓女最終堅守愛情的作品意蘊。

　　另外，〈李娃傳〉中鄭公子淪落凶肆，亦有深化故事內在意義的作用。「凶肆」代表鄭公子處於落魄可憐的生存環境；然就小說所要傳達之歡場愛情帶給鄭公子的劇烈傷害而言，我們更該挖掘的內在意涵是，凶肆空間已被主題化，它是鄭公子承受撕心裂肺愛情後唯一能保存他軀體的容器。凶肆作為一個處理死者屍體的空間場所，它的存在是蠟盡燭滅、撒手人寰的身後事，雖然鄭公子奄奄一息尚未斷氣，但他的軀體擺在凶肆空間內，實已形同逝者，凶肆即象徵鄭公子與死亡幾無二致。所以作者借助凶肆此一空間場所乃用來停放死人屍體的特徵、屬性，以象徵鄭公子實際生命意義等同死亡，餘下的人生不過是失去存在感、一具苟延殘喘的活死人罷了！

三、空間體現強烈精神色彩

　　如〈洞庭靈姻傳〉（柳毅傳）顯然更強烈地體現了空間深化作品意蘊的效

果。文本中錢塘君掙脫玉柱所繫之金鎖鏈飛出靈虛殿欲救龍女那一段的空間描寫，更體現出主題化空間濃烈的精神色彩。錢塘君因曾發動洪水淹沒大山而被玉皇大帝拘禁在其兄洞庭君的靈虛殿裡，作者將龍宮靈虛殿此一空間主題化，目的在於方便接下來描繪人格化後又不脫離龍的習性的錢塘君的暴怒舉動，使錢塘君在殿內空間所做出的行為舉止顯得理所當然、具有說服力。其中，「天拆地裂」、「雲烟沸涌」、「千雷萬霆」、「霰雪雨雹，一時皆下」一連串的空間場面描寫，這絕對不僅僅是大自然那些常見的雷電、風雲、雨雪現象的描述而已，也不止於錢塘君憤怒衝動的形象描寫，實際上，更是作者欲表達反對封建禮教、對包辦婚姻之傳統制度發出怒吼的強烈精神寫照。可見空間環境，的確能夠深化、體現表象之外更深層的作品意蘊。

又如〈霍小玉傳〉中，「夫妻閨房」內鬧鬼的情狀，也強烈表達霍小玉始於妓女身分、終於淒涼結局的悲劇色彩。小玉鬼魂房內作祟、李益病態猜忌，空間裡充滿悲劇又驚悚的氣氛，試看：

> 後月餘，就禮於盧氏。……生方與盧氏寢，忽帳外叱叱作聲。生驚視之，則見一男子，年可二十餘，姿狀溫美，藏身映幔，連招盧氏。生惶遽走起，繞幔數匝，倏然不見。生自此心懷疑惡，猜忌萬端，夫妻之間，無聊生矣。……盧氏方鼓琴於床，忽見自門拋一斑犀鈿花合子，方圓一寸餘，裹有輕綃，作同心結，墜於盧氏懷中。生開而視之，見相思子二，叩頭蟲一，發殺觜一，驢駒媚少許。生當時憤怒叫吼，聲如豺虎，引琴撞擊其妻，詰令實告。盧氏亦終不自明。……生或與侍婢媵妾之屬，暫同枕席，便加妒忌。或有因而殺之者。……出則以浴斛覆營於床，周迴封署，歸必詳視，然後乃開。

其中，「忽帳外叱叱作聲」、「一男子藏身映幔，連招盧氏，倏然不見」、「盧氏鼓琴於床，忽見一斑犀鈿花合子墜於盧氏懷中，生憤怒叫吼聲如豺虎，引琴撞擊其妻」、「生與婢妾同枕席，便加妒忌因而殺之」一連串的空間場面描寫，這絕對不僅僅是霍小玉冤魂不散、蓄意在夫妻閨房中鬧鬼的靈異現象描述而已，也不止於李益身為男人打翻醋罈子、嫉妒憤恨的形象描寫，實際上，「夫妻閨房」內發生的怪事，更是作者欲表達唐代門第婚姻對青年男女感情需求之戕害的強烈精神控訴。可見空間環境——「夫妻閨房」的場景運用，的確能夠帶出表象之外更深層的作品意蘊。這是唐代門閥制度造成的悲劇，對一

篇小說主題而言具有深刻的社會性意義。描寫愛情的文學反映社會的愛情現象，唐代社會的愛情生活，看看唐代的男人和女人是在什麼樣的文化格局、什麼樣的禮法習俗和社會氣氛下實現他們的兩性關係的，這一探索即使僅從男女關係的角度切入，也可能會觸及唐代社會制度的靈魂。婚姻是愛情的代名詞；或更正確地說，婚姻吞沒了愛情，較少關注男女雙方的幸福〔註9〕。對於唐代科舉士子來說，講究門第的婚姻無疑是他們擴張政治勢力和增添財富的捷徑，婚姻是否「幸福」，絕不在其考量的範疇之內。

第二節　空間場所的選擇取決於主題表現

　　要寫一篇小說，必須先要定一個主題，作全篇小說所要表現的中心思想。小說所表現的主題，可以用「很簡單的一句話」來說明它，因為小說所要表現的，只是作者心中的一個意念或思想。像李復言的〈定婚店〉的主題，是要表現「姻緣天定」這個觀念；杜光庭寫〈虯髯客傳〉，主要在揭示「唐有天下，乃天命所歸，他人不可爭也」，因此用這一個意念作為小說的主題〔註10〕。而空間場域與主題之間的關係，最基本的是空間具有承載小說主題的功能；此外，空間的置換，亦能在主題表現上產生對比的美學效果。而且，同一空間場所，亦可能同時反映正、反兩極意義，產生凸顯主題的作用。

一、空間場所承載小說主題

　　作者選擇小說的空間場所之初，必然要先考察故事事件的種類、欲表達的主題、行為者本身與空間場所之間是否存在著聯繫〔註11〕。所以空間場所具有承載小說主題的功能，也就是小說作者對於空間場所的選擇，取決於作品欲傳達的主題。以下就「愛情」與「豪俠」兩類主題，於作者創作小說時在空間場域上的選擇，予以舉證說明。

〔註9〕　參考何滿子：《中國愛情與兩性關係：中國小說研究》（台北：臺灣商務印書館股份有限公司，1995 年 1 月），頁 6～7。
〔註10〕　參考方祖燊：《小說結構》（台北：東大圖書股份有限公司，1995 年 10 月），頁 273～274。
〔註11〕　（荷）米克‧巴爾著，譚君強譯：《敘述學：敘事理論導論》（第二版）（北京：中國社會科學出版社，2003 年 4 月），頁 257。

（一）愛情類主題

唐代小說中發生愛情的空間場域有很多，例如〈李章武傳〉中章武和王氏子婦邂逅的地點是在華州市場北面的街上，〈離魂記〉中的倩娘和王宙則是幼年家居時即互有好感的表親關係，〈定婚店〉命中注定的愛情竟落在骯髒鄙陋的菜市場內，〈柳毅傳〉中柳毅和龍女遇合於涇陽牧羊道旁，《玄怪錄・崔書生》凡男與仙女之婚戀則醞釀於崔生馨香濃郁的自家花園。但即便如此，唐代小說中容易發生愛情的空間場域，比較多的是發生在「妓院」。

唐小說創作中出現最多的愛情女神，是妓女這一形象，於是長安城街弄里巷裡的「妓院」，便成了作者表現愛情主題最理所當然的空間場所。孫棨撰寫的《北里志》一書，就記載了長安城空間中活動的人—妓女和狎妓遊宴的士人，所共同織就的市井風情。孫棨非僅著意於平康里的妓女，也側重在與之互動的文士。以科舉士子為本位談起，描述他們如何宴聚長安、與妓女互動，還特別指出「舉子、新及第進士」常常所費不貲至平康里狎妓。最重要的是妓女們與文士的互動，並從互動中表現她們的性格與才情，或具風情、或善諧謔，或長於寫詩、或有音樂造詣，可見文士與妓女的交往並非僅是逞慾而已，尚存有飲酒賦詩的風流〔註12〕。「平康里」是長安最有名的風月場所，其中的從業女子是官方登記備案的娼妓，為官員、商人和貴族服務，最主要的是為科舉士子服務。這些女子都經過了詩文寫作和音樂表演的訓練，因此是有文化的女藝人，如同明朝的才女歌妓和日本的藝妓。「北里」（妓院所在地，可追溯至漢朝），位於皇城和東市之間一個坊的東北角。國子監以及科舉考場（皇城裡面）都在這個坊里，所以舉子經常在附近租房居住。這個區域本身包括三個平行的東西向巷道，老鴇和妓女就住在那裡〔註13〕。由於傳統封建主義的藩籬阻撓了正常男女之間的交往，現實主義作品的筆觸只能伸向烟花巷陌，從賣淫這種變態的男女關係中尋覓彌足珍貴的愛情，這不能不說是生活本身的侷限〔註14〕。傅柯將空間區分為三種：真實空間、虛構空間、異質空間。其中，介於兩極之間的「異質空間」，是另一種真實空間，兼具有像虛構地點般再現對立或扭轉現實位置的功能，如妓院。唐代小說的異質空

〔註12〕 參考康韻梅：〈唐代小說中長安的城市空間場景與敘事之關係〉，《成大中文學報》第 32 期，2011 年 3 月，頁 8。

〔註13〕 參考（美）陸威儀（Mark Edward Lewis）著，張曉東、馮世明譯：《世界性的帝國：唐朝》（北京：中信出版社，2016 年 10 月），頁 87～88。

〔註14〕 參考金健人：《小說結構美學》（台北：木鐸出版社，1988 年 9 月），頁 61。

間功能也許是創造一個幻想空間以揭露眞實空間的虛妄，或者是創造更完善無瑕的眞實空間對比現存空間的侷限與病態。任何文明都會建構出異質空間，因此透過對唐代小說異質空間──「妓院」的閱讀與分析即是研究唐人生活空間裡眞相與神話的交疊歧出〔註15〕。

1. 未婚前逛妓院

例如〈李娃傳〉中的李娃、〈霍小玉傳〉中的霍小玉。〈李娃傳〉中的鄭公子就是在長安的鳴珂巷「妓院」門口與李娃初次相遇一見鍾情，然被妓女迷惑而「掉鞭」的鄭公子爲這個宛如銷金窟的妓院付出「囊中盡空，乃鬻駿乘及其家童。歲餘，資財僕馬蕩然。」的慘痛代價〔註16〕；〈霍小玉傳〉中李益也是透過鮑十一娘的牽線，直奔妓女小玉在長安勝業坊古寺巷的住處。以「妓院」作爲表現愛情主題的空間場所，是因進士在未婚前逛妓院，乃當時最普遍的現象〔註17〕。通過《北里志》可以一窺唐朝首都生活的一個重要方面：性交易和新科舉考試文化之間的聯繫。因爲唐代沒有地方考試或是公共教育讓舉子像宋代那樣在州縣備考，準備科舉考試的學校都在首都。此外，舉子通過一個冗長的過程介紹自己，並把自己最好的作品呈給考官。因此，舉子在快到 20 歲或是 20 歲出頭時就不得不到京城花費較長的時間求學，與供應他們大量金錢的家庭離別。因爲年輕人生活在這種環境下，北里合法妓女提供的歡愉，包括社交、文化和肉體的，幾乎是無法拒絕的〔註18〕。到「妓院」那裡去尋歡作樂的，主要是應舉的士子或新及第的進士。從所謂「郎才女貌」的觀念出發，他們突破買賣關係，產生熾烈的愛情，也是很自然的。由於士人與妓女的社會地位懸殊，他們之間的愛情，其結局又往往是悲劇性

〔註15〕 參考范銘如：《文學地理：臺灣小說的空間閱讀》〈導論：看見空間〉（台北：麥田出版城邦文化事業股份有限公司，2008 年 8 月），頁 17～18。

〔註16〕 妓院裡酒席的標準花費是 1600 文，而每個第一次來的客人都要花雙倍的價錢。住在附近的樂師常被叫進來服務，顧客也必須付錢給他們。喝酒一巡要 1200 文，在第一副蠟燭燃盡後要付雙倍。因此，一個晚上的娛樂就要耗費巨資，孫棨記下了老鴇是如何奪去耗盡財力的顧客的馬車，甚至是衣服。參考（美）陸威儀（Mark Edward Lewis）著，張曉東、馮世明譯：《世界性的帝國：唐朝》（北京：中信出版社，2016 年 10 月），頁 88。

〔註17〕 參考劉開榮：《唐代小說研究》（台北：臺灣商務印書館股份有限公司，1994 年 5 月），頁 67。

〔註18〕 參考（美）陸威儀（Mark Edward Lewis）著，張曉東、馮世明譯：《世界性的帝國：唐朝》（北京：中信出版社，2016 年 10 月），頁 89。

的。而悲劇的根源，就在於當時嚴格的士族婚姻制度〔註19〕，此即作者欲在小說中表達的主題。

2. 婚後妓院發展婚外戀

然當時「逛妓院」豈僅是未婚男子的普遍現象？即使是已婚男子亦如是。中國男女在正式夫妻間獲得愛情的不多，即使有愛情的夫妻，在禮法家規的約束下也不敢大膽肆意地享受愛情，而熱烈的愛情，奔放的愛情行動，卻常需訴之於擺脫了禮法約束的場合。因此，自由的愛情只有求之於婚外戀，娶妾蓄婢嚴格說來也是婚外戀的變相。而婚外戀最方便的途徑就是嫖妓。妓院的存在具有一定限度內的合法性，男子嫖妓在一定限度內也不受輿論的、道德的譴責。男子帶著在家庭中恪守禮法的妻子身上得不到的新鮮而狂放的感情追求的願望到妓院去，反而有較婚姻中更能滿足的身心授予與獲得，而妓女這一邊為了掙脫苦海，有只有從嫖客中選擇可靠的男人從良，她們的擇配反而要比未出閣的家庭女性更自由自主些，於是便有嫖男和妓女發生愛情的較多可能〔註20〕。而且唐朝士人好娶名門之女，即五姓女。這些著姓人家的小姐，當然都知書達禮，受過嚴格的家庭教育，但有才德的小姐不一定有美貌，故而已婚男子喜歡徘徊流連花街柳巷、青樓酒館之間，也就不足為奇了。例如〈任氏傳〉中，有婦之夫鄭六即是在長安昇平坊的北門街上當街大膽調戲狐妖任氏，而後，鄭六當晚即隨任氏來到樂遊園上一宅院狂飲縱慾，此宅院是狐妖點化而成，就現實世界而言可視為「妓院」。因為任氏雖是狐妖，其實是現實生活中「妓女」的化身。根據程國賦的觀點，此類女性善於吟詠、善於談謔，這樣的事例在小說中比比皆是。她們身分低下，非常切合唐代妓女的身分，所以人與動物精魅（女性）的戀情，是對現實中文士與妓女交往、戀愛的間接反映〔註21〕。人妖間的情義帶上了濃烈的青樓色彩，是作者把自己在花街柳巷的體驗昇華而直接托之於人狐之戀〔註22〕。將

〔註19〕 參考吳志達：《唐人傳奇》（台北：群玉堂出版事業股份有限公司，1991年11月），頁52。

〔註20〕 參考何滿子：《中國愛情與兩性關係：中國小說研究》（台北：臺灣商務印書館股份有限公司，1995年1月），頁81〜82。

〔註21〕 參考程國賦：《唐代小說與中古文化》（台北：文津出版社有限公司，2000年2月），頁69。

〔註22〕 參考吳光正：《中國古代小說的原型與母題》（北京：社會科學文獻出版社，2002年10月），頁261〜262。

文士與娼妓頻繁交遊之社會風氣想像託喻於狐妖，實則寫的是文士與娼妓的遇合。

綜上所述，唐代小說作者在愛情主題的表達上常用「妓女」形象來呈現，故而選擇「妓院」作爲承載故事主題的空間場所，非常具說服力，是再適合不過了。

（二）豪俠類主題

前人對於唐代豪俠小說產生的時代背景已有充分論述，藩鎮之間的矛盾，互相傾軋、擁兵自重，各個充滿狼子野心、驕橫凶狠。因此中晚唐後，權貴、在上位者私下莫不培植死士爲自己效忠，刺客行刺暗殺的風氣甚囂塵上、報復行動時有耳聞。節度使以身負超群武技的俠士作爲打擊自己政敵的一把利刃，更是彼此較勁、整併藩鎮勢力的常態。藩鎮林立的時代背景下，各種明爭暗鬥、驚險的攻防戰，有賴刺客俠士們神出鬼沒、暗夜裡輕捷穿梭敵方陣營的身段絕技。於是唐代豪俠小說中，各爲其主的俠客人物能夠充分表現其上乘武技絕學、展現其神通廣大能耐的空間場所，便是防範嚴密、安全維護滴水不漏的「藩鎮將領寢室」，或者說統治集團「達官顯貴的私人府第」了。

例如〈紅線傳〉和〈聶隱娘〉。〈紅線傳〉中的紅線就是在敵營節度使田承嗣的寢室內進行警告意味濃厚的任務，從田承嗣的枕頭前取走金盒以示警告，代表如要取其人頭當是易如反掌。作者以魏博節度使的寢室作爲承載小說主題的空間，讓飛揚跋扈的田承嗣從紅線的警告性行動中，收斂其擴張勢力的野心。田承嗣懷有兼併潞州的野心，他自知自己樹敵如林、壞事做盡，畏懼遭刺客暗殺，因此寢室空間防範森嚴。當作者將田承嗣寢室週遭空間的警衛布置描述地愈嚴密，便愈能彰顯、提高紅線完成此一任務的驚險和困難度。故而「藩鎮將領寢室」作爲豪俠小說主題的表現空間，最能營造故事緊張驚險的氣氛，亦產生示威成功、巧妙制服、大快人心、免除藩鎮互相攻伐殃及百姓的主題效果。又如〈聶隱娘〉中的聶隱娘背叛魏博節度使、歸附陳許節度使劉昌裔，兩度挫敗魏帥派來的刺客，保護了主君劉昌裔。她和精精兒、空空兒「近乎妖」的精采鬥法，也是在陳許節度使劉昌裔的寢室裡進行的，打鬥過程充滿想像力。試看：

> 後月餘，白劉曰：「彼未知住，必使人繼至。今宵請剪髮，繫之以紅
> 銷，送于魏帥枕前，以表不回。」劉聽之。至四更，卻返，曰：「送

其信了，後夜必使精精兒來殺某及賊僕射之首，此時亦萬計殺之，乞不憂耳。」劉豁達大度，亦無畏色。是夜明燭，半宵之後，果有二幡子，一紅一白，飄飄然如相擊于牀四隅。良久，見一人自空而踣，身首異處。隱娘亦出曰：「精精兒已斃。」拽出于堂之下，以藥化爲水，毛髮不存矣。隱娘曰：「後夜當使妙手空空兒繼至。空空兒之神術，人莫能窺其用，鬼莫得躡其踪，能從空虛之入冥，善無形而滅影。隱娘之藝，故不能造其境。此即繫僕射之福耳。但以于闐玉周其頸，擁以衾，隱娘當化爲蠛蠓，潛入僕射腸中聽伺，其餘無逃避處。」劉如言。至三更，瞑目未熟，果聞項上鏗然聲甚厲。隱娘自劉口中躍出，賀曰：「僕射無患矣！此人如俊鶻，一搏不中，即翩然遠逝，恥其不中，纔未逾一更，已千里矣。」後視其玉，果有匕首劃處，痕逾數分。

以上這段文字將魏帥和劉昌裔兩位藩鎮將領實際的衝突拼鬥戰場搬進劉昌裔的寢室空間裡，這個小空間宛若當時藩鎮角逐爭鬥、彼此較勁的縮影，代替兩位將領戰鬥的刺客殺手分別是精精兒、空空兒和聶隱娘。魏帥第一次派精精兒對上隱娘的刺殺行動，是透過兩面紅、白細長的布旗，在劉昌裔臥床的四個角落飄來飄去，互相攻擊，最後精精兒被砍了頭掉下來，隱娘也就現身了。魏帥第二次的刺殺行動派出行蹤變化莫測的空空兒，妙手空空兒要的是劉昌裔的腦袋，因此隱娘建議劉昌裔用于闐玉圍著脖子，再抱著棉被保護，必須盡力保護脖子不受傷害。隱娘自己則變成小蟲，然後藏到劉昌裔的腸子裡。因爲妙手空空兒武功高強，房內無處可躲，只有變成小蟲，藏到劉昌裔腸子內，或許才可避開妙手空空兒。這兩回合的鬥法，皆在「藩鎮將領寢室」內乾脆俐落地一決勝負，聶隱娘的抵抗作爲站在維護國家統一的立場上免除了藩鎮兼併擴張行動下可能引發生靈塗炭的戰亂災禍。以「藩鎮將領寢室」作爲表現豪俠主題的空間場所，是因藩鎮之間的激烈衝突、派刺客暗殺政敵，乃是當時最普遍的社會現象。

另外，〈柳氏傳〉中的豪俠許俊則是直接衝入蕃將沙吒利的府宅，幫助韓翊將其妻子柳氏從沙吒利的魔掌中救出來，試看：

俊曰：「請足下數字，當立致之。」乃衣縵胡，佩雙鞬，從一騎，徑造沙吒利之第。候其出行里餘，乃被衽執轡，犯關排闥，急趨而呼

> 曰：「將軍中惡，使召夫人。」僕侍辟易，無敢仰視。遂升堂，出翊
> 札示柳氏，挾之跨鞍馬，逸塵斷鞅，倐忽乃至。引裾而前曰：「幸不
> 辱命。」四座驚嘆。

蕃將沙吒利當時因剛立功正受到皇帝特別的恩寵，對已削髮毀容為尼的柳氏
仍強取回家，行徑囂張惡劣。許俊卻能見義勇為、自告奮勇，願幫韓翊直搗
蕃將府第救回貌美的柳氏。許俊的營救過程聲勢動人、勢如破竹，他騎著馬
沖開守衛推門而入，邊跑邊喊，府裡的僕人侍女都驚慌地退避，沒人敢抬頭
看。稍後更挾著柳氏跨上馬鞍，快馬加鞭，一眨眼的工夫就將柳氏送到了韓
翊跟前。救人於急難，成全才子佳人之美，作者將整個豪俠營救的過程都置
放在「蕃將府第」內，充分展現了許俊行動的迅疾和果敢，也傳達了批判恃
功跋扈的蕃將的主題。

　　而〈崑崙奴〉則是將豪俠磨勒的正義之舉置放在「權貴府第」裡。唐
代自從安史之亂後，統治集團內部生活已經非常驕奢淫佚，一些出將入相
的勳臣，包括「高風亮節」、「功蓋一世」的郭子儀在內，這樣譽滿朝堂的
一品家中都有十院歌姬，而這些歌姬都是其依仗權勢、巧取豪奪而來以供
達官顯貴取樂之用的〔註 23〕。奴僕磨勒除了具備優越的輕功和飛行術，能
背著主人崔生和紅綃妓飛越一品大官府第內的重重垣牆，更能擊斃兇猛如
虎的曹州孟海之犬，最後更在一品大官府內弓箭手萬箭齊發的驚險場面中
持匕首飛出高垣，順利脫逃成功。磨勒既有智慧也有武功，且拯救弱女、
忠肝義膽，是正義的化身，作者以牆高院大、警衛森嚴的「權貴府第」，作
為承載磨勒執行營救任務的情節及衝破牢籠、追求自由幸福的主題，使整
個故事的發展過程和最終結局趨於圓滿，更能凸顯人民渴望從強權手中掙
得自由生活的主題意識。

　　綜上所述，唐代小說作者在豪俠主題的表達上常利用「俠客」往返敵方
陣營以執行警告、刺殺或營救任務的情節來呈現，故而選擇防伺甚嚴的「藩
鎮將領寢室」或「權貴府第」作為承載故事主題的空間場所，非常適合豪俠
人物於其中施展卓越技能與推進緊張情節之用，亦符合小說中中、晚唐藩鎮
勢力跋扈的時代背景。

〔註23〕參考吳志達：《唐人傳奇》（台北：群玉堂出版事業股份有限公司，1991 年 11
　　　月），頁 94。

二、空間置換回應主題，產生對比的美學效果

有時候空間的置換也會產生驚異、對比的美學效果。如果作家們一味寫工人在工廠做工、妓女在妓院侍客……生活的常態勢將吞噬藝術的個性，而令人發膩〔註24〕。因此若能抽換慣性空間，顛覆一般讀者對空間配對習慣性的認知與期待，便能在習以為常的思維下翻轉出意外亮眼的美學效果，這種對比、懸殊的差異感，對於小說主題表現具有加分作用。

例如〈李娃傳〉中淪落街頭行乞的鄭公子與李娃在安邑里重逢，李娃下定決心照顧鄭公子，贖身從良，在北邊角隔四、五家處租了一個空院子，成為尋常人家：「給姥之餘，有百金。北隅四五家稅一隙院。」之後鄭公子身體逐漸康復、志氣已漸旺盛，李娃便帶他到旗亭南偏門賣書的店鋪，讓他選擇好一些書買下：「娃命車出遊，生騎而從。至旗亭南偏門鬻墳典之肆，令生揀而市之，計費百金，盡載以歸。」督促他重新複習，讓學業精通熟悉，以準備科舉大業、重返原本所擁有的光榮盛景。這種空間場所的置換選擇，對妓女與書生相戀的愛情主題產生一種美學作用。作者在支配人物與選擇空間場面時，如果要表現紅牌妓女，光把她放在「妓院」裡親熱調笑，就不易吸引人們的目光，較難寫出令人驚異的場面；如果在恩客鄭公子處於飢寒交迫、冰天凍地的空間場面裡挨家行乞，非常落魄悽慘的時候，把「明眸皓腕，舉步豔冶」的妓女李娃擺進去，且之後她還能在汗牛充棟的「書店」進出購置考試用書、在書卷氣息濃厚的「書房」內扮演陪讀鞭策的角色，一系列驚人的美學效果畫面便應此空間置換而生了。在士人與娼妓通婚被視為禁忌的唐代，妓女李娃在「書房」中證明了自己操控命運的能力，花了三年時間監督鄭公子用功唸書，讓他博覽群書，應試時勢如破竹，策名第一，完成了一件使命，這才使得滎陽公堅持鄭公子與李娃成婚〔註25〕。空間置換從「妓院」轉為「書房」，成就了李娃與鄭公子結合所表現出來的貴賤不同的青年男女，為贏得愛情的幸福，而要突破門閥制度的羈縻的小說主題意義〔註26〕。

又如〈定婚店〉故事中，韋固十四年後將迎娶的妻子分明是位年輕貌美、容色華麗的刺史之女，按理應是被養在「深閨」中、捧在手心裡精心呵護調

〔註24〕 參考金健人：《小說結構美學》（台北：木鐸出版社，1988 年 9 月），頁 64。

〔註25〕 參考張曼娟：《柔軟的神殿：古典小說的神性與人性》（台北：麥田出版城邦文化事業股份有限公司，2006 年 6 月），頁 166。

〔註26〕 參考蔡守湘：《唐人小說選注》（台北：里仁書局，2002 年 6 月），頁 348。

教的掌上明珠；但小說的作者卻故意將她在故事裡首次登場的空間場景設定
在低俗嘈雜的市井一角——「菜市場」，而且還讓一位瞎了一隻眼、僅能靠賣
菜維生的老太婆抱在懷裡，形象既骯髒又醜陋。試看：

> 固逐之，入菜市，有眇嫗抱三歲女來，弊陋亦甚。老人指曰：「此君
> 之妻也。」固怒曰：「煞之可乎？」老人曰：「此人命當食天祿，因
> 子而食邑，庸可殺乎！」老人遂隱。固罵曰：「老鬼妖妄如此！吾上
> 大夫之家，娶婦必敵。苟不能娶，即聲妓之美者，或援立之，奈何
> 婚眇嫗之陋女。」……又十四年，以父蔭參相州軍。刺史王泰俾攝
> 司戶掾，專鞫詞獄，以為能，因妻以其女，可年十六七，容色華麗。

這種空間置換產生的對比效果，極富美學魅力！因為作者先把一種看來荒唐
至極的空間場所和結局擺到讀者面前，讓讀者不由自主地厭惡、輕蔑這一空
間場面以及否定這一結局，也想弄清作者是如何把故事推向這一結局的。這
樣，讀者只好懷著擺脫不掉的關心往下看。等讀到結尾，讀者終於心服口服，
感到既出人意外又合情合理〔註27〕。文中韋固自認自己好歹也是個讀書做官
人家出身的，娶妻就算遇不上合適的，也可以找個色藝雙全的青樓女子。社
會風氣弄到寧娶美妓，亦不願婚市井小民之女，實在可哀。所以〈定婚店〉
雖在某些地方宣揚婚姻前定的迷信，但真正想傳遞的訊息卻是對當時社會普
遍流行的婚姻制度的不滿〔註28〕。唐士人的前途決定於婚、宦，婚五姓女，
任清流官，便是正途，一般人好攀高門婚姻是事實。韋固屬於六大關中郡姓
中的杜陵韋氏，也可以算是高門了，當然不願意「婚眇嫗之陋女」。但雖多方
攀求高門，結果討回來的，仍是當年「賣菜陳婆女耳」〔註29〕。空間置換從
「深閨」轉為「菜市場」，道出了對唐代注重門當戶對、郎才女貌的社會風氣
之諷刺意旨以及姻緣乃命中注定的小說主題意義。

三、同一空間場所，反映正／反兩極意義或現象

　　空間場所的選擇，有時竟同時具有正、反兩個極端的意義或反映兩極化
的現象，而這樣的矛盾並列、光明與黑暗的並存，恰能給予小說主題的傳達

〔註27〕參考陳文新：《中國傳奇小說史話》（台北：正中書局，1995年3月），頁218。
〔註28〕參考蔡守湘：《唐人小說選注》（台北：里仁書局，2002年6月），頁562。
〔註29〕參考劉瑛：《唐代傳奇研究》（台北：聯經出版事業公司，1994年10月），頁
　　　349。

帶來強而有力的諷喻意涵。

例如〈李娃傳〉中，滎陽公鞭打鄭公子並棄之而去的「曲江杏園」這個空間場所，在小說「士人與科舉」、「士人與婚姻」主題的意義上，就具有往上提升與向下沉淪兩個極端涵義。康韻梅於〈唐代小說中長安空間場景與敘事關係〉一文有相關論述〔註30〕，她指出曲江的「杏園」爲天子宴請新科進士之地，原本應是往上提升、求取功名、光耀門楣的意涵，而在此處鞭打鄭公子並斷絕父子關係，乃因鄭公子辜負父親期待、背離至京城應考的初衷，恰好說明了選擇此處的理由。但諷刺的是，「曲江」也恰好是唐代當時妓女與士人歡遊之地，這就貶爲向下沉淪、陷溺情愛、使家族蒙羞的負面意涵。可見作者對於空間場所的選擇，似乎是有意識之下的精心安排，卻又能不著痕跡地直指小說主題意旨。

又如〈東城老父傳〉中的「興慶宮」，同一空間場所，反映玄宗開元盛世與亂後淒清慘淡之正反兩極現象。試看：

> 昭成皇后之在相王府，誕聖於八月五日。中興之後，制爲千秋節。賜天下民牛酒，樂三日，命之曰酺，以爲常也。大合樂於宮中……每至是日，萬樂具舉，六宮畢從。昌冠雕翠金華冠，錦袖繡襦袴，執鐸拂，導群雞序立於廣場，顧眄如神，指揮風生……十四載，胡羯陷洛，潼關不守。大駕幸成都……泊太上皇歸興慶宮，肅宗受命於別殿。

開元天寶時期，「興慶宮」是唐玄宗舉行朝會和各種慶典、宴會、外事活動的主要場所，成爲當時政治和文化的中心〔註31〕。但安史之亂爆發後，在玄宗倉促逃亡四川的途中，太子李亨與大宦官李輔國策動馬嵬驛兵變，殺掉玄宗寵臣楊國忠和寵妃楊玉環，回師北上，在靈武即位，遙尊玄宗爲太上皇。平叛之後，玄宗回到長安，父子重逢，兩相尷尬，在李輔國的主張下，將玄宗安置在偏離政治中心的「興慶宮」〔註32〕。因爲隨著王室衰微，「興慶宮」逐漸喪失了往日的繁華，變成了冷落的離宮別殿，自肅宗以後，便都不再到「興

〔註30〕 參考康韻梅：〈唐代小說中長安的城市空間場景與敘事之關係〉，《成大中文學報》第 32 期，2011 年 3 月，頁 16。

〔註31〕 參考馬得志、馬洪路：《唐代長安宮廷史話》（北京：新華出版社，1994 年 10 月），頁 223。

〔註32〕 參考寧欣：《唐宋都城社會結構研究：對城市經濟與社會的關注》（北京：商務印書館，2009 年 11 月），頁 129。

慶宮」聽政了。等到玄宗從四川回到長安後，幾個兄弟早已相繼去世，他住在「興慶宮」中，再也聽不到昔日熟悉的管絃。「鼓吹迎飛蓋，弦歌送羽卮」（出自玄宗的〈游興慶宮作〉）的場面成了夢幻中的記憶，無所事事的太上皇心情怎不悲涼〔註33〕！長安三大皇宮之一的「興慶宮」是玄宗舉行朝會、慶賀各種節日舉行盛大宴會、召集學士講議經旨及時務、向官員諮詢及策試科舉的空間場所〔註34〕，原本是肩負帝國政治運作重任、承攬帝王例行活動的核心宮殿，但諷刺的是，「興慶宮」也淪爲玄宗自四川返回後被肅宗安置的冷宮別殿。可見作者對於玄宗幾乎一生都在「興慶宮」度過的這個空間場所，著意反映其正反、樂悲、鼎盛沒落、歡騰淒涼兩個極端現象，旨在向讀者傳達帝王盛衰感慨、諷刺玄宗驕奢腐敗的小說主題。

第三節　帝都、離宮空間與主題表現

　　帝都與其他城市的最大區別，在於它是體現帝王作爲天子和皇家受命於天這一在宇宙間重大角色的大型空間場所〔註35〕。

　　小說文本裡的空間會與其相應的外在實境相互映照，甚至於影射疊合，既著重在意象與象徵層面上的探究，對於實境地理以及虛實空間如何互涉形塑亦有所考證。本節以現象學和人文地理學的觀點，結合實證性的長安城史料與文人文本的想像，從客觀空間的建置實踐與主觀意識的對照中，呈現帝都和離宮之於唐代小說作者欲傳達的主題意圖〔註36〕。

一、歷史與記憶空間

　　唐代小說作品本身訴說著長安城的空間，就連小說的情節也訴說著安史之亂前、後的社會如何在長安城空間上呈現它的井然與失序〔註37〕。小說不

〔註33〕參考馬得志、馬洪路：《唐代長安宮廷史話》（北京：新華出版社，1994 年 10 月），頁 285～286。
〔註34〕參考馬得志、馬洪路：《唐代長安宮廷史話》（北京：新華出版社，1994 年 10 月），頁 235。
〔註35〕參考（美）陸威儀（Mark Edward Lewis）著，張曉東、馮世明譯：《世界性的帝國：唐朝》（北京：中信出版社，2016 年 10 月），頁 82。
〔註36〕參考范銘如：《文學地理：臺灣小說的空間閱讀》〈導論：看見空間〉（台北：麥田出版城邦文化事業股份有限公司，2008 年 8 月），頁 31。
〔註37〕不僅作品本身訴說著地方，連作品的架構也訴說著社會如何在空間上安排秩

只是文學文本，也是社會文本，訴說著唐代長安城市空間的權力與控制、戰亂與恐懼，於是作者創作小說的意圖——歷史諷諭主題，便在長安離亂失所的空間場面安排下浮顯出來。

例一，〈東城老父傳〉中，敘述安史亂後賈昌的遭遇：

> 昌還舊里。居室爲兵掠，家無遺物。布衣憔悴，不復得入禁門矣。
> 明日，復出長安南門，道見妻兒於招國里，菜色黯焉。兒荷薪，妻
> 負故絮。昌聚哭，訣於道。遂長逝息長安佛寺，學大師佛旨。

等到安史之亂平定後，賈昌才回到原來住的里弄。但慘遭安史戰亂蹂躪過後的長安城空間景象滿目瘡痍，他昔日的長安宣陽里故居，竟已是遭官兵搶劫掠奪至空無一物的淒涼場景。賈昌的長安里坊老家淪爲如此樣貌，可以想見整個長安城的街景、市容亦如廢墟空間般，呈現了經歷人禍浩劫後的失序場面，長安的空間街景、城市容貌顯現了戰爭的殘酷凌駕一切之上。賈昌穿著粗布衣服，面容憔悴，這樣的身分是再也不能入皇宮了。當他出了長安南門，在招國里的街道上遇見了穿著舊棉襖的妻子和背著柴禾的兒子，妻小的臉色枯黃暗淡，一家人便這樣在長安城街邊道上哭了起來，而這一次的戰後聚合卻也是永遠的訣別了。長安城宛如人間煉獄的空間場面，每一間傾倒的街屋、每一條延伸的街坊邊界，都傳達了長安城市人民的離亂情緒。長安城原本的太平盛世、繁華空間，因唐玄宗的驕奢無恥、昏聵腐敗而走上毀滅。帝都空間權力與控制消長以及重分配後的結果，無疑給百姓帶來戰亂後的恐懼。賈昌於是看破塵俗，淡然出家住在長安佛寺跟著高僧學佛。長安城空間場面、街景市容呈顯的離亂失序，給了昏君諷刺和抨擊，小說歷史諷諭的創作主題便揭露而出。

長安城的空間街景、市容記錄了隨時間而來的變遷，也記錄著安史戰亂遺留下來的獨特軌跡〔註38〕。伴隨著胡人在長安城空間內的文化移動與適應，唐代京城街景市容亦隨之變遷。安史之亂胡人的入侵與破壞，涉及了長安街景、市容的重塑與轉變，導致歷史與空間場景的演變。長安城的街景、市容就像是一張刮除重寫的羊皮紙，是「過去」與「現在」的混合與總合，

序。參考（英）邁克・朗克（Mike Crang）著，王志弘、余佳玲、方淑惠譯：《文化地理學》（台北：巨流圖書有限公司，2003 年），頁 58。

〔註38〕我們思考地景如何記錄隨時間而來的變遷，記錄文化的演變與遺留獨特軌跡。參考（英）邁克・朗克（Mike Crang）著，王志弘、余佳玲、方淑惠譯：《文化地理學》（台北：巨流圖書有限公司，2003 年），頁 27。

是隨時間抹除、增添、變異、殘餘的集合體。長安城街景、市容的形成，必須同時考慮「空間」與「時間」，它是連續與取代的過程〔註39〕。〈東城老父傳〉中，老父賈昌舉出兩件事為國家昔日的強盛、生活的安定與今日的衰微、社會的混亂苦難作對比〔註40〕：

其一是往昔長安城內的市容，是走在城市的市場上一眼望去，常看見有賣白衣衫、穿白疊布的，這是京城富裕安定的標誌；如今長安城街道上很少有穿白衫的人，出門走到十字路口，向各個方向細看，穿白衫的人不滿一百人，因為大多數的男人已從軍而去，這樣的長安街景是社會離亂的徵兆。

> 老人歲時伏臘得歸休，行都市間，見有賣白衫白疊布。行鄰比廛間，
> 有人襪病，法用包布一匹，持重價不克致，竟以幞頭羅代之。近者，
> 老人扶杖出門，閱街衢中，東西南北視之，見白衫者不滿百。豈天
> 下之人皆執兵乎？

可見天寶之亂前、後，長安城的市場與十字路口等空間街景都已隨時間而有了變遷，城市空間內的人群所形成的市容因戰亂而改變了原有的樣貌。戰爭的破壞、社會的離亂，會使一個城市的空間場景、容貌與態樣產生轉變，而這樣的變異，正喻示著唐代由盛而衰的轉折，呈現了小說諷諭的思想主題。

其二是往昔友邦使者前來朝覲，朝覲時的禮儀很隆重，接待時的恩惠也很優厚，給他們穿上錦絮，供給他們酒飯，公事辦完就離開長安城，京城不留外國來賓長住；如今胡人與京城中人通婚，混雜在一起居住，且長安市民的首飾靴鞋服裝的樣式都模仿胡人風格。

> 上皇北臣穹廬，東臣雞林，南臣滇池，西臣昆夷，三歲一來會。朝
> 覲之禮容，臨照之恩澤，衣之錦絮，飼之酒食，使展事而去，都中
> 無留外國賓。今北胡與京師雜處，娶妻生子。長安中少年，有胡心

〔註39〕地景是張刮除重寫的羊皮紙。刮除原有的銘刻，再寫上其他文字，如此不斷反覆。先前銘寫的文字永遠無法徹底清除，隨著時間過去，所呈現的結果會是混合的，刮除重寫呈現了所有消除與覆寫的總合。地景是隨著時間抹除、增添、變異與殘餘的集合體，除非同時考慮空間關係與時間關係，否則無法形成地景的觀念。地景是連續的發展與過程，或是分解與取代的過程。參考（英）邁克・朗克（Mike Crang）著，王志弘、余佳玲、方淑惠譯：《文化地理學》（台北：巨流圖書有限公司，2003 年），頁 27～28。

〔註40〕參考吳志達：《唐人傳奇》（台北：群玉堂出版事業股份有限公司，1991 年 11月），頁 102。

矣。吾子視首飾靴服之制，不與向同，得非物妖乎？

走在長安城街上，人群的樣貌無疑構成了城市空間市容的一部分，而這一群人的組成份子與他們外顯的服飾風格已爲長安的空間市容悄悄地做了改變。這樣的空間市容改變，是刮除與重寫的過程，現在雜處的人群取代了過去單純的漢人生活圈，胡人的加入重塑了長安的生活空間、轉變了長安城的空間樣貌。這樣的市容空間是過去的殘餘與現在的增添，胡、漢同處在長安京城空間的怪現象，既是混合也是總合的空間樣貌，亦是作者欲指陳的事實，從長安社會空間的變化來對比今昔之感，從而帶出開元理亂的諷喻主旨。

小說不僅是描述城市空間的文本，也是城市空間經驗與文本自身的融合〔註 41〕。經驗是「感覺」和「思想」的綜合體。人的感覺並非由個別的感受形成，而是長時期的許多經驗的記憶和預期的結果，所以，我們可以說一個感覺的生命就如思想的生命一樣具連繫性〔註 42〕。小說人物對空間的長期經驗，使讀者可以從其感覺、看其思想，而小說人物的思想能呈現小說欲表達的主題。文學不因其主觀性而有缺陷；相反的，主觀性表達了空間城市的社會意義〔註 43〕。鄭毓瑜也說，透過個體主觀經驗所賦予空間的意義，對於文本詮釋極具啓發性。當空間成爲社會關係的產物，或者出現充滿情感的地理學書寫，即使文學筆法並非客觀地呈現區域或地方，但是卻比看似精確的統計圖表更能撑挂起當時深刻的社會脈絡與在地經驗。因此，空間無法被單純地反映，同樣也無法完全被編造，這應該是個人與空間「相互定義」的文本世界〔註 44〕。所以〈東城老父傳〉文末：「昌曰：『老人少時……得非物妖乎？』」是作者陳鴻祖訪問賈昌的一段文字，可視爲賈昌採訪錄性質的自述，以賈昌的角度和經驗述說，見到的是長安城市街景與市容前後的尖銳對比，標誌了長安前後的懸殊差異。小說作者陳鴻祖呈現了其中的因果連結，把巔峰和谷底兩極的世界，書寫於同一座城市空間之中。因此，閱讀〈東城老父傳〉這

〔註41〕 參考（英）邁克・朗克（Mike Crang）著，王志弘、余佳玲、方淑惠譯：《文化地理學》（台北：巨流圖書有限公司，2003 年），頁 75。

〔註42〕 參考（美）段義孚（Yi-Fu Tuan）著，潘桂成譯：《經驗透視中的空間和地方》（台北：國立編譯館，1998 年 3 月），頁 8。

〔註43〕 參考（英）邁克・朗克（Mike Crang）著，王志弘、余佳玲、方淑惠譯：《文化地理學》（台北：巨流圖書有限公司，2003 年），頁 58～59。

〔註44〕 參考鄭毓瑜：《文本風景：自我與空間的相互定義》（台北：麥田出版城邦文化事業股份有限公司，2005 年 12 月），頁 16。

段訪談賈昌的文字，變得有如讀者自己走在長安街道上，而非觀看別人行走。經驗是直接和體會的，但也可能是間接和概念性的。例如一位唐代長安城的長期居民認識這個城市，一位馬車車夫也很熟悉路徑，但一位研究長安城的地理學者只能在概念上知道這個城市。這是三種不同的經驗。一個人可能在體會上和概念上都知道一個地方，而且能夠提出相關觀念，但卻不能表達他如何透過其感官去認識這個地方。故大部分的文學作品鮮少論及人如何透過感官或概念上的經驗去詮釋空間和時間的複雜、矛盾和感性形象〔註45〕。但賈昌卻可以！因為他正是唐代長安城這個空間如假包換的歷史見證人。賈昌作為一位長安城長期居民，其自述的空間經驗，使小說主題的呈現更具說服力、更加寫實。東城老父賈昌受作者陳鴻祖訪問一段，他個人對長安城空間前後觀察的描述，雖具主觀性，但這樣的空間場景描述有其社會意義，更能表現小說欲傳達的主題效果。

　　例二，〈長恨歌傳〉，作者陳鴻以書寫歷史過往裡的帝都長安、離宮驪山華清池兼及記憶的心理空間，來抒發興衰之感，達到諷諭昏君的小說主題效果：

> 開元中，泰階平，四海無事。……稍深居遊宴，以聲色自娛。……
> 時每歲十月，駕幸華清宮，內外命婦，焜燿景從，浴日餘波，賜以
> 湯沐……時省風九州，泥金五嶽，驪山雪夜，上陽春朝，與上行同
> 輦，居同室，宴專席，寢專房。……叔父昆弟皆列位清貴，爵爲通
> 侯。……而恩澤勢力，則又過之，出入禁門不問，京師長吏爲之側
> 目。……明年，大赦改元，大駕還都。尊玄宗爲太上皇，就養南宮。……
> 時移事去，樂盡悲來。每至春之日，冬之夜，池蓮夏開，宮槐秋落。
> 梨園弟子，玉琯發音，聞〈霓裳羽衣〉一聲，則天顏不怡，左右獻
> 欷。……次問天寶十四載已還事。言訖，憫默。

小說以唐玄宗深居「內宮」遊樂飲宴開始，專寵楊貴妃、賜浴「華清池」，以致其親族出入宮門時連京城長官都不敢過問，經安史亂後回到「帝都」，退位後被擱置在南面的「興慶宮」養老。中間以時光流逝、樂盡悲來，四時遞嬗、宮中樂伎奏演〈霓裳羽衣〉之音，促使玄宗觸景傷情、鬱鬱寡歡作爲轉折。後以聽聞天寶十四年安史之亂爆發後之事，哀憐傷感至終。

〔註45〕參考（美）段義孚（Yi-Fu Tuan）著，潘桂成譯：《經驗透視中的空間和地方》
　　　　〈緒言〉（台北：國立編譯館，1998 年 3 月），頁 4～5。

畢恆達曾說，空間絕不是一個價值中立的存在或是人們活動的背景，它是人們在某時某地的社會文化價值與心理認同。聲波凝塑空間，空間凝結記憶〔註46〕。「興慶宮」的存在無論是對唐玄宗或作者陳鴻而言，都不會是無關痛癢的價值中立；「興慶宮」曾是個締造出開元之治、輝煌盛世的歷史空間，卻也是玄宗個人、甚至更多人的集體生活記憶空間。宮廷樂曲對帝王和他的隨從們是一項聽覺空間體驗，而這樣的體驗「凝結」了記憶的心理空間，於是熟悉的〈霓裳羽衣〉伴隨著昔盛今衰之感便排山倒海而來，可以說，記憶不在腦子裡，而是在「興慶宮」裡！〈長恨歌傳〉藉由對帝都長安實有、客觀空間的描述與虛有、主觀的歷史記憶之心理空間，虛、實空間兩者的互涉形塑，表現了陳鴻作為一個歷史家對人世滄桑的敏感〔註47〕，以及他為〈長恨歌〉作傳時意圖揭露唐玄宗荒淫好色、腐敗荒唐的創作宗旨〔註48〕。

二、權力空間

本文之「權力空間」，指帝王皇權打造出來的空間，包括帝都、皇家御苑、離宮以及通往離宮遊倖之人工運河。漢代的長安在龍首原北麓，而隋文帝大規模重建的「大興城」是在龍首原南麓。「大興城」以後就是隋、唐兩朝的帝都，唐恢復長安之名〔註49〕。隋煬帝在位時，除了擁有原本的「大興城」外，另遷都於東都洛陽，並於洛陽西郊建造規模宏大、精美富麗的「西苑」作為皇家御苑；並於「西苑」內打造幽深曲折的「迷樓」；為了便利於他自己南向遊幸之旅，更興建了四條首尾相通的運河，即永濟渠、通濟渠、邗溝和江南運河，總長五千多里，流經河北、河南、安徽、江蘇和浙江五省，溝通了長江、淮河、海河、錢塘江等水系〔註50〕。

從空間支配看見帝王權力的施展與影響，帝都或離宮建築空間的生產離不開背後的權力運作，而具體存在的空間又形塑了人民的社會生活。例如帝

〔註46〕 參考畢恆達：《空間就是權力》〈導讀：體驗‧解讀‧參與空間〉（台北：心靈工坊文化事業股份有限公司，2001年6月），頁1～10。
〔註47〕 參考陳文新：《中國傳奇小說史話》（台北：正中書局，1995年3月），頁127。
〔註48〕 參考蔡守湘：《唐人小說選注》（台北：里仁書局，2002年6月），頁398。
〔註49〕 參考趙岡：《中國城市發展史論集》（台北：聯經出版事業公司，1995年5月），頁91。
〔註50〕 參考趙岡：《中國城市發展史論集》（台北：聯經出版事業公司，1995年5月），頁119。

都、御苑之空間設計可以刻意的作爲皇族血統與階級隔離的工具〔註51〕，大興土木、奢華宮殿苑囿的建造以及貫通南北人工運河的開鑿在滿足帝王個人窮奢極欲的願望，卻更使百姓原本苦難的生活雪上加霜。

　　晚唐的韓偓生當唐末亂世，寫了三篇小說〈海山記〉、〈迷樓記〉、〈開河記〉可視爲姊妹篇，皆有共同的主題，都是揭露批判暴君隋煬帝的荒淫腐朽、好大喜功、勞民傷財，導致民怨沸騰、眾叛親離，終於覆滅。作者從總結隋王朝滅亡的歷史教訓著眼，反映了在暴君酷虐統治下人民深重的苦難，具有深刻的社會歷史意義。這在唐末社會劇烈動盪的時代，寫隋煬帝淫威之下的「權力空間」，就小說創作主題的面向來看，似有借古喻今，警誡皇帝吸取前朝亡國教訓的意思〔註52〕。帝王鞭長所及的「權力空間」，無論是東都洛陽、西苑、迷樓或南北相連的人工大運河，實有的建築體與虛有的權力運作所產生的空間，其引爆的民怨一發不可收拾，在這三篇小說中令人印象深刻，充分示現了批判暴君的主題與「權力空間」虛、實互涉之間的關係。

　　例一，〈海山記〉中，隋煬帝建造的「西苑」，反映了帝王驕奢荒淫的生活必然加重對人民的剝削和壓迫：

> 帝自素死，益無憚，乃闢地周二百里爲西苑，役民力常百萬。苑內爲十六院，聚巧石爲山，鑿池爲五湖四海。詔天下境內所有鳥獸草木，驛至京師。……詔定西苑十六院名：景明一、迎暉二、棲鸞三、晨光四、明霞五、翠華六、文安七、積珍八、影紋九、儀鳳十、仁智十一、清修十二、寶林十三、和明十四、綺陰十五、降陽十六。皆帝自製名。院有二十人，皆擇宮中佳麗謹厚有容色美人實之。每一院，選帝常幸御者爲之首。每院有宦者，主出入易市。又鑿五湖，每湖四方十里。東曰翠光湖，南曰迎陽湖，西曰金光湖，北曰潔水湖，中曰廣明湖。湖中積土石爲山，構亭殿，屈曲環遶澄碧，皆窮極人間華麗。又鑿北海，周環四十里。中有三山，效蓬萊、方丈、瀛洲，上皆臺榭迴廊。水深數丈，開溝通五湖北海。溝盡通行龍鳳舸。

〔註51〕參考畢恆達：《空間就是權力》〈導讀：體驗‧解讀‧參與空間〉（台北：心靈工坊文化事業股份有限公司，2001年6月），頁1～10。
〔註52〕參考吳志達：《唐人傳奇》（台北：群玉堂出版事業股份有限公司，1991年11月），頁106。

隋煬帝即位後，為有效控制全國，遂決定每月徵調役丁二百萬人營建東都洛陽。「西苑」是洛陽城的一個延伸部分，在洛陽城西，規模比洛陽城還要大。其優美的自然風光和豐沛的水資源為自然成為營建園林的優越條件，在苑內造山挖湖，並以此為中心，湖中建山，環湖置院。它是一座特大型、集大自然和宮殿為一體的多功能皇家御苑，也是保衛東都的軍事要地，隋煬帝的許多活動都發生在「西苑」內，它既是隋煬帝的遊賞園，同時也承擔著都城一些政務活動，在隋代社會政治經濟生活中充當了重要角色，對隋代洛陽的空間布局產生了重大影響。「西苑」與洛陽宮城毗連，在都城空間結構和布局上，具有宮苑一體的特點。洛陽城的總體規劃是將宮城、皇城、郭城、御苑是為一個整體加以規劃設計的，這種整體的空間結構具有濃厚的政治內涵，布局如同棋盤，井然有序，中軸對稱，象徵著有序的政治等級關係，而位於宮城西面的「西苑」平面呈梯形，是融合自然和建築的園林，寓意皇帝擁有天下萬物。「西苑」不僅在功能上起到補充洛陽都城的作用，在空間上也成為都城的有機組成部分。這種「宮東苑西」的布局結構，與古代都城及皇家園林的發展有關，也與洛陽的地理形勢和當時人的軍事防禦思想相關〔註53〕。

若如上述「西苑」對於都城的正面功能與作用，那麼它的建造無可厚非。但根據小說〈海山記〉的描述，讀者目睹了「空間的力」！空間具有權力，是因為任何物質性空間都具有可用性，因而成為爭權奪利的對象。空間是有用之物而值得加以控制，因而有權力的意義在內。空間具有化約真實為權力利益的存在理由，且所有的人不可能享有一樣的空間經驗，但帝王擁有的至高無上權力卻能做到這一點，使得空間的瞭解與使用被支配性系統所控制及剝削〔註54〕，帝王的權力就是最好的例證。楊素死後，隋煬帝從此更肆無忌憚、變本加厲，開闢東都洛陽西側方圓二百里作為「西苑」，苑內分為十六院，每院挑選宮中佳麗二十人住在裡面，又堆聚土石為山，開鑿池子為五湖四海，湖中堆積土石為山，修建亭殿，曲折盤旋，廣達數千間，都是人間最華麗的。且開溝渠連通五湖四海，溝槳都可通行龍鳳舸。為此，隋煬帝不惜役使民力常達數百萬。小說中對帝王權力支配控制空間、老百姓被役使的痛苦有深刻

〔註53〕參考李久昌：《國家、空間與社會：古代洛陽都城空間演變研究》（西安：三秦出版社，2007年11月），頁258、299～304。

〔註54〕參考黃應貴主編：《空間、力與社會》〈導論〉（台北：中央研究院民族學研究所，1995年12月），頁17～18。

的刻畫,於作者諷諫昏君的主題之下可見一斑。

例二,〈迷樓記〉中,隋煬帝於「西苑」內打造供他自己淫樂之用的「迷樓」,反映了帝王窮奢極欲、濫興土木的結果必然加重對民脂民膏的刮取與揮霍:

> 今宮殿雖壯麗顯敞,苦無曲房小室,幽軒短檻。若得此,則吾期老於其中也。……即日詔有司,供其材木。凡役夫數萬,經歲而成。樓閣高下,軒窗掩映。幽房曲室,玉欄朱楯,互相連屬,回環四合,曲屋自通。千門萬牖,上下金碧。金虯伏於棟下,玉獸蹲於戶傍。壁砌生光,瑣窗射日。工巧之極,自古無有也。<u>費用金玉,帑庫為之一虛。</u>人誤入者,雖終日不能出。帝幸之,大喜,顧左右曰:「使真仙遊其中,亦當自迷也。可目之曰迷樓。」……詔選後宮良家女數千,以居樓中。每一幸,有經月而不出。……宮女無數,後宮不得進御者亦極眾。<u>後宮侯夫人有美色,一日自經于棟下。</u>

「迷樓」是隋煬帝淫樂的地方、流連忘返享樂之所,帝王權力肆無忌憚運作的結果,除了導致民生凋敝、國庫空虛外,「迷樓」更是一座壓迫、禁錮女性的權力空間,因而造成閣樓中的後宮女人懸樑自盡的悲劇。建築與設計物,都提供我們了解權力如何運作的最佳例證。例如圓形監獄(panopticon)、邊沁(Jeremy Bentham)輻射狀規劃之機構建築的建議,現在已然成為經由建築而實行之權力集中化的名例。圓形監獄並非權力的本質,而是權力運作特殊形式的一個駭人準確的呈現。它是權力機制化約成其理想形式的簡圖〔註55〕。承上所述,那麼隋煬帝打造的「迷樓」即是帝王權力的空間化,其幽深曲折的房間、千門萬戶相互連通,並挑選後宮女子數千名,使其入住各個閣樓小室內,宛如被迫軟禁其中與外界隔離,此一宮苑空間設計不也讓人們見識了帝王權力霸道、強勢之運作,可以說,「迷樓」的空間規劃呈現了帝王權力化約成享樂理想形式的縮圖。

例三,〈開河記〉中,隋煬帝為滿足遊幸江都(揚州)的願望,役使五百四十三萬餘人開鑿運河、役夫死屍遍野,反映了構築帝王所屬「權力空間」的過程中充斥著人民的斑斑血跡,帝王暴虐無道、獨裁血腥的權力運作,老

〔註55〕 參考夏鑄九、王志弘編譯:《空間的文化形式與社會理論讀本》〈權力的空間化──米歇‧傅寇作品的討論〉(台北:明文書局股份有限公司,1999 年 3月),頁 376〜377。

百姓爲此付出慘痛的代價：

> 因觀殿壁上有《廣陵圖》，……只爲思舊遊之處……朕爲陳王時，守鎮廣陵，旦夕遊賞。……翌日與大臣議欲泛巨舟自洛入河，自河達海入淮至廣陵。……詔以征北大總管麻叔謀爲開河都護……詔發天下丁夫，男年十五以上五十以下者，皆至。如有隱匿者，斬三族。……丁夫計三百六十萬人，乃更五家出一人，或老、或幼、或婦人等，供饋飲食。又令少年驍卒五萬人，各執杖爲吏，如節級隊長之數，共五百四十三萬餘人。……煬帝督功甚急，叔謀乃自徐州曉夕無暇，所役之夫已少一百五十餘萬，下塞之處，死屍滿野。……帝大怒，令根究本處人吏姓名。應是木鵝住處，兩岸地分之人皆縛之，倒埋於岸下，曰：「令教生作開河夫，死爲抱沙鬼。」又埋卻五萬餘人。

動用帝王的權力打造一條縱貫南北的空間──「人工大運河」，讓整個帝國陷入全民皆役的瘋狂狀態中。隋煬帝的殘暴，更體現在「活埋運河兩岸人民」這件事情上，老百姓「活著當開河夫，死了做抱沙鬼」的無辜冤魂，竟是帝王「權力空間」下的犧牲品！空間是政治的。空間並不是某種與意識形態和政治保持著遙遠距離的科學對象，相反地，它永遠是政治性的和策略性的。假如空間的內容有一種中立的、非利益性的氣氛，因而看起來是「純粹」形式的、理性抽象的縮影，則正是因爲它已被占用了，並且成爲地景中不留痕跡之昔日過程的焦點。空間一向是被各種歷史的、自然的元素模塑鑄造，這個過程是一個政治過程。空間其實是一個社會產物。空間生產就如任何類型的商品生產一般，使占有空間的私人團體可以經營並剝削它〔註56〕。

三、慾望空間

作爲一座帝都城市，「長安」無疑是唐人各種慾望的淵藪。

「長安」這一帝都空間一直是許多唐代小説的場景。然而，比起僅用來當作帝都城市生活的「資料」，我們還可以有更深刻的認識。帝都不只是行動或故事的布景；對帝都地景的描繪，也表達了唐人社會與生活的信仰。因此，重點不在於帝都或帝都生活的描繪有多麼精確；而是帝都被用來表達什

〔註56〕參考夏鑄九、王志弘編譯：《空間的文化形式與社會理論讀本》〈空間政治學的反思〉（台北：明文書局股份有限公司，1999年3月），頁34。

麼，帝都場景有何意義〔註 57〕。帝都長安是個「慾望空間」，其衍生的各種
唐代社會現象、風氣、文化、生活型態、意識與價值觀，成為小說作者創作
的主題。

（一）權慾、名慾與財慾

長安城是一座「科舉功名聖殿」，象徵士子追求富貴功名慾望的空間。

段義孚在解釋人與空間的關係時曾說，人是空間裡的居民，管制空間又
創造空間。事實上，「空間」一詞，本身就包含了人與環境，及人與環境的結
合。人不僅是佔有空間，而且透過人的意向而命令空間和規範空間。人是「人
的活的身體」，而空間為「人所建構的空間」〔註 58〕。因此，「帝都長安」是
人所建構的空間，而人所具有的世俗化人性：對於權力、名譽、財富的慾望，
便成為帝都空間建構的心理成分之一。

科舉士子的權慾加上考官的財慾，使帝都長安成為名符其實的「慾望空
間」。文士不惜自貶人格、盛行請託之事，而考官及其家屬受賄已成為風氣。
唐代小說中記載了一些考生行賄、替人請託者、考官或考官家屬受賄甚至索
賄的事情〔註 59〕。

例一，《會昌解頤錄·牛生》──牛生於長安以千貫行賄於主司之子：

> 牛生自河東赴舉……又以求名失路，復開第二封書。題云：「西市食
> 店張家樓上坐。」牛生如言，詣張氏，獨止於一室，下簾而坐。有
> 數人少年上樓來，中有一人白衫，坐定，忽曰：「某本只有五百千，
> 令請添至七百千，此外即力不及也。」一人又曰：「進士及第，何惜
> 千緡。」牛生知其貨及第矣。及出揖之，<u>白衫少年即主司之子。生
> 曰：「某以千貫奉郎君，別有二百千，奉諸公酒食之費，不煩他議也。」
> 少年許之，果登上第。</u>

帝都空間是產生財富和權力資源的地方，這是全國性的聲望的象徵，「大人物」
比小人物佔有或能進入較多的空間、掌握較多的資源，對權力和金錢的渴望

〔註57〕 參考（英）邁克·朗克（Mike Crang）著，王志弘、余佳玲、方淑惠譯：《文
　　　　化地理學》（台北：巨流圖書有限公司，2003 年），頁 66。
〔註58〕 參考（美）段義孚（Yi-Fu Tuan）著，潘桂成譯：《經驗透視中的空間和地方》
　　　　（台北：國立編譯館，1998 年 3 月），頁 31。
〔註59〕 參考程國賦：《唐五代小說的文化闡釋》（北京：人民文學出版社，2002 年 1
　　　　月），頁 88～89。

是不知足的〔註60〕。牛生力圖登第是對權慾的渴望、主司之子收賄是對財慾的貪得，而帝都長安是實現、滿足他們需求的慾望之都。

例二，《逸史·李君》──舉人李生於帝都向侍郎之子、主司之侄行賄一千貫：

> 江陵副使李君，嘗自洛赴進士舉。……又三數年不第，塵土困悴，欲罷去。思曰：「乃一生之事……聞其下有人言：「交他郎君平明即到此，無錢。即道：『元是不要錢及第』。」李君驚而問之。客曰：「<u>侍郎郎君有切故，要錢一千貫，致及第。</u>昨有共某期不至者，今欲去耳。」李君問曰：「此事虛實？」客曰：「郎君見在樓上房內。」李君曰：「某是舉人，亦有錢，郎君可一謁否？」曰：「實如此，何故不可。」乃卻上，果見之。話言飲酒，<u>曰侍郎郎君也，云主司是親叔父。乃面定約束。明年果及第。</u>

李生參加科考數年，還是沒有考上，在疲憊絕望之際，他心裡想的，仍是「考取功名乃是一個人一輩子的大事」！且不惜賄賂考官親屬，自貶讀書人之人格。由此可見科舉制度之遺毒以及金榜題名的慾望，已深入唐代士人之髓。如果以「空間」的概念來看，什麼謂之「失落」？就是突然間，感到完全沒有方向感。空間仍然依據我的身體而存在，前後左右也仍然構成區域，但這個空間系統缺乏對外的參考點，所以是無用的，前與後的區域突然感到失去了依靠和憑藉，我們無法向前進或向後退。然而，我們的空間系統會重新建立，只要向著目標動，就都顯得有意義。苦海明燈，使我勇往「直前」，把「背後」的黑暗空間遠遠拋離，而「左右」也不足以改變我的意志。「人」是現實的存在於空間之中，人大多沒有領略到此存在的意義，一旦失落的時刻，才注意到「沒有存在空間」的感受。唐代士人參加科考並致力於考取功名而使生活提升在普通生活之上，因此而使他們自己領略生活的價值，包括了空間的存在感。「文化」在空間規律方面，有些只涉及生活的基礎層面，有些則產生明確的架構而把生活的各方面都納入其中。但無論如何，「空間和價值」的確是由人引發而來的〔註61〕。是故，帝都長安是唐代科舉士子夢

〔註60〕 參考（美）段義孚（Yi-Fu Tuan）著，潘桂成譯：《經驗透視中的空間和地方》（台北：國立編譯館，1998 年 3 月），頁 53。

〔註61〕 參考（美）段義孚（Yi-Fu Tuan）著，潘桂成譯：《經驗透視中的空間和地方》（台北：國立編譯館，1998 年 3 月），頁 33。

寐以求的「權慾空間」、帝都空間是舉子移動方向的參考點，在尚未考取之前，是失落的、沒有存在感、覺得自己沒用，人生彷彿失去了依靠憑藉、沒了意義和價值。

另外，文士的名慾，亦使帝都長安成爲累積名氣的「慾望空間」。文士千方百計謀求出名，甚至爭奪科名，因爲名氣的大小對科舉有著很大的影響力。小說雖爲作者所虛構，但足以作爲唐帝都長安社會風氣的整體反映，從側面顯示了帝都科考慾望空間對士風影響的痕跡〔註62〕。

例一，《獨異志·陳子昂》——文士設法於帝都謀求一舉成名：

陳子昂，蜀射洪人。十年居京師，不爲人知。時東市有賣胡琴者，其價百萬，日有豪貴傳視，無辨者。子昂突出於眾，謂左右：「可輦千緡市之。」眾咸驚，問曰：「何用之？」答曰：「余善此樂。」或有好事者曰：「可得一聞乎？」答曰：「余居宣陽里。」指其第處。「並具有酒，明日專候。不唯眾君子榮顧，且各宜邀召聞名者齊赴，乃幸遇也。」來晨，集者凡百餘人，皆當時重譽之士。子昂大張宴席，具珍羞。食畢，起捧胡琴，當前語曰：「蜀人陳子昂有文百軸，馳走京轂，碌碌塵土，不爲人所知。此樂，賤工之役，豈愚留心哉！」遂舉而棄之。昇文軸兩案，遍贈會者。會既散，一日之內，聲華溢都。

陳子昂的「炒作」手段獨特、手法高明，行銷自己的文章詩詞作品，成功地靠炒作博取在京城的名聲。

例二，《集異記·王維》——文士於帝都爭奪京兆府解元：

王維右丞，年未弱冠，文章得名。性閑音律，妙能琵琶。游歷諸貴之間，尤爲岐王之所眷重。時進士張九皋聲稱籍甚，客有出入於公主之門者，爲其致公主邑司牒京兆試官，令以九皋爲解頭。維方將應舉，具其事言於岐王，仍求庇借。岐王曰：「貴主之強，不可力爭，吾爲子畫焉。子之舊詩清越者，可錄十篇，琵琶之新聲怨切者，可度一曲，後五日當詣此。」維即依命，如期而至。岐王謂曰：「子以文士，謁謁貴主，何門可見哉！子能如吾之教乎？」維曰：「謹奉命。」岐王則出錦綉衣服，鮮華奇異，遣維衣之。仍令齎琵琶，同至公主

〔註62〕 參考程國賦：《唐五代小説的文化闡釋》（北京：人民文學出版社，2002 年 1 月），頁 91～93。

之第。岐王入曰：「承貴主出內，故攜酒奉宴。」即令張筵，諸伶旅進。維妙年潔白，風姿都美，立於前行，公主顧之，謂岐王曰：「斯何人哉？」答曰：「知音者也。」即令獨奏新曲，聲調哀切，滿坐動容。公主自詢曰：「此曲何名？」維起曰：「號《鬱輪袍》。」公主大奇之。岐王曰：「此生非止音律，至於詞學，無出其右。」公主尤異之，則曰：「子有所爲文乎？」維即出獻懷中詩卷。公主覽讀，驚駭曰：「此皆我素所誦習者，常謂古人佳作，乃子之爲乎？」因令更衣，昇之客右。維風流蘊藉，語言諧戲，大爲諸貴之所欽矚。岐王因曰：「若使京兆今年得此生爲解頭，誠爲國華矣。」公主乃曰：「何不遣其應舉？」岐王曰：「此生不得首薦，義不就試，然已承貴主論托張九皋矣。」公主笑曰：「何預兒事，本爲他人所托。」顧謂維曰：「子誠取解，當爲子力致焉。」維起謙謝。公主則召試官至第，遣宮婢傳教。維遂作解頭，而一舉登第。

參加科舉考試，要依傍有權勢的貴族，已然是當時的風氣。縱使王維自負多才多藝，仍需深諳人心的岐王爲他設計籌謀一番，以博得公主的青睞。在長安帝都這個「名慾空間」，若是不「走後門」，光憑才學實力，也爭不到第一！

　　若以「空間能力」的概念來看，嬰兒開始學習自己爬行，但直立和行走等作爲人的特性活動，必須成年人去鼓勵和引導。嬰兒的空間能力發展得緩慢，空間知識的成長更形落後，在思想上能認知空間關係遠比身體之能抓取空間關係爲遲。但只要思想上發現了路徑，所能創造複雜和廣大的空間內容，卻遠超過僅由直接經驗所獲得的。利用思想的幫助，人類的空間能力，雖然不一定敏捷，但卻在所有其他物種之上〔註63〕。因此，基於唐代當時受科舉考試影響之下的世風，在帝都長安裡「炒作」和「走後門」可說是人們掙扎、遊走、生存在慾望空間中的另一種空間能力。而小說作者有意識地捕捉了這樣的帝都空間氛圍、帝都社交圈生態，作爲其創作的主題表現。

（二）情慾與性慾

長安城是一座「情慾流動聖殿」，象徵唐代男子追求風流慾望的空間。

城市的一個重要特徵就是集中，它包括人的集中、活動的集中和空間的

〔註63〕參考（美）段義孚（Yi-Fu Tuan）著，潘桂成譯：《經驗透視中的空間和地方》（台北：國立編譯館，1998年3月），頁63。

集中。造成集中的主要原因在於人是一種合群的動物。一般人喜歡聚集在一起，他的行為大都受群體本能的支配。人類在生存競爭中，只要採取集體行動，對內就能獲得保護、鼓舞和歡樂，對外就能戰勝恐懼贏得尊敬。由於群體的本能，人們傾向於集體地感受和思想〔註64〕。因此，藉由觀察唐代小說中長安城內人們的集體活動、社交活動，進一步探得當時人們的思想及其代表的文化內涵，以及小說作者的創作根源、主題表現。

帝都長安並非三維的空間地圖，例如有「曲江」綿延的地景、風景線和宴遊活動，以及里坊巷弄內的「妓院」，這些都是多向度的複雜地圖，包含人群的社交生活、情愛與歷史。閱讀唐代小說，透過長安城內人物的零碎生活來理解、詮釋帝都的文化意蘊。探知唐人的情慾甚至性慾空間，無關唐帝國首都的偉大和顯赫，反而意指所有輕佻的、好色的、幽暗的、底層的情緒和半開放半封閉領域，都被拖到了表面〔註65〕。可以說，讀者閱讀唐代小說中的帝都，其感受可囊括五個向度的空間，除了三度空間的體驗，還包括第四向度的客觀環境例如風景區自然界的氣候，以及第五向度：自己的主觀感受與情感、當時的人文景觀與互動。透過小說作者的空間描述，讀者彷彿能親身感受自然與建築融為一體的空間感，是作者撼動了人與空間的關係，進而理解帝都長安何以成為一方情慾空間。

例一，《乾𦠆子‧華州參軍》——說明文士追求風流、出遊曲江的社交風尚：

追求風流已經融入唐代文士的個性中，成為其性格不可分割的一個構成部分，成為文士群體性格特徵中一個共同的因素。好色而輕浮，便是這種性格特徵的具體體現〔註66〕。柳參軍與崔氏女一見鍾情，然而當崔女的母親讓婢女輕紅去向柳參軍說明女兒心事時，柳參軍卻又立刻被輕紅的美貌深深吸引，熱烈地追求輕紅。試看：

> 罷官於長安閑遊。上巳日，曲江見一車子，飾以金碧，半立淺水之
> 中。後簾徐褰，見摻手如玉，指畫令摘芙蕖。女之容色絕代，斜睨

〔註64〕參考徐磊青、楊公俠：《環境心理學——環境、知覺和行為》（台北：五南圖書出版股份有限公司，2005年1月），頁103。

〔註65〕參考（英）邁克‧朗克（Mike Crang）著，王志弘、余佳玲、方淑惠譯：《文化地理學》（台北：巨流圖書有限公司，2003年），頁69。

〔註66〕參考程國賦：《唐五代小說的文化闡釋》（北京：人民文學出版社，2002年1月），頁142。

柳生良久。柳生鞭馬從之，即見車子入永崇里。柳生訪其姓崔氏，
女亦有母。有青衣，字輕紅。……其母念女之深，乃命輕紅於薦福
寺僧道省院達意。柳生爲輕紅所誘，又悅輕紅。輕紅大怒曰：「君性
正粗，奈何小娘子如此待於君。某一微賤，便忘前好，欲保歲寒其
可得乎？某且以足下事白小娘子。」

「曲江」風景區一帶儼然成爲帝都長安內的情慾空間，特別是在春天時節，
紅男綠女結伴出遊、絡繹不絕。絕代佳人崔氏女的車子半停在淺水裡，簾幕
半揭時露出的如玉纖手，以及身旁同樣貌美如花的婢女輕紅爲之摘採芙蓉，
這一幕唯美的畫面恰好被柳參軍看在眼裡，情慾在這樣優美的帝都角落空間
裡被撥弄撩起，顯得理所當然。

　　長安城的東南隅反映了長安城內風光明媚的一角，此地流水如帶，將以
「曲江池」爲主的風景線一一串連起來，最南邊的芙蓉園與曲江池相鄰，不
僅亭台樓閣無數，四季風景更是變化多端，形成一由點至線至面的風景區。
不論是居住在長安城內的居民，或是因其他原因長途跋涉至京城的旅人，「曲
江」都是必須前往一遊的勝地。居於長安城內的官人、文士聚會宴飲也常選
在曲江池，「曲江」在士大夫間的交往與應酬上扮演了重要角色，唐代文化特
色也由此展現。除上層階級的宴飲外，更有一群公子、仕女群與「曲江」明
媚風景相呼應，使「曲江」成爲帝都長安裡最典型的「情慾空間」。公子們多
結伴遊春，僕從成群，行爲放蕩，風流瀟灑；又唐代狎妓風氣盛行，公子少
年們常攜帶豔妓招搖過市，形成一幅鮮明的唐代帝都風情圖畫。仕女群則大
都指官宦之家的婦女，精心打扮、濃妝豔抹是她們出遊的特色。春遊是唐代
的一大盛事，上巳春遊更是盛況空前，仕女們盛裝打扮的意圖，想當然爾是
少女們對於愛情憧憬的反映。「曲江」風景區內人數眾多的遊春仕女與公子，
更欲藉此機會尋找傾心的對象，雖唐代風氣婚姻大事仍以媒妁之言爲主，但
若能在良辰美景下，與佳人或才子相遇更是令人心動〔註67〕。

　　「曲江」風景區位於帝都，其空間價值在於人際關係，本文此處側重探
討其對兩性社交互動之影響，包括人物情愛的追求、情慾的流動，如何成爲
小說作者筆下主題的表現。「空間」是一個由許多意念所合成的抽象名詞。因
爲人是萬物的尺度，且人是文化形成的基本要素，所以討論空間組織的基本

〔註67〕參考楊婷雅：《盛世縮影──唐代曲江研究》，國立中興大學歷史學系碩士論
　　　　文，2008 年 1 月，頁 63、88、139～141。

原則，就包含了人體的姿勢和結構，以及人與人的關係。人以其身體及對待他人的互動經驗來組織空間，因此，「曲江」在帝都空間之內，必然配合和支持人的生物性需求和社會的關係〔註68〕。

例二，〈楊娼傳〉——藉以說明唐代狎妓的風氣：

帥甲迷戀長安城的紅牌妓女楊娼，起因於她「態度甚都」的殊色。後來更不惜以重金將她贖出來、金屋藏嬌以避悍妻，試看：

> 楊娼者，長安里中之殊色也。態度甚都，復以冶容自喜。王公鉅人享客，竟邀致席上，雖不飲者，必為之引滿盡歡。長安諸兒一造其室，殆至亡生破產而不悔。由是娼之名冠諸籍中，大售於時矣。……帥幼貴，喜嬈，內苦其妻，莫之措意。乃陰出重賂，削去娼之籍，而挈之南海，館之他舍。

唐代的國際貿易頻繁，引進異國的禮俗、服飾、音樂、美術，促進工商業的興盛及都市經濟的繁榮。在這環境之下，生活於帝都長安的男子容易染上追求浮華的風尚及狎妓的風氣，文士十之八九都曾去過妓院〔註69〕。「妓院」成為帝都長安裡的「情慾、性慾空間」，來自於唐代文士與妓女交往頻繁、贏得青樓薄倖名的社會風氣背景。

孫棨在《北里志》中詳細記錄了長安最有名的風月場「平康里」的生活，裡面的從業女子是官方登記備案的娼妓，為官員、商人和貴族服務，最主要的是為科考士子服務。這些女子都經過了詩文寫作和音樂表演的訓練，因此是有文化的女藝人。「北里」（妓院所在地），位於皇城和東市之間一個坊的東北角。國子監以及科舉考場都在這個坊裡，所以舉子經常在附近租房居住〔註70〕。

關於帝都長安何以使某些里坊成為風流藪澤、成為「情慾、性慾的空間」，鄭志敏曾有相關論述：史料上明載有妓女營業的平康、勝業、靖恭及安邑四坊，其位置均與長安的商業重心——東市相鄰，且呈環繞形狀。蓋東市發達的商業活動所帶來的大量客源與財源，為鄰近地區的妓業經營提供了充足的經濟支撐力，再加上年輕士子出入於此，好以狎妓為風雅，才使諸坊的妓業

〔註68〕參考（美）段義孚（Yi-Fu Tuan）著，潘桂成譯：《經驗透視中的空間和地方》（台北：國立編譯館，1998年3月），頁31。

〔註69〕吳淑鈴：《從唐傳奇看唐代婦女的愛情觀》，國立中興大學中國文學研究所碩士論文，2006年1月，頁31。

〔註70〕參考（美）陸威儀（Mark Edward Lewis）著，張曉東、馮世明譯：《世界性的帝國：唐朝》（北京：中信出版社，2016年10月），頁87～88。

得以發展〔註71〕。

　　唐代小說中的「性別空間」——城市的性別化，浮現出不同於權慾、名慾的長安地景，其中的焦點是一晚就得耗費巨資的「妓院」。這種經營酒色生意的都市空間，形成了把女性物化成商品與滿足男人慾望的想像地理。唐代小說作者將這些藉由公子文士們闊綽的手筆來消費供養與挑起對物化了的女性之慾望、開啓狎妓風氣的「情慾流動聖殿」，描述爲創造了許多似假似眞的愛情。小說展現城市的性別地理，以妓院所創造的都市空間爲焦點，描繪了男性權力、控制、狎妓風氣以及性別化之慾望匯聚而成的地理。藉由探討唐代小說，發掘複雜而迷人的地理樣貌，顯示社會與權力、權力與性別及色情經濟之間的關係，如何以不同方式結合。我們若思索這些議題，也能發現這些小說作品都是社會文本，訴說著文士於唐代帝都生活的歡愛和寂寞。唐妓置身男人支配的公共空間，而唐代男性亦著迷於被物化了的女性「商品」，這涉及了帝都長安里坊空間的變化：封閉的妓院是設計來「內化」街道，使之成爲私人空間，置於一個擁有者的控制之下。因此，我們絕不能將文學作品僅視爲描繪或敘述城市的事物，只是資料來源，而必須探查文學如何以不同的方式建構城市〔註72〕。

本章小結

　　一篇小說作品的主題爲何？是見仁見智的。因爲作者不見得肯將他所欲表達的主題明白宣佈；或者，有些作者雖然說明爲何而寫此文，但不一定言而有衷，也許是他故作的障眼法，另有用意；況且，一篇小說作品，作者所欲表現的主題，也許不只一個，可能有許多複雜的思想融匯其中，因而使人讀來，感到寓意廣泛，韻味無窮〔註73〕。唐代小說中的空間場域對於主題表現所發揮的作用和意義，除了以主題化空間來深化作品意蘊外，空間場所的選擇、空間置換產生的對比效果，以及同一空間存在著正、反兩極意義的反映，這些空間場域皆在小說主題表現上產生關鍵作用，使主題成爲小說作品

〔註71〕鄭志敏：《唐妓探微》，國立中興大學歷史學研究所碩士論文，1996 年 1 月，頁 57。

〔註72〕參考（英）邁克・朗克（Mike Crang）著，王志弘、余佳玲、方淑惠譯：《文化地理學》（台北：巨流圖書有限公司，2003 年），頁 70、72～73。

〔註73〕參考羅盤：《小說創作論》（台北：東大圖書有限公司，1980 年 2 月），頁 52。

的生命、靈魂,更讓作者藉此表達了他的思想、意識和情感,進而引發了讀者的共鳴、令人掩卷沉思。

另外,若從人們與空間「相互定義」的角度出發,最可以重新看待的就是文學研究的根本基礎——背景或環境的問題,也就是文本脈絡的詮釋空間。當文學作品放回世界脈絡重新觀看,文本開放成一個交涉、協調的場域,跨領域的詮釋於是成為可能。譬如「想像」一座城市,該如何去結合實證性的史料,同時又能有合於環境脈絡的穿織游移?以唐代帝都長安為例,它不但是政治、經濟中心,也是唐代文化形成與發展的核心場域。那麼史料如何有助於人文詮釋,又如何表達出屬於長安的帝都意義?如果將長安城視為一個社會空間,小說中各個發生的事件其實與人情經驗相互穿織,經過主、客觀協調之後,成為展現文化價值或社會關係的環境型態。比方說,長安城東南的「曲江」,是唐代官人、文士最常聚會宴飲之處,形成一點、線、面的風景區,這固然可以從曲江池流水如帶的地理環境風光極其明媚來加以解釋,但是如果也考慮唐代公子、仕女群常結伴至此遊春,那麼曲江所在更深刻的感受應該是如何在這種社交活動中共感的情慾流動氛圍下,說明唐代文士追求風流、好色輕浮性格特徵的具體體現〔註74〕。無論是精細化描寫下的空間、具特徵屬性的空間、體現強烈精神色彩的空間,都顯示空間場域在唐代小說主題表現上起著關鍵性作用,具有對小說主題構成隱喻、象徵等重要意義。經由探討作者創作時對小說中空間場所的選擇,使我們知道唐代小說不僅運用空間場所來承載小說主題;帝都空間更展現了歷史與記憶、權力、各種慾望等心理空間,藉此以表達作者企圖透過小說作品向讀者傳遞之主題、思想、價值觀。可見唐代小說的空間場域的確與主題表現具有密切聯繫。

下圖為第四章主題表現與空間場域示現之作用與意義的論述結構:

〔註74〕 參考鄭毓瑜:《文本風景:自我與空間的相互定義》(台北:麥田出版城邦文化事業股份有限公司,2005 年 12 月),頁 16～17。

圖 4-3-1：【第四章結構圖】

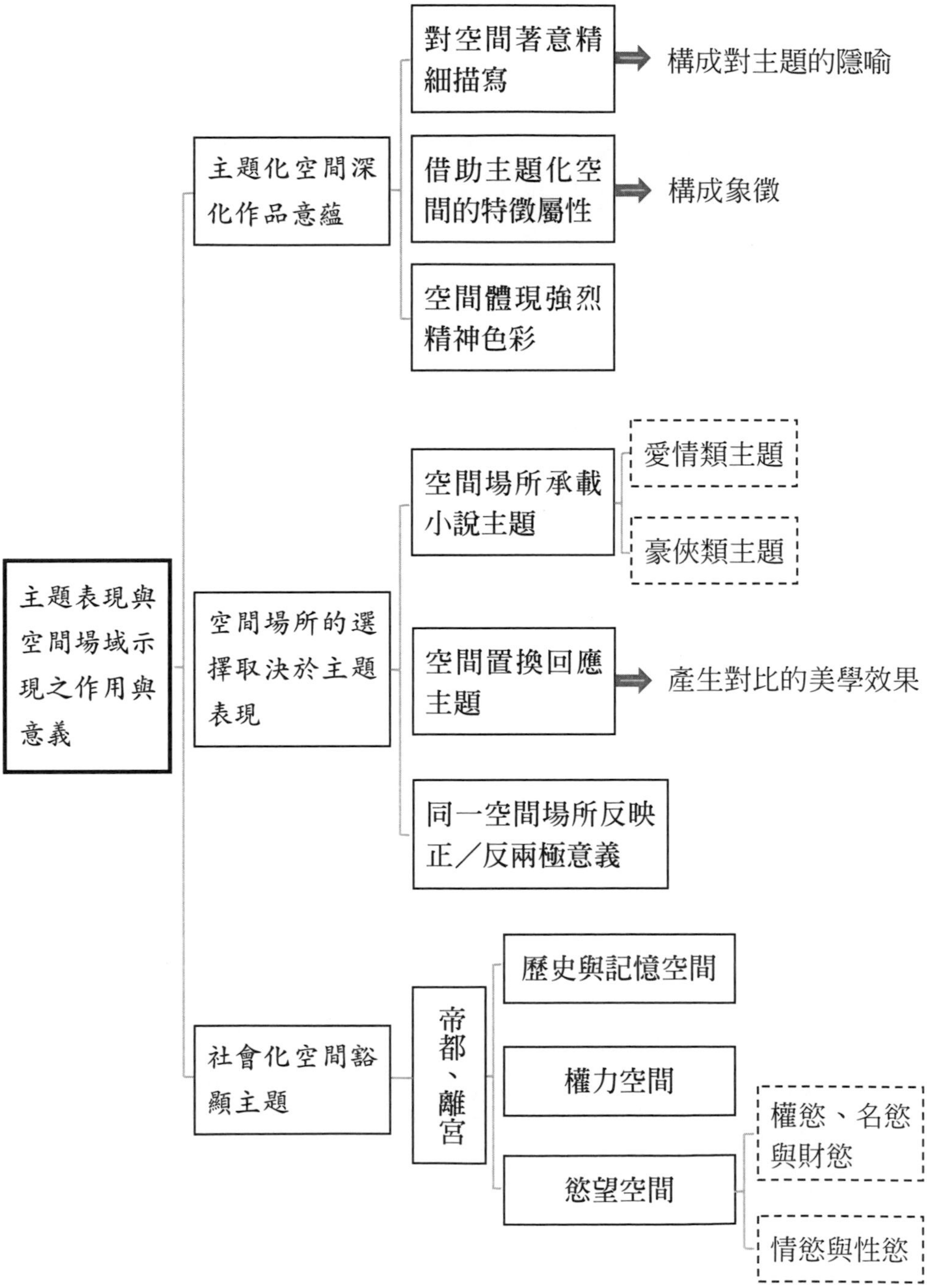

```
                                    ┌─────────────┐      ┌─────────────┐
                          ┌─────────│ 對空間著意精 │─────▶│ 構成對主題的隱喻 │
                          │         │ 細描寫       │      └─────────────┘
              ┌─────────┐ │         └─────────────┘
              │ 主題化空間深 │ │         ┌─────────────┐      ┌─────────────┐
              │ 化作品意蘊  │─┼─────────│ 借助主題化空 │─────▶│ 構成象徵     │
              └─────────┘ │         │ 間的特徵屬性 │      └─────────────┘
                          │         └─────────────┘
                          │         ┌─────────────┐
                          └─────────│ 空間體現強烈 │
                                    │ 精神色彩     │
                                    └─────────────┘

                                    ┌─────────────┐      ┌──────────┐
                          ┌─────────│ 空間場所承載 │──────│ 愛情類主題 │
                          │         │ 小說主題     │      └──────────┘
                          │         └─────────────┘      ┌──────────┐
  ┌─────────┐  ┌─────────┐│                              │ 豪俠類主題 │
  │ 主題表現與  │  │ 空間場所的選 ││                              └──────────┘
  │ 空間場域示  │──│ 擇取決於主題 ││         ┌─────────────┐      ┌─────────────┐
  │ 現之作用與  │  │ 表現       │┼─────────│ 空間置換回應 │─────▶│ 產生對比的美學效果 │
  │ 意義       │  └─────────┘│         │ 主題         │      └─────────────┘
  └─────────┘            │         └─────────────┘
                          │         ┌─────────────┐
                          └─────────│ 同一空間場所反映 │
                                    │ 正／反兩極意義 │
                                    └─────────────┘

                                    ┌─────────────┐
                          ┌─────────│ 歷史與記憶空間 │
                          │         └─────────────┘
              ┌─────────┐ │ ┌───┐  ┌─────────────┐
              │ 社會化空間豁 │ │ │帝都│──│ 權力空間     │
              │ 顯主題     │─┼─│、 │  └─────────────┘
              └─────────┘ │ │離宮│  ┌─────────────┐      ┌──────────┐
                          └─│   │──│ 慾望空間     │──────│ 權慾、名慾 │
                            └───┘  └─────────────┘      │ 與財慾     │
                                                        └──────────┘
                                                        ┌──────────┐
                                                        │ 情慾與性慾 │
                                                        └──────────┘
```

第五章　唐代小說超現實空間示現的意義

　　本章主要探討唐代小說中超現實空間示現的作用和意義。超現實空間所描述的，都不是實際生活空間所能觸及的人事物，也不是現實世界中能發生的事件。本章分別從「他界空間流動」和「虛幻空間流動」兩方面進行探討，無論是仙界空間、妖怪空間、鬼魂空間，或是夢、幻境空間，都顯示超現實空間與現實空間之間存在著某種關聯，雖然表面上荒誕不經、悖離現實世界，但實則映現了人們打從心底的種種慾望和執念，折射出唐代時人特有的文化和世界觀，就小說作者的創作意圖而言，超現實空間之所以被虛構於讀者面前，肯定具有其意義；就小說本身的情節而言，超現實空間的跨越，自有其牽引作用。

第一節　他界空間流轉

　　仙界、妖界、冥界這些他界空間都是非現實的世界，非常需要小說作者展現其豐富的想像力，但再怎麼天馬行空的魔幻想像，也需要現實作為基礎。小說作者倘若能夠將屬於他那個時空的生活經驗、知識、觀念、文化鎔鑄於他界空間的創作內容中，那麼即使他界空間的設置和流動超越現實，對於作品內在意義的挖掘仍具有很高的價值。

一、仙界空間：永留仙界或返回人間

　　唐代小說中的「仙界空間」是一種令人神往的存在，它是神聖的、凡夫俗子難以觸及的神的所在。既然是純淨無渣滓、免受人世勞苦的神仙世界，想要昇華自己、取得永久居留仙界的資格，必定要通過心智的考驗。筆者透過文本分析，發現人世往返於仙界空間的模式有兩類：第一類爲從人世空間進入仙界後終能成仙，永留仙界；第二類爲從人世進入仙界再返回人世空間，最終結局仍爲凡人。

（一）第一類：從人世空間進入仙界

　　空間轉換從實有的人世空間進入仙界，故事之主角在歷經考驗後，終能有成仙的圓滿結局。

　　例一，〈裴航〉之進入仙界空間流動示意圖如下──人世入仙界之結局成仙模式：

圖 5-1-1：【〈裴航〉進入仙界空間流動示意圖】

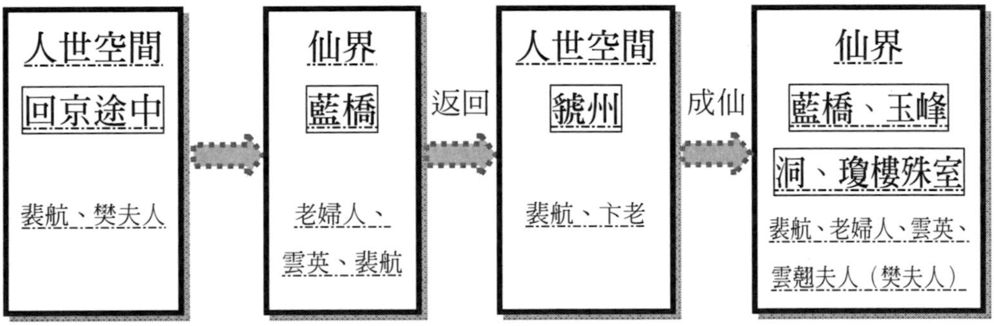

　　故事的空間始於主人公裴航回京途中（人世空間），與樊夫人在船上的萍水相逢。其後空間移轉至藍橋（仙界空間），爲裴航與老婦人、雲英遇合之處，可謂人世中最接近仙界的地方。裴航爲了娶雲英爲妻、達成老婦人訂下的條件，遂返回人世空間──「虢州」尋購玉杵臼。待通過考驗後，三人一齊登臨玉峰洞、居於瓊樓殊室（仙界空間），裴航終能以凡男身分躋身仙界空間，神化自在、超升爲上仙。

　　例二，〈柳毅傳〉之進入仙界空間流動示意圖如下──人世入仙界之結局成仙模式：

圖 5-1-2：【〈柳毅傳〉進入仙界空間流動示意圖】

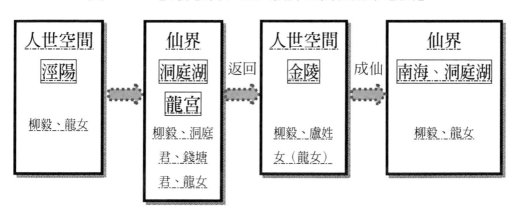

故事的空間始於主人公柳毅與龍女在涇陽路旁（人世空間）的偶遇，其後空間
移轉至洞庭湖龍宮（仙界空間），爲柳毅替龍女傳達冤屈、仗義相救的地方。但
事成後柳毅拒絕了錢塘龍君威逼下的嫁娶計畫，遂返回人世空間——「金陵」，
卻在媒人牽線下娶回盧姓女（即龍女）。柳毅在一連串遭遇後，終能以凡男身分
娶得龍女，一同居住於洞庭湖龍宮（仙界空間），獲得成仙得道的機會。

　　例三，〈張老〉之進入仙界空間流動示意圖如下——人世入仙界之結局成
仙模式：

圖 5-1-3：【〈張老〉進入仙界空間流動示意圖】

人世空間		仙界
揚州六合縣	成仙	天壇山南張家莊
張老、韋氏女、 韋恕、媒婆		張老、韋氏女、 眾青衣隨從

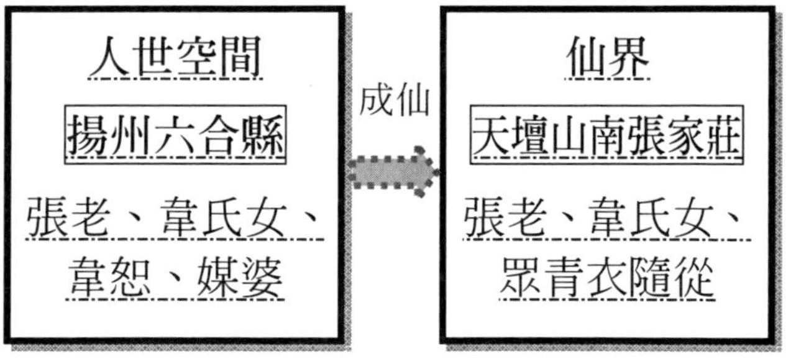

故事的空間起初置於江蘇揚州的六合縣（人世空間），衰弱老邁、以種菜維生
的張老透過媒婆成功以五十萬文錢娶得韋恕的女兒爲妻。韋氏女是仕紳之
女，雖嫁與一種菜老人，致惹得親戚們厭惡她，她仍躬執爨濯、了無怍色，
沒有一點怨恨，而且認爲這是命中註定的姻緣。但韋恕自覺在鄰里街坊中面
子掛不住，竟向女兒、女婿透露想讓他們夫妻倆搬走的意思。張老迫於無奈
之下，遂與妻子韋氏女騎驢拄杖退居天壇山南的張家莊（仙界空間），從此韋

氏女以凡女身分居於神仙府第中，免除了人世勞苦，也可以說是她通過了考驗，終能有成仙的美滿結局。

（二）第二類：從人世進入仙界再返回人世空間

空間轉換從實有的人世空間進入仙界，故事主人公於仙界空間經歷事件後，可能因為過程中考驗失敗或凡人終須回歸人間等原因，最終結局仍為凡人。

例一，《逸史‧太陰夫人》之人世入仙界再返回人世空間流動示意圖如下──入仙界再返回人世之結局仍為凡人模式：

圖5-1-4：【《逸史‧太陰夫人》入仙界再返回人世空間流動示意圖】

故事的空間始於窮小子盧杞位於東都洛陽的廢宅（人世空間），因他具有仙相，在麻婆居中穿針引線下，得以乘坐葫蘆凌空飛至太陰夫人所居住的「水晶宮」（仙界空間）。太陰夫人拋出三件事任盧杞選取其中一件：作常留水晶宮的「天仙」、作常居人間的「地仙」、作人間的「宰相」，盧杞心裡幾經掙扎、擺盪後，最終選擇「人間宰相」，顯示出他敵不過人間榮華富貴的誘惑。成仙的考驗失敗後，盧杞即被推回葫蘆上，回到他的東都洛陽故居（人世空間），佈滿灰塵的床榻依舊，一切都又回歸凡人的生活。

例二，《續玄怪錄‧李衛公靖》之人世入仙界再返回人世空間流動示意圖如下──入仙界再返回人世之結局仍為凡人模式：

圖5-1-5：【《續玄怪錄‧李衛公靖》入仙界再返回人世空間流動示意圖】

故事的空間座落於霍山山村（人世空間），李靖狩獵途中迷失路徑，進入一座紅色的大宅院──其實就是「龍宮」（仙界空間），他代替龍王降雨，卻因對久旱的山村報恩心切，一連滴了二十滴的瓶中水，結果造成村莊平地水深兩丈、再無活人。但李靖終究是凡人，凡人終須回歸人間。他代龍施雨即使失誤，仍可帶走龍王母親酬贈給他的怒相僕人──比喻「武將」，安然回到霍山山村（人世空間）。

　　例三，《纂異記‧嵩嶽嫁女》之人世入仙界再返回人世空間流動示意圖如下──入仙界再返回人世之結局仍為凡人模式：

圖5-1-6：【《纂異記‧嵩嶽嫁女》入仙界再返回人世空間流動示意圖】

故事的空間始於洛陽建春門附近（人世空間），兩位主人公田璆和鄧韶於中秋節的晚上偶遇仙人衛符卿和李八百，他們接受仙人的邀請前往其莊園，恰巧當晚就是天上群仙在嵩山山岳（仙界空間）的聚會。各路神仙們前來祝賀嵩嶽的女兒出嫁，酒席間觥籌交錯、盛況空前，田璆和鄧韶兩人見識了仙界的奇花好樹、仙樂沸騰。而凡人終須回歸人間，雙方握手告別，田璆和鄧韶兩人沿著來時路歸返洛陽家中（人世空間）。

　　例四，《纂異記‧蔣琛》之人世入仙界再返回人世空間流動示意圖如下──入仙界再返回人世之結局仍為凡人模式：

圖5-1-7：【《纂異記‧蔣琛》入仙界再返回人世空間流動示意圖】

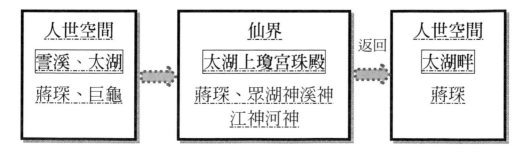

故事的空間場景肇始於主人公蔣琛於霅溪、太湖上（人世空間）張網打魚，巨龜為回報之前蔣琛曾對牠網開一面、放生的恩情，特地現身來到蔣琛的船邊向他通風報信，告知當晚眾江神、河神將在此湖中聚會，提醒他暫時遠離以免受到傷害。待蔣琛將船隻繫妥後，見太湖上驟然矗立起一座瓊宮珠殿（仙界空間），不僅溪神、湖神趕來聚首，就連歷史上的鴟夷子范蠡、投汨羅江自盡的屈原都是參加這一水神聚會的座上賓。直到更鼓敲盡、晨鐘響起，太湖上那座由魚鱉蝦蟹、蛟龍蛤蜊所吐仙氣聚合成的樓台宮殿也消失無蹤了，蔣琛復歸平靜一如往常的太湖畔（人世空間）。

二、妖怪空間：往返流動

唐代小說作者在行文一開始通常並不讓讀者知道這是「妖怪空間」，人間與妖怪空間之間沒有明顯的界線，而是讓讀者在文末回歸到人間時，才點明先前經歷的境遇空間乃是「妖怪空間」。事實上，妖怪的生存、活動空間與人們生活的空間幾無二致；當妖被人格化、幻化成人型的時候，其外貌、舉止與人類並無明顯差異，故讀者常在妖物打回原型時，才恍然大悟方才所見之情節乃被作者置於「妖怪空間」之下而進行。

在空間流動、轉換方面，「妖怪空間」與「仙界空間」不同的是：「仙界空間」除了「從人世進入仙界再返回人世空間」這一類型外，尚有「從人世空間進入仙界即永留仙界不再返回人世空間」的流動態樣，因為成仙結局是人們苦心追求的圓滿境界；但「妖怪空間」則是從人間進入妖界後，必然回歸人世空間，不會滯留於妖界，因為人、妖殊途。

例一，《宣室志・計真》之人間入妖界再返回人世空間流動示意圖如下：

圖5-1-8：【《宣室志・計真》入妖界再返人世空間流動示意圖】

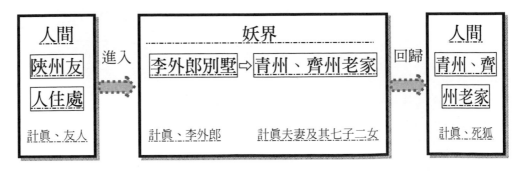

故事的空間始於計真的一位友人位於陝州的住處（人間），計真與好友暢飲至天黑方分別，醉酒後的計真無奈行路途中與自己的僕人和馬匹失散了，遂進入李外郎的別墅（妖界空間）冀望能借住一宿。後計真娶了李外郎的女兒，夫妻倆回到青州、齊州老家，十多年後兩人共育有七子二女。年紀已大的李氏於病榻前終於吐露自己並非人類的事實，其後果然見一狐狸死於被中。至此，李氏女已被打回狐狸原型，且當計真返回陝州拜訪李外郎住處時，只見廢棄墓地荊棘叢生，妖界空間消失，計真回歸正常的人世空間——青、齊老家。

　　例二，〈任氏傳〉之人間入妖界再返回人世空間流動示意圖如下：

圖 5-1-9：【〈任氏傳〉入妖界再返人世空間流動示意圖】

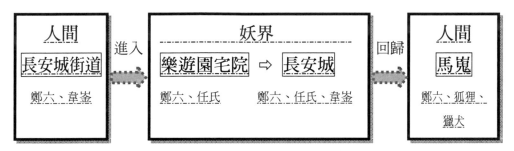

故事的空間始於鄭六和韋崟步於長安街道上（人間），後鄭六自己騎驢於街上偶遇容色殊麗的任氏，一番挑逗引誘後，鄭六隨她至樂遊園上的一處宅院（妖界空間），當晚屋內眾人在這個孤立空間中狂歡淫慾。鄭六後來念念不忘任氏的妖豔美貌，與任氏在長安城巷弄內租賃同居，和韋崟三人產生了微妙的親密關係。一日，任氏陪鄭六前往金城縣，來到馬嵬時，忽有兇猛獵犬自草叢中躍出，任氏立即現出狐狸原型，一番追趕後，狐狸慘死，妖界空間消失，鄭六回歸正常的人世空間。

　　例三，《廣異記・李黁》之人間入妖界再返回人世空間流動示意圖如下：

圖 5-1-10：【《廣異記・李黁》入妖界再返人世空間流動示意圖】

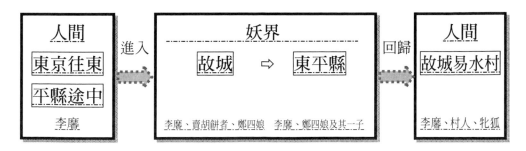

剛得到官職的李𧮝從東京前往東平縣途中（人間），夜裡，他住宿於故城（妖界空間），邂逅了一位賣胡餅的男子及他的妻子鄭四娘。李𧮝喜歡上頗具美色的鄭氏，便用錢買下了她，兩人一同前往東平縣，三年後育有一子。其後因工作進京路過故城易水村，一日，鄭四娘忽而下馬跑進一個小洞裡，任李𧮝如何呼喚她都不回答，易水村的村民幫忙用火燻了洞口，乃至往洞裡挖了幾丈深，才赫然看見一隻雌狐狸死在洞內。至此，鄭氏已回復狐狸原型，妖界空間消失，李𧮝回歸正常的人世空間。

例四，《傳奇‧孫恪》之人間入妖界再返回人世空間流動示意圖如下：

圖 5-1-11：【《傳奇‧孫恪》入妖界再返人世空間流動示意圖】

故事的空間始於洛中魏王池畔（人間），孫恪因科考不中遊歷至此。一日，孫恪忽見一大宅院，此乃袁氏之第（妖界空間）。他逕入宅院內，無意間瞥見豔麗驚人的袁氏女，因仰慕她的美麗，遂與其結婚，婚後育有兩子。後孫恪遇到表兄張閒雲處士，張處士已看出孫恪言語和神態間妖氣很重。其後因孫恪欲往他處任職，攜全家同行，途中經峽山寺，袁氏女憶起此處有一故友僧人惠幽，希望能在這裡稍作停留敘舊一番。但袁氏女在寺裡見野猿攀援跳躍時卻悲傷落淚，於牆上題完詩後，竟撕開衣服變成老猿，跳上樹直往深山裡去了。至此，袁氏女已暴露出猿猴原型，妖界空間消失，孫恪回歸正常的人世空間。

例五，《河東記‧申屠澄》之人間入妖界再返回人世空間流動示意圖如下：

圖 5-1-12：【《河東記·申屠澄》入妖界再返人世空間流動示意圖】

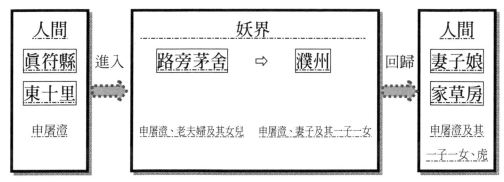

故事的空間始於申屠澄上任濮州什邡尉途中，經真符縣東十里之處（人間），因遇上大風雪，便走進了路旁的茅草屋（妖界空間）。屋裡有一對老夫婦及其美麗聰慧的女兒，申屠澄驚訝於小娘子行酒令時的舉止表現，遂自己作媒求婚，與她結為夫妻。婚後申屠澄帶著妻子至濮州上任，兩人感情融洽，育有一子一女。後妻子因思念家鄉的父母，便舉家回到娘家。娘家的草房依舊如故，但已沒有人住了。一日，申屠澄的妻子在屋內牆角下舊衣堆裡發現一張虎皮，她把虎皮披到自己身上，立刻變成一隻老虎咆哮撲跳衝出門遠去了。至此，其妻已暴露出老虎原型，妖界空間消失，申屠澄及其一子一女回歸正常的人世空間。

　　例六，《三水小牘·王知古》之人間入妖界再返回人世空間流動示意圖如下：

圖 5-1-13：【《三水小牘·王知古》入妖界再返人世空間流動示意圖】

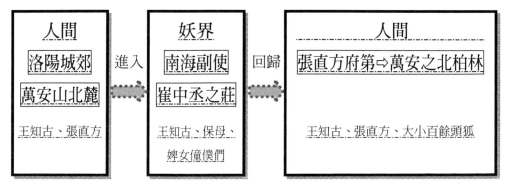

落第書生王知古和盧龍軍節度使張直方一起到洛陽城郊的萬安山北麓（人間）

打獵，忽然有隻大狐狸從王知古馬頭前跑過去，他追了幾里路，卻使他因此走失、脫離了張直方的打獵隊伍。王知古在生疏的小道上發現一紅色大門儼然像朝廷的宅第，他欲在此宅借住一宿，守門人告訴他這是南海副使崔中丞的莊子（妖界空間）。當晚，他接受了大宅裡頭保母、婢女僮僕們的盛情款待，於無意間透漏了他與盧龍節度使張直方的朋友關係，眾人聽見「張直方」三個字既吃驚又憤怒，一齊將王知古趕出宅院。王知古揚鞭飛馳趕回洛陽張直方府第，返回正常的人世空間。後張直方率手下回萬安山北面張網搜捕，以王知古作為前導，竟捉回了大小一百多隻狐狸。

三、鬼魂空間：流宕往返

　　唐代小說中的「鬼魂空間」是一種「虛式空間」、「多變空間」，隨時可以顯現也可以忽然隱藏，它出現的具體場所難以捉摸，可能是死者生前居所、死者埋葬之處或死者暫埋之處附近，甚至是出現在生者的居所內。這樣多變的現象在唐代小說中形成鬼魂隱現、消失的獨特空間架構，是陽世與冥界交會、融合、滲透的空間型態〔註1〕。

　　在空間流動、轉換方面，「鬼魂空間」與「妖怪空間」一樣，都是「從人世進入鬼怪空間再返回人世空間」這一類型的流動態樣，小說中的主人公從陽世空間進入冥界後，或者說是進入一個陽世、冥界交會的特殊空間後，他必然回歸陽世空間，不會滯留於冥界，亦是因為人、鬼殊途的緣故。即使後來能有死者與陽世之人結婚、團圓直到永遠的美好結局，也是建立在死者復活、返回到陽世空間的前提下，才能成立。

　　例一，〈李章武傳〉之陽世空間入冥界再返回陽世空間流動示意圖如下：

圖5-1-14：【〈李章武傳〉入冥界再返陽世空間流動示意圖】

〔註1〕　參考金明求：《虛實空間的移轉與流動：宋元話本小說的空間探討》（台北：大安出版社，2004年2月），頁282。

李章武年輕時在婚前曾與王氏子婦有過一段情投意合的甜蜜時光，後來章武在長安安家，無法與王氏互通消息。一次，章武從京城出發與友人會面，憶起了王氏，便順道去看望她，天黑時到達華州，準備住在王氏家裡（陽世空間），但卻從王氏的鄰居楊六娘口中得知王氏已死去兩年，且王氏曾於臨終前表達期望自己死後的靈魂能與陽世的章武在似有若無的境界中相會。基於王氏此一生前心願，章武便留在華州王氏之室（陽世、冥界交會空間），準備與她陰陽相會。在來自冥界的執帚婦人事先知會於章武後，當晚，王氏子婦的鬼魂果然飄浮至房內，與章武互訴思念、相對淚眼。然陰、陽終須兩隔，人、鬼殊途。章武返回長安（陽世空間）後，每與友人談及此事，仍對王氏子婦的情眞意切感動萬分。

　　例二，《乾𦠆子・華州參軍》之陽世空間入冥界再返回陽世空間流動示意圖如下：

圖5-1-15：【《乾𦠆子・華州參軍》入冥界再返陽世空間流動示意圖】

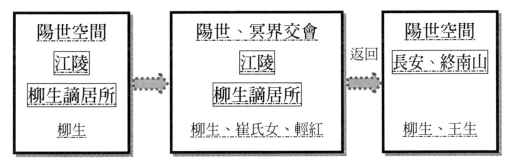

華州的柳參軍與崔氏女在長安曲江遊玩時一見鍾情，兩人結爲夫妻，可惜官府判定崔氏女應爲王家的媳婦，幾年後崔氏與其婢女輕紅相繼去世。此時柳生被流放到江陵，常於謫居所（陽世空間）內思念崔氏。一日，婢女輕紅與崔氏女的鬼魂竟投奔來到柳生謫居所（陽世、冥界交會空間）與他團圓，兩人琴瑟和鳴，在這個人、鬼互通的空間裡度過了一段歡樂時光。但後來被王生發現、直接進入柳生謫居所，輕紅與崔氏女也在這個時候突然消失了。之後柳生與王生一起回到長安（陽世空間）確認事情的來龍去脈，兩人從此不再留戀塵世，入終南山訪道求仙，不再復出。

　　例三，《廣異記・張果女》之陽世空間入冥界再返回陽世空間流動示意圖如下：

圖5-1-16：【《廣異記‧張果女》入冥界再返陽世空間流動示意圖】

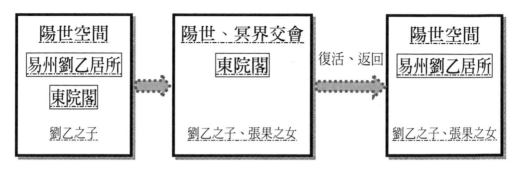

張果的女兒十五歲那年病死於易州，暫時葬於東院房中。後來張果轉任鄭州刺史，這裡改而成為劉乙的居所，劉乙的兒子常到東院閣（陽世空間）來走動。一日，張果之女的鬼魂現身於東院閣（陽世、冥界交會空間）中，與劉乙之子兩情相悅，其後兩人每日日落後便至此樓閣約會。數月後，張果之女終於向劉吐露自己身為鬼魂的事實，並告知劉如何幫助其重新復活。經劉乙之子悉心照料下，張女果真在東院閣（陽世空間）裡復活成功，於雙方父母同意後，兩人終能結為夫妻，成就完美結局。

例四，《玄怪錄‧齊推女》之陽世空間入冥界再返回陽世空間流動示意圖如下：

圖5-1-17：【《玄怪錄‧齊推女》入冥界再返陽世空間流動示意圖】

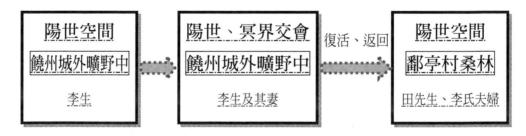

李生在京城落榜並得知妻子的死訊，返家途中經饒州城外曠野（陽世空間），時值夜晚，忽然出現一女子，竟是已經死去的妻子的鬼魂，夫妻倆在城外曠野（陽世、冥界交會空間）中抱頭痛哭，並一起商討如何能夠重新復活。後經田先生的幫助，透過神仙法術進入幽冥界審判處理，李生的妻子終於復活，三人一起從幽冥界中返回鄱亭村桑林（陽世空間）。夫妻團聚，成就完美結局。

四、他界空間示現的作用和意義

　　就他界空間示現的意義而言，中國人壓抑過甚的性意識，在「他界空間」中獲得變形的表現。亦即性愛不是發生在人與人之間，而是發生在人仙、人妖、人鬼之間，這既可逃避傳統道德的譴責，又可使強烈的欲念得到宣洩。唐代小說透過「他界空間」這種荒誕的方式，表現性關係的自由、縹緲、虛無的快樂、來世的享受，把人生的種種欲求包括性的欲求寄託於「他界空間」。當唐代小說作者把性的渴求寄託於藝術，試圖在小說中塑造理想的性愛對象時，為避免重複創作，他們故意將對象賦予些許神、怪特徵，但無論仙、妖或鬼，其本質上並無區別，因為「他界空間」皆可踰越傳統道德的藩籬〔註2〕。

　　但〈蔣琛〉與〈嵩嶽嫁女〉二篇不再表達男女之情，而是轉為譏諷時世、詠嘆滄桑的內容，透過仙界空間、運用神仙會飲的場景，前者為江湖水神的聚會，後者則為神仙世界的婚禮現場，小說場景大量使用歌詩唱和、交談對白構築起來〔註3〕。這樣的正義發聲，無疑是小說作者自己對現實政治的抨擊、諷諭和感慨，無論是對宦官集團的憤怒，或是有感於皇帝受制於人，作者皆以「仙界空間」來映現現實的政治環境。

　　不單是「仙界空間」被小說作者拿來作為批判政治的媒介，就連「妖怪空間」也常透過妖最終現出原型、倉皇逃離人世空間的故事結局，來表達對現實世界的不滿。藉妖的歸返山林、遁世，批評藩鎮的跋扈暴虐。〈孫恪〉中袁氏女變回老猿直奔深林，以及〈申屠澄〉裡妻子變回一頭老虎頭也不回地衝出大門揚長而去，一點也不再留戀紛擾的人世的姿態，就是最明顯的例證。

　　就他界空間示現的作用而言，「仙界空間」的設置，其作用在於考驗故事中的主人公，若順利通過考驗則結局成仙、考驗失敗則復歸一介凡人俗子，蓋因世人皆嚮往成仙，以免受不斷輪迴的人世勞苦。「冥界空間」的設置，其作用則在於渲染死者對生者的癡情，因為讀者之所以感動於陰陽兩隔的生死戀，全賴從「冥界」跨越至「陽世空間」克服諸多限制後，真切的情感才能臻於極致、才能雖死猶生。且陽世、冥界交會的日常生活空間場景常被小說作者細細刻劃，亦能引起讀者共感，讓人備感溫馨、親切，無形中使人、鬼

〔註2〕　參考俞汝捷：《幻想和寄託的國度：志怪傳奇新論》（臺北：淑馨出版社，1991年4月），頁121、123。

〔註3〕　參考李鵬飛：《唐代非寫實小說之類型研究》（北京：北京大學出版社，2004年10月），頁175。

戀情加溫，令人動容。

第二節　虛幻空間流動

　　小說故事進行中，倘若少了虛擬的夢、幻境空間場面，則情節勢必流為枯燥、單調，也無法傳達出豐富綿長的情感意念，更難於彰顯深刻奧義、呈現隱喻象徵。夢、幻境與實有空間相接的隨時性、節奏性互動現象，顯示了多元的空間內涵。在唐代小說中，夢境或幻境空間的敘述篇幅常占整篇故事的極大比例，可以說作者是有意識地、刻意地凸顯「夢幻境空間」在整個小說中的經驗歷程與象徵、指點意義〔註4〕。

　　本節將針對「夢境」與「幻境」的空間構寫手法作分析，以明唐代小說作者如何在橫跨「虛有與實有空間」之間做順理成章的連接或神祕、巧妙的應合。並且進一步揭示這些「夢、幻境空間」被插入、安置於故事情節中，其究竟能產生何種作用、具有何等意義。

一、夢境：單線或雙線脈落發展

　　「夢」在小說中一直是司空見慣的創作材料。賴素玫曾對夢故事的「敘事空間」有相關論述〔註5〕：人類是主體，己身以外的事物是客體。人類的真實生活空間是「實有空間」，非人類的現實生活空間即為「虛有空間」。而「夢境」正是處在虛、實空間之間的普遍心靈現象，是人類心靈拓展、延伸出來的精神空間場域，成為人類劃分虛、實空間的過渡場域。這個過渡場域座落到小說敘事空間中，則往往成為作者和讀者虛構想像的重要場所，也是人們連接現實和非現實的管道空間。虛與實之間常曖昧不明，所以唐代小說的作者也慣於用現實空間的認知、準則與思考模式去打造虛構空間，以易於融入、理解虛有空間。因此，夢境虛有空間與真實空間常呈現互相摻雜、滲透的現象，讓人產生「由虛生實，虛實相生，似實而虛，虛實交織」的感受，虛、實交雜的特質正好成了小說作者拿來創作的最佳工具，能藉夢境空間之特性來達到貼近真實人生之效果。

〔註4〕　參考金明求：《虛實空間的移動與流轉：宋元話本小說的空間探討》（台北：大安出版社，2004年2月），頁324。

〔註5〕　賴素玫：《解釋的有效性──六朝志怪小說夢故事研究》，國立中興大學中文研究所碩士論文，2001年7月，頁67～68。

　　根據分析，發現唐代小說在鋪陳夢境空間、進行空間移轉時，有「虛、實相接」、「虛、實相疊」以及「虛有空間互通」三種空間構寫手法。以下區分成三大類加以論述，即「第一類：單線脈絡發展，從實有進入虛有再返回實有空間」之虛、實相接；「第二類：脈絡發展分兩線，虛有、實有空間交疊互通」之虛、實相疊；以及「第三類：脈絡發展分兩線，兩個夢境虛有空間互通」之虛有空間互通。

（一）第一類：單線脈絡發展，從實有進入虛有再返回實有空間

　　故事發展脈絡採單線進行，且空間移轉皆爲單純的「實有空間→虛有空間→實有空間」之虛、實相接模式。小說人物從現實世界（實有空間）入夢，隨即進到夢境（虛有空間）中，最終夢醒時必然再回歸到現實世界（實有空間）。

　　第一類夢境空間轉換基模如下圖：

圖 5-2-1：【第一類進、出夢境空間流動基模】

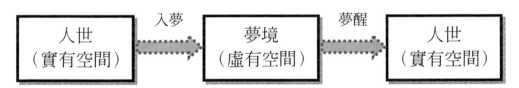

此類型的夢境空間轉換最普遍也最合情理，是一般人都經驗過的做夢模式，所以當小說作者採用此類型創作時，最能接合一般讀者的生活經驗、引發讀者的共鳴，甚至能說服讀者信其所言，進而達到作者別有用心的虛構目的。

　　例一，〈枕中記〉之進、出夢境空間流動示意圖如下——單線發展「實→虛→實」之虛、實相接模式：

圖 5-2-2：【〈枕中記〉進、出夢境空間流動示意圖】

故事的空間由客店（實有空間）的邂逅開始，道士呂翁授予盧生青瓷枕後盧生隨即入夢進入夢境（虛有空間），在夢境空間裡出將入相、輾轉於京城與地方之間，最後夢醒欠伸而悟、觸類如故，發現自己正躺在邸舍（實有空間）裡，而呂翁坐其傍。

例二，〈櫻桃青衣〉之進、出夢境空間流動示意圖如下——單線發展「實→虛→實」之虛、實相接模式：

圖 5-2-3：【〈櫻桃青衣〉進、出夢境空間流動示意圖】

故事的空間由精舍（實有空間）的僧人公開講經開始，盧生疲倦打瞌睡後隨即入夢進入夢境（虛有空間），經由櫻桃青衣的牽引下，盧生在夢境空間裡倚仗著妻族的裙帶關係嚐盡榮華富貴的滋味，最後夢醒、耳畔依稀聽聞僧人講唱，空間移轉回到精舍（實有空間），他發現自己身穿白布衫，仍是一介久舉不第的窮困書生。而先前那些前呼後擁的官員、俯首聽命的下屬，原來竟是一場夢罷了。

例三，〈南柯太守傳〉之進、出夢境空間流動示意圖如下——單線發展「實→虛→實」之虛、實相接模式：

圖 5-2-4：【〈南柯太守傳〉進、出夢境空間流動示意圖】

故事的空間由淳于棼自家的堂屋東面走廊（實有空間）開始，淳于棼因大醉在恍惚間睡著後隨即入夢進入夢境（虛有空間），他在夢境空間——「槐安國」

裡當上國王的乘龍快婿、經歷一番榮辱興衰的人生，最後夢醒，空間移轉回到堂東廡之下（實有空間），他看見家裏的僮僕正拿著掃帚在庭前掃地，他的兩個客人仍坐在床榻上洗腳，當時沒有喝完的酒還靜靜地躺在東窗下。夢中倏忽若度一世，這著實讓淳于棼感慨不已。

　　例四，〈秦夢記〉之進、出夢境空間流動示意圖如下——單線發展「實→虛→實」之虛、實相接模式：

圖 5-2-5：【〈秦夢記〉進、出夢境空間流動示意圖】

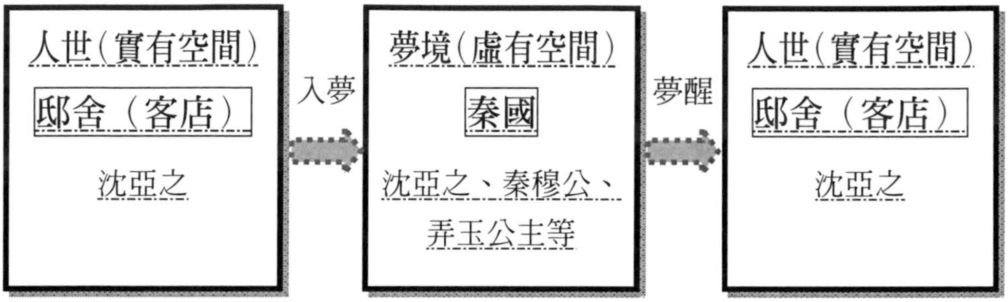

故事的空間由沈亞之投宿的客店（實有空間）開始，他在春日的大白天入夢進入夢境（虛有空間），在夢境空間裡穿越回到古代的秦國。秦穆公招沈亞之做弄玉公主的駙馬，但僅僅一年後，弄玉公主就忽然無疾而逝，面對這樣的生離死別，沈亞之悲傷地為弄玉公主寫了輓歌和墓誌銘，無奈之下，秦穆公亦淒楚感傷地送別沈亞之讓他出宮返家。沈亞之與送行的官員道別還沒有完，忽然驚醒了，空間移轉回到客店（實有空間），他發現自己仍躺在客舍裡。

　　唐代另有一種故事內容為託夢、公案類型的小說，其夢境空間移轉也是屬於單線發展「實→虛→實」之虛、實相接模式。但此種託夢破案類型的小說，不僅對入夢前和夢醒時的人世實有空間交代含糊，就連夢境虛有空間究竟在哪裡亦隻字未提、只是著重於托夢者的話語敘述而已，蓋因此類公案小說的夢境空間設置重在從「夢」中獲取破案線索，至於「夢」的空間場景為何並不重要。

　　例一，《廣異記‧華妃》之進、出夢境空間流動示意圖如下——單線發展「實→虛→實」之虛、實相接模式：

圖 5-2-6：【《廣異記‧華妃》進、出夢境空間流動示意圖】

> 其未葬之前，慶王夢妃被髮裸形，悲泣而來，曰：「盜發吾冢，又加
> 截辱，孤魂幽枉，如何可言。然吾必伺其敗於春明門也。」因備說
> 其狀而去。王素至孝，忽驚起涕泣。

文中直接敘述慶王李琮夢到華妃來哭訴，最後寫他驚醒哭泣。入夢前和夢醒
時的人世實有空間未交代，夢境虛有空間亦不知發生於何處，乃因重點放在
華妃訴說委屈及指引抓賊之法。

　　例二，《逸史‧樊澤》之進、出夢境空間流動示意圖如下——單線發展「實
→虛→實」之虛、實相接模式：

圖 5-2-7：【《逸史‧樊澤》進、出夢境空間流動示意圖】

> 張兄弟三人。忽同時夢其父曰：「我葬墓某夜被劫。賊將衣物，今日
> 入城來，停在席帽行。汝宜速往擒之，日出後，即不得矣。」張兄
> 弟夜起，泣涕相告。

文中直接敘述張氏三兄弟同時夢到父親訴說被盜墓之事及其引導捉拿盜墓者
之法，並未載明實有空間位於何處，亦未呈現夢中父親究竟在哪個空間場景
說話。

　　例三，《逸史‧盧叔敏》之進、出夢境空間流動示意圖如下——單線發展
「實→虛→實」之虛、實相接模式：

圖5-2-8：【《逸史·盧叔敏》進、出夢境空間流動示意圖】

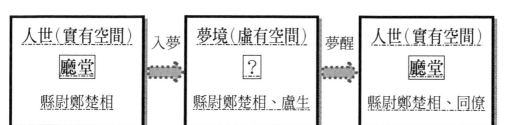

晨起，於廳中忽困睡，夢生被髮，血污面目，謂尉曰：「某已被賊殺矣。」
因問其由，曰：「某枉死，然此賊今捉未得。」乃牽白牛一頭來，跛左
腳，曰：「兄但記此牛，明年八月一日平明，賊從河中府，與同黨買牛
來，於此過，入西郭門，最後驅此者即是。」鄭君驚覺，遂言於同僚。

文中敘述縣尉鄭楚相於廳堂中突然睏倦睡著，夢到盧生訴說冤死一事並指引
擒拿兇犯之法，但並未提及夢境空間裡的盧生身處何地。

　　例四，〈謝小娥傳〉之進、出夢境空間流動示意圖如下——單線發展「實
→虛→實」之虛、實相接模式：

圖5-2-9：【〈謝小娥傳〉進、出夢境空間流動示意圖】

初父之死也，小娥夢父謂曰：「殺我者，車中猴，門東草。」又數日，
復夢其夫謂曰：「殺我者，禾中走，一日夫。」小娥不自解悟，常書
此語，廣求智者辨之，歷年不能得。

文中敘述謝小娥的父親和丈夫先後來向她託夢，夢境空間完全省略場景的敘
寫，只得到兩句隱語、兩個人名作為尋找兇手的破案關鍵線索，並未提及夢
境空間裡的父親和丈夫之冤魂身處何地。

　　蓋此類公案小說，重在藉託夢者傳達之話語訊息作為破案關鍵，至於夢
境虛有空間位於何處、託夢者站在何處說話，對於小說的情節發展毫無影響，
作者便自然地略過了。

（二）第二類：脈絡發展分兩線，虛有、實有空間交疊互通

　　故事發展脈絡採雙線進行，空間移轉為較複雜的「A、B實有空間→虛有與實有空間交疊→實有空間」之虛、實交疊互通模式。小說人物分別為一方從現實世界（實有空間）入夢、另一方從現實世界（實有空間）經過對方之夢境空間，導致雙方皆處在夢境（虛有空間）與人世（實有空間）相交疊的空間之中，最終夢醒時必然再回歸到現實世界（實有空間）。

　　第二類夢境空間轉換基模如下圖：

圖 5-2-10：【第二類夢境、人世空間交疊互通基模】

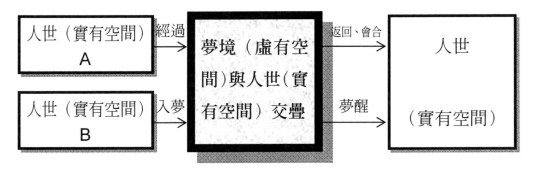

　　此類型的夢境空間轉換最奇特、最神祕也最具意趣之妙，是一般人極少經驗過的做夢模式，所以當小說作者採用此類型創作時，最能滿足讀者的好奇心，創造出一種驚奇的效果以吸引目光，達到唐代小說「作意好奇」的目的。

　　例一，〈三夢記〉之第一夢虛、實空間交疊示意圖如下──雙線發展「A、B實有空間→虛有與實有空間交疊→實有空間」之虛、實交疊互通模式：

圖 5-2-11：【〈三夢記〉之第一夢虛、實空間交疊示意圖】

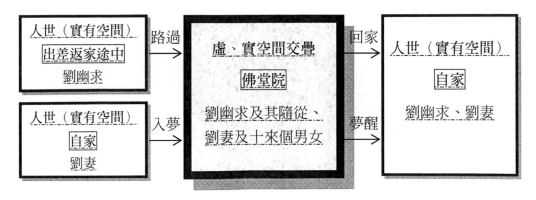

故事的空間發展分別由兩個人世實有空間開始，其一為劉幽求出差返家途中的實有空間、其二為劉妻所在的自家實有空間；接著來到劉妻的夢境虛有空間與劉幽求的人世實有空間交疊互通的「佛堂院」，劉妻夢中所去的佛堂院正是劉幽求所經過的地方；最後劉幽求回到家了、劉妻也夢醒了，兩人所處的空間都回歸到自家實有空間。所以這個故事中「夢境空間」設置的奇特之處，就在於「佛堂院」是一個虛、實交疊互通的空間場域，作者對「夢境空間」的設計頗富奇情巧思，更凸顯了「夢境空間」虛中有實、實中有虛的特徵。

例二，〈三夢記〉之第二夢虛、實空間交疊示意圖如下——雙線發展「A、B實有空間→虛有與實有空間交疊→實有空間」之虛、實交疊互通模式：

圖 5-2-12：【〈三夢記〉之第二夢虛、實空間交疊示意圖】

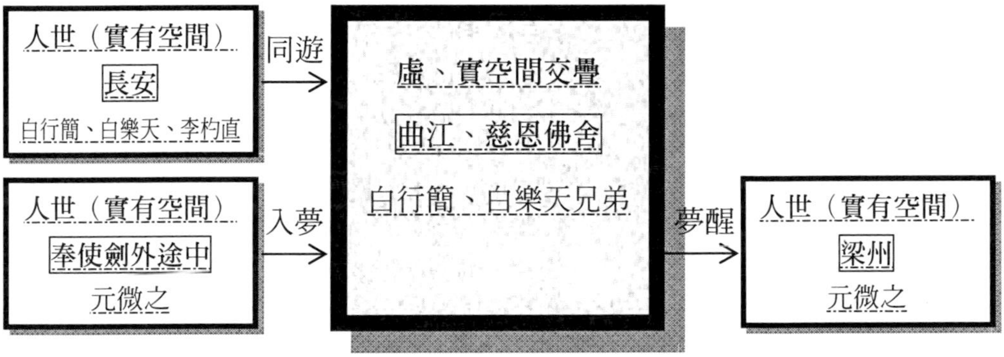

故事的空間發展分別由兩個人世實有空間開始，其一為白行簡、白樂天和李杓直三人所在之長安城實有空間，其二為元微之奉命出使劍外途中；接著白氏兄弟及李杓直三人同遊曲江、慈恩佛舍（實有空間），而同遊之地正是元微之夢境中之空間場景（虛有空間），意即白氏兄弟所做之事正是元微之夢見的；而後元微之夢醒了，發現自己已身在梁州了（實有空間）。所以這個故事中「人世空間」與「夢境空間」交疊於曲江、慈恩佛舍這些空間場域，作者對事過境遷後虛、實空間相互驗證之敘寫，頗能展現「夢境空間」虛實互滲、虛實相參的特質，更因這種虛實隱微的空間特質見證出元、白間的深情厚意卻溫和蘊藉含蓄不外露的深長友誼。

例三，〈獨孤遐叔〉虛、實空間交疊示意圖如下——雙線發展「A、B實有空間→虛有與實有空間交疊→實有空間」之虛、實交疊互通模式：

圖 5-2-13：【〈獨孤遐叔〉虛、實空間交疊示意圖】

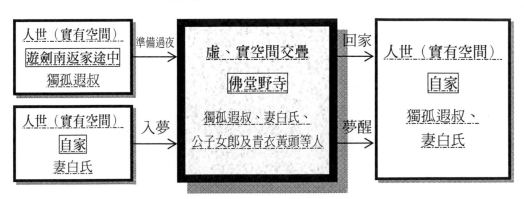

故事的空間發展分別由兩個人世實有空間開始，其一爲獨孤遐叔遊劍南返家途中的實有空間、其二爲其妻白氏所在的自家實有空間；接著來到白氏的夢境虛有空間與獨孤遐叔的人世實有空間交疊互通的「佛堂野寺」，白氏夢中所去的佛堂野寺正是獨孤遐叔途中所經準備過夜的地方；最後獨孤遐叔回到家了、他的妻子白氏也夢醒了，兩人所處的空間都回歸到自家實有空間。所以這個故事中「夢境空間」與「人世空間」交疊、會合於「佛堂野寺」這一空間場域，佛堂野寺既是人世中一個建築實體空間的存在、又是恍惚迷離夢境中的虛有場景，虛、實交織的「夢境空間」正是白氏思念丈夫至極，因幽憤而生的心識空間。

例四，〈薛偉〉虛、實空間交疊示意圖如下——雙線發展「A、B 實有空間→虛有與實有空間交疊→實有空間」之虛、實交疊互通模式：

圖 5-2-14：【〈薛偉〉虛、實空間交疊示意圖】

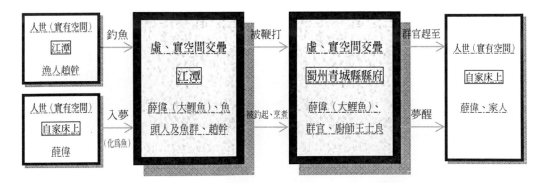

故事的空間發展分別由兩個人世實有空間開始，其一爲漁人趙幹垂釣江潭的實有空間、其二爲四川青城縣主簿薛偉所在的自家床上實有空間；接著來到

薛偉化爲魚的夢境虛有空間與趙幹船上垂釣的人世實有空間交疊互通的「江潭」，薛偉的魚身因一時飢餓難耐吞下魚餌、隨即被趙幹從水裡釣起；而後空間移轉到「縣府」，趙幹因藏大魚之事而被縣府官員鞭打、薛偉的魚身也被府中廚師王士良抓去宰殺料理，「蜀州青城縣縣府」即爲薛偉化爲魚之夢境虛有空間與他平時任官辦公所在之人世實有空間交疊互通的空間場景；最後薛偉的魚頭被剁下的那一刻、他的夢也醒了，空間移轉回歸自家床上實有空間。所以這個故事中虛、實交疊互通的空間場域主要涉及兩處——「江潭」和「縣府」，「夢境空間」能夠不斷延伸與拓展，導致空間場景富於變化、小說情節發展曲折離奇的關鍵，就在於薛偉從人類化爲魚身的那一刻起，魚能到處悠游的自由之身的特性，以及魚難逃香餌之誘的命運，成就了一連串虛、實交疊空間的精彩流轉變換。作者對人化魚身「夢境空間」的奇思謬想，讓虛、實空間交疊所能展現的藝術層次更上層樓。

（三）第三類：脈絡發展分兩線，兩個夢境虛有空間互通

故事發展脈絡採雙線進行，空間移轉爲「A、B實有空間→兩個虛有空間互通→實有空間」之兩個夢境虛有空間互通模式。小說人物雙方先各自從自己所在的現實世界（實有空間）入夢；接著兩人同夢，雙方皆處在同一個夢境（虛有空間），意即兩人的夢境空間是相通的；最終夢醒時雙方必然再回歸到現實世界（實有空間）。

第三類夢境空間轉換基模如下圖：

圖 5-2-15：【第三類兩個夢境虛有空間互通基模】

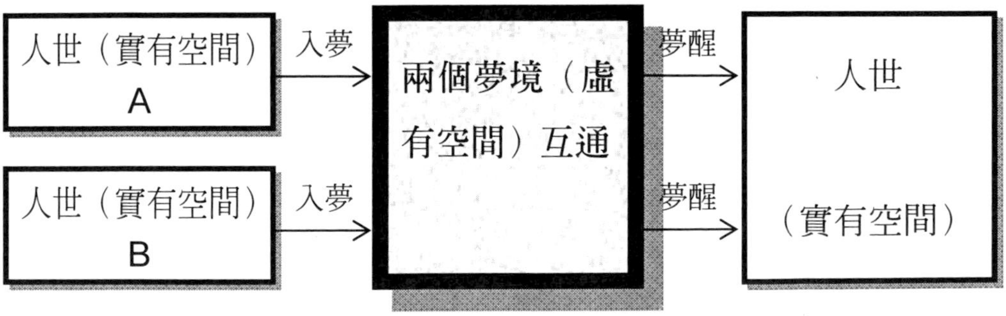

此類型的夢境空間轉換不但神妙，且雙方返回人世實有空間後還能一一應驗所夢之細節內容，更令讀者嘖嘖稱奇，不得不信之。

例如〈三夢記〉之第三夢虛有空間互通、實有空間應驗示意圖如下——

雙線發展「A、B實有空間→兩個虛有空間互通→實有空間」之兩個夢境虛有空間互通模式：

圖 5-2-16：【〈三夢記〉之第三夢虛有空間互通、實有空間應驗示意圖】

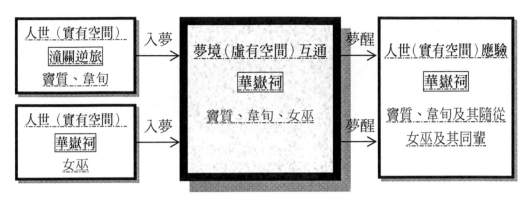

故事的空間發展分別由兩個人世實有空間開始，其一為竇質、韋旬所投宿的潼關旅店實有空間、其二為女巫所在的華嶽祠實有空間；接著空間移轉來到竇質與女巫兩人夢境虛有空間互通的「華嶽祠」，意即兩個人的夢境空間彼此相通；夢醒後隔天，竇質和韋旬至華嶽祠（人世實有空間），當天所發生的一切竟和夢境場景全然吻合。所以這個故事中，竇質和女巫兩人的「夢境空間」彼此互通，各自以自己的視角看待事件的發生歷程，最後則在「華嶽祠」這個實有空間逐一應驗夢中情景。作者對兩人經歷同一「夢境空間」、事後又予以椿椿件件應驗的情節設計，讓原本虛無的「夢境」能在現實的人世世界裡得以實現。〈三夢記〉之第三夢讓虛有空間互通，這麼做可以整合兩個人、兩個夢、兩個視角成一個立體、完整的空間場景；而夢醒後的隔天讓實有空間應驗，這種夢境重演的夢驗方式，很能滿足讀者們對奇特、巧妙之事的期待與好奇心〔註6〕。

二、幻境：幻覺消失，回歸人世

幻境結構的特色是，當小說人物退出幻境、回到人世時，能確知之前的經歷是幻覺。相較於「夢境空間」，「幻境空間」的空間移轉交接就單純多了。即單線脈絡發展，從實有進入虛有再返回實有空間」之虛、實相接。

〔註6〕 參考李鵬飛：《唐代非寫實小說之類型研究》（北京：北京大學出版社，2004年10月），頁277～279。

例一，〈杜子春〉之進、出幻境空間流動示意圖如下——「實→虛→實」之虛、實相接模式：

圖 5-2-17：【〈杜子春〉進、出幻境空間流動示意圖】

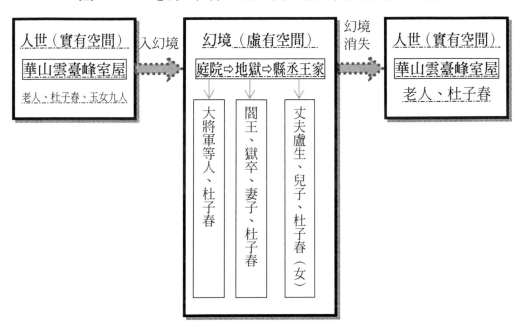

故事的空間由華山雲臺峰上的室屋（實有空間）開始，老人給了杜子春三顆白石丸和一杯酒要他迅速服下後，子春隨即進入幻境（虛有空間），在幻境空間裡他歷經大將軍千軍萬馬威脅的肉身考驗、地獄牛頭馬面凌遲與妻子哭喊咒罵的陰間考驗、轉世投胎為女子的來世考驗，最後因愛子心切「噫」一聲幻境消失，他發現自己正坐在原來的室屋（實有空間）裡，而老人就在他面前。

例二，《河東記‧呂群》之進、出幻境空間流動示意圖如下——「實→虛→實」之虛、實相接模式：

圖 5-2-18：【《河東記‧呂群》進、出幻境空間流動示意圖】

故事的空間由四川省的褒地（實有空間）開始，呂群因性格粗暴偏執、心胸狹窄不能容人，只剩一男僕願同他一塊兒探路，來到一看似道士所住的地方，此時呂群進入幻境（虛有空間），在幻境空間裡他看見一草堂的後齋有一新挖的土坑，坑中插著一把長刀，旁邊放著兩把刀，坑邊牆上寫著兩句隱語：「兩口加一口，即成獸矣。」但當呂群心生疑慮再調回頭看時，此時幻境消失，他眼前什麼也沒有了！

三、虛幻空間示現的作用和意義

作夢是每個人睡眠狀態下的普遍心智活動，大部分的人們關心「夢境空間」的真假以及它給人們帶來的心理影響。若我們以清醒的心智做論析，把「夢境空間」視為理解的對象，那麼夢的解析的重點即在於以意識之認知去解讀潛意識之活動，夢境和現實就能合而觀之了。夢是一種內在經驗的象徵語言，也是生活的縮影、現實的虛擬。「夢境空間」關乎人們的現實經驗和情欲，它可被分析、理解、感受、甚至實現，所以唐代小說中不乏藉「夢境空間」來比喻或對比實際人生，以達到「夢驗」或「啟悟」的效果。而「幻境空間」則是清醒狀態下偶發的錯覺，它源自於人為的虛構或感官的暫時失常，發生得很突然、也消失得讓人無跡可尋。它可以暫時讓人迷惑，但時限到了幻境即消失，一切如故〔註7〕。

無論是「夢境空間」或「幻境空間」都是屬於「虛有空間」的範疇，當小說作者進行創作時，「虛幻空間」的設計運用，能補足、拓展人世實有空間所無法辦到的，也能承上啟下開展、導引後續情節的走向，更能聚焦著墨於主旨、思想的闡發和宣揚。若一篇故事僅僅固守實有空間的書寫，則較難將觸角伸及非理性的部分，以致錯過了感性溫馨的人際深情厚意或是非邏輯實證所能帶來的振聾發聵的啟示和感悟。

所以以下擬探討唐代小說中，作者於故事敘事進行時設置、插入「夢境空間」或「幻境空間」的作用和意義：

（一）夢境空間插入公案：獲取破案線索

《廣異記‧華妃》、《逸史‧樊澤》、《逸史‧盧叔敏》這幾則託夢擒賊、

〔註7〕 參考張火慶：《古典小說的人物形象》（台北：里仁書局，2006 年 9 月），頁73～74。

公案類小說，都在敘述主人公的夢（虛有空間）因有冤魂來相告冤情並指引破案方法，才能於夢醒回到人世（實有空間）後擒獲兇犯，唐代小說作者先透過「夢境空間」得知案情相關訊息並取得破案關鍵線索與方法、後回到「現實空間」著手捉拿人犯，來宣揚報應的主題。即使「夢境空間」中冤魂所言之事荒誕離奇，但小說作者們將焦點置於憑藉「夢境空間」以擒兇，案情的解決都是出於冤魂託於「夢境空間」明示之途，目的在宣揚含有天命因素的道德倫理觀念〔註8〕。所以「夢境空間」在唐代公案類型小說裡的作用便是──獲取線索以利破案，其意義在於──宣揚報應主題以及倫理道德觀念。

（二）虛幻空間解字占卜：牽引後續情節發展

　　對夢、幻境的解字占卜，是透過虛幻空間中出現的隱語徵兆去解釋、剖析，揭示出其中所蘊含的意旨，以及對人事未來的預兆。無論吉、凶如何發展，都必須經過後來事實的檢驗，以證明其是否前兆後應〔註9〕，所以唐代小說中這種解字占卜「虛幻空間」的設置，就是企圖在讀者心中製造一個懸念，而這個「虛幻空間」裡的隱語預兆常成為整個情節發展的前導，開啟後續故事的進度延展。經由對夢、幻境的解字占卜，可以幫助人們解惑、釋疑，甚至破案擒兇；但若故事主人公心術不正導致誤判，不僅無法消除心中不安，還會因此讓自己一步步逼向死亡之路。

　　例如李公佐的〈謝小娥傳〉將解字占夢法運用在小說情節裡，整篇小說敘事的關鍵和核心在於謝小娥之父與丈夫被害後所託之夢，夢中將兩個兇手的人名以隱語的方式簡潔呈現，為了解開這個夢中隱語，小說主角的行動及後續情節的發展都必須在這個「夢」的基礎上進行，意即夢的應驗過程與謝小娥尋找、擒兇的險惡歷程纏繞在一起，甚至整篇作品主題「表彰貞女節婦」的實現都須依託於其上。所以「夢境空間」在〈謝小娥傳〉裡的作用除了得到破案線索以外，夢中的隱語亦可產生懸念、延長情節；其意義在於──頌揚堅貞、節操等倫理價值觀念〔註10〕。

　　《河東記‧呂群》則是將解字占卜置於「幻境空間」中，整篇故事的敘

〔註8〕　參考李鵬飛：《唐代非寫實小說之類型研究》（北京：北京大學出版社，2004年10月），頁269～271。

〔註9〕　參考陳曉琪：《唐人夢兆研究》，國立中興大學歷史研究所碩士論文，2013年7月，頁18。

〔註10〕　參考李鵬飛：《唐代非寫實小說之類型研究》（北京：北京大學出版社，2004年10月），頁273～275。

事重心放在對呂群逐漸步向死亡之路的過程描述，而這一切全都受制於「幻境空間」及其中顯示的隱語，試看：

> 有一草堂，境頗幽邃，似道士所居，但不見人。復入後齋，有新穿土坑，長可容身，其深數尺。中植一長刀，傍置二刀。又於坑傍壁上大書云：「兩口加一口，即成獸矣。」群意謂術士厭勝之所，亦不為異。即去一二里。問樵人向之所見者，誰氏所處？樵人曰：「近並無此處。」因復窺之，則不見矣。

這樣神祕詭異的幻境空間加上所示隱語的確會讓人好奇、心生不安，進而想去解釋它。但因呂群一心追求利祿、官位，導致對幻象做出錯誤解釋，再加上性格粗暴使奴僕們心生怨恨，而讓自己身陷死亡之途。所以「幻境空間」在《河東記・呂群》裡的作用在於主導後續情節發展，幻境中的隱語成為敘事時後續情節的依託和生發點；其意義在於——表現對宿命的體認，以及對呂群粗暴及利祿薰心的譴責和譏諷〔註11〕。

（三）虛、實相疊同處一夢：多元視角逼顯臨場感

夢境與人世空間交疊互通的模式，能將空間的效益極大化，使虛、實空間交叉疊合的作用發揮得淋漓盡致。小說透過夢境與實有空間的交錯、互通，能展現出奇幻、不可思議的畫面，帶給讀者多元的面向和感受。這種虛、實交錯，亦真亦假，真實與虛幻合而為一的空間設計，特別能凸顯出故事中主人公們彼此之間的真情實意。若再加上作者對夢境空間場景的細膩描繪，則虛、實交疊的空間作用更能增加故事情節的真實性、貼合現實，提高可信度和說服力。

當故事中人物雙方同處在一個虛、實交會的空間時，這即是兩人精神相通的最佳寫照，是兩人彼此思念至極、情意深長的最佳體現。而兩個人同處一夢的表現手法，相當類似於「蒙太奇」的電影藝術技巧，唐代小說作者透過夢境虛有空間和人世實有空間的切分、重組，使得空間能夠靈活轉換而呈現多元化的視角，故事中的虛、實交錯空間，透出兩個對應畫面之間的張力。這種「兩人同處一個相思夢」將虛、實空間交疊能超越時空的心理感受呈顯出來，將主人公的情思癡想的極致透過虛、實空間交錯製造出特殊的藝術美

〔註11〕 參考李鵬飛：《唐代非寫實小說之類型研究》（北京：北京大學出版社，2004年10月），頁272～273。

感效果〔註12〕。

　　例如〈三夢記〉之第一夢——劉幽求夫妻、〈獨孤遐叔〉這兩則故事，都以「夢境、人世空間交疊」的方式牽繫起夫妻兩人的感情。劉幽求一則中，劉妻雖然在夢中與人「兒女雜坐」，並「在坐中語笑」，但她把握分寸並沒有過分；劉幽求也坦然對待妻子的夢，含蓄而不戳破，極富情味，可以從中看出他對妻子的愛護之意〔註13〕。〈獨孤遐叔〉一則中，獨孤遐叔「夜深，施衾幬於西窗下。偃臥。方思明晨到家，因吟舊詩曰：『近家心轉切，不敢問來人。』」寫出了他身為遊子的內心情感；他的妻子白氏則在夢中宴席間「憂傷摧悴」、「冤抑悲愁，若無所控訴而強置於坐也」，明顯感受到她思念丈夫傷心幽怨的心情。作者將遊子思婦的深情透過虛、實空間交疊結合起來，這個交疊的空間表述了離人思婦豐富的情感，正所謂此人因情而夢、彼則因情而遇之，「兩人同處一個相思夢」體現了心理與情感的真實〔註14〕。「夢」不但能連結夫妻二人行動，且夢境（虛有空間）和現實（實有空間）之間還能產生交互作用，例如：以劉幽求的視角而言「劉擲瓦擊之，中其罍洗，破迸走散」，以劉妻的視角而言「有人自外以瓦礫投之，杯盤狼籍，因而遂覺」，分從兩人視角敘寫瓦礫扔投到宴席間的場景，虛、實靈活轉換，虛、實相互驗證；就獨孤遐叔的視角而言「乃就階陛間捫一大磚，向坐飛擊。磚纔至地，悄然一無所有」，就其妻白氏的視角而言「方飲次，忽見大磚飛墜，因遂驚魘殆絕」，分從兩人視角敘寫大磚頭飛落到宴席間的情景，這樣的虛、實交錯互動的真實感、臨場感太強烈，將夢境空間的作用做了極致的揮灑，可以歸功於因同處一夢的「虛、實相疊空間」展現了豐富而幻異的多向度感受〔註15〕。

（四）夢化異類：寓言式的警世效果

　　〈薛偉〉這篇人化為魚的故事，採用寓言寄意的方式來寫「夢境空間」，以人類化為異類既驚悚又饒富趣味的夢境情節來諷喻世人，隱含著警世的智慧。

〔註12〕　參考林真瑜：《「三言」他界書寫的時空型研究》，國立中興大學中國文學研究所碩士論文，2007 年 6 月，頁 80～81。

〔註13〕　參考陳文新：《中國傳奇小說史話》（台北：正中書局，1995 年 3 月），頁 170～171。

〔註14〕　參考李鵬飛：《唐代非寫實小說之類型研究》（北京：北京大學出版社，2004 年 10 月），頁 307～308。

〔註15〕　參考林真瑜：《「三言」他界書寫的時空型研究》，國立中興大學中國文學研究所碩士論文，2007 年 6 月，頁 25。

　　關於〈薛偉〉此一充滿伊索寓言式的人生哲學，蔡守湘先生說：「不瞭解世間的險惡，可能爲自己招來禍害；不能克制自己的貪念，就可能成爲他人的俎上肉〔註16〕。」的確，薛偉所化之魚，從上鉤到被宰殺，全然咎由自取，他的悲劇來自於無法克制自己的慾望。試看：

> 俄而饑甚，求食不得。循舟而行，忽見趙幹垂鉤，其餌芳香，心亦知戒，不覺近口。曰：『我人也，暫時爲魚，不能求食，乃吞其鉤乎！』捨之而去。有頃，饑益甚，思曰：『我是官人，戲而魚服，縱吞其鉤，趙幹豈殺我，固當送我歸縣耳。』遂吞之。

魚身象徵「外在自由、內在自我」，而香氣逼人的魚餌則象徵「官職或利益」的誘惑，但它同時也意味著危險、大難臨頭、烏雲罩頂。要與不要、做與不做，全在自己一念之間。

（五）虛幻空間之體驗：啟悟人生

　　〈枕中記〉、〈櫻桃青衣〉、〈南柯太守傳〉這幾則故事都可以看出主人公的夢（虛有空間）已和人世（實有空間）的世俗欲望緊密相關，先以夢境空間來體驗人生，滿足人生欲望、後以樂極生悲頓悟人生虛幻的方式來證明人生如夢的主題。這些作品的主人公在人世實有空間皆不得意，卻能在夢境虛有空間獲得虛幻的滿足，這種夢境空間反映了唐代以科舉取士的政治現象與高門士族聯姻的社會現象：出身貧寒、缺乏政治背景的士子希望通過科舉博取功名或通過與高門士族聯姻躍身上層政治圈。以上僅是故事夢境空間的表層結構，其深層結構是想以虛、實模糊曖昧的夢境空間作爲媒介，表明一種人生哲理的探求：主人公受一使者引導經過一扇門與一高門望族的女性結婚，再退出局外、回到最初的一無所有，獲得某種人生的認識──榮耀顯赫不過是過眼雲煙、鏡花水月罷了〔註17〕。

　　〈杜子春〉一則則是透過幻境（虛有空間）的考驗，使杜子春領悟某種智慧與真理。小說的主題在於「成仙的條件」，即使老人認爲杜子春似有仙才之質，一旦身爲人母面臨兒女之愛的考驗，亦敵不過愛生於心的生物原始本能。愛是成仙最大的障礙、是煩惱的根源，對兒女之愛的執著、根深柢固的衝動，使得幻境破滅、成仙無望。這種基於母性本能的意識是盲目、原始的，

〔註16〕蔡守湘：《唐人小說選注》（台北：里仁書局，2002年6月），頁571。
〔註17〕參考吳光正：《中國古代小說的原型與母題》（北京：社會科學文獻出版社，2004年7月），頁140～141。

較少人文性，特別頑強，不易察覺斷除。所以作者李復言在故事中設置「幻境空間」的作用，在於考驗杜子春能否捨離各種現狀，表明人須經各種生命情境的試煉，找出破綻、盲點、死角，以對治之；而「幻境空間」的意義就在於讓主人公從中體驗諸般人生經歷，促其體悟、領悟，以化解人的貪戀與執著〔註18〕。

本章小結

　　虛誕荒唐的空間設置與流動，不會淪為作者想像力的氾濫而已。超現實空間之所以被打造出來，可能是唐人企求追尋的一個長生不老夢；也可能是性意識的外顯與性慾求的滿足。人的生存範圍只能被框在實有空間，但心靈世界卻能跨越生死、橫渡他界，藉著延伸、擴張空間思維，獲得滿足感，也豐富了看待世界的觀點與角度。唐代小說中出現的超現實空間，除了以仙界、妖界、冥界等他界空間的流動來表現人的種種欲求外，夢境與幻境的虛幻空間流動亦發揮了啟悟人生、警世的效果。這些超越一般經驗的想像空間被小說作者創造出來，我們不能僅僅以一種志怪或消遣娛樂的態度來看待它們，事實上，深埋在小說超現實空間裡的意義與文化內涵，才是唐代作者們匠心獨運、層層包裝下的核心價值與思維，也是我們極欲探驪得珠的重要信息。

　　無論是他界空間或虛幻空間流動，都顯示超現實空間在唐代小說中透顯的人類潛意識、慾望，為了滿足人類某些喪失或匱乏的事物，超現實的神仙、妖怪、鬼魂空間遂被小說作者創造出來，力逞其恣肆鋪張、光怪陸離的想像故事。透過對超現實空間的分析，使我們知道唐代小說不僅透過仙界空間表達對現實政治環境的感慨以及對長生不死境界的神往，更將一己冶遊青樓的性慾求託之於妖怪空間，並藉由陽世與冥界空間的生死跨渡彰顯男女癡情、體現其婚戀觀。在虛幻空間的設置上，除了發揮其牽引後續情節發展的作用外，虛實相疊、同處一夢的設計亦在多元視角下逼顯臨場感，再加上夢化異類的寓言式警世效果、體驗虛幻空間後對人生的啟悟，都在在說明超現實空間蘊藏的多層次意義。

　　下圖為第五章唐代小說超現實空間示現的意義之論述結構：

〔註18〕參考張火慶：《古典小說的人物形象》（台北：里仁書局，2006 年 9 月），頁87～92。

圖 5-2-19：【第五章結構圖】

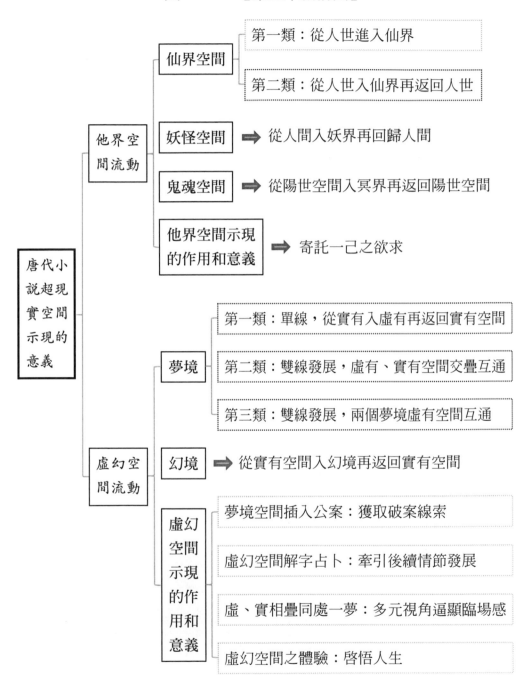

第六章　結　論

　　總體而言，小說是由情節、人物與主題三者所構成的一種組合。人物扮演了故事情節，故事情節則用以表現主題。這三者互為因果，由此所創作出的小說才有了生命、內涵、結構和技巧，才能算是真正的文藝作品。主題是抽象的，它只是一種思想、精神、情感、一種意識和觀念，沒有人物和情節最為推動力，就無法呈現。情節是一種工具、能發揮重要的功能，但它本身沒有生命、沒有動力，必須仰賴人物的力量來推動，藉由人物自身特有的內在精神和外在行為來操縱、駕馭和推動情節發展。小說作者的任務和使命，即在於如何透過自己敏銳的觀察、對時空環境深刻的體驗，以及縮合情節、人物、主題以獨特的技巧予以表現出來，傳達給讀者群〔註1〕。

　　而空間場域，可以在情節、人物、主題這三者的結合體中，示現其各種作用和意義。無論是空間的地域因素或社會因素，皆須通過空間的景物予以外化，讓讀者在閱讀過程中感受其中的氛圍或透顯的意涵。空間在作品中總是被具體化為景物，與人物的活動相結合而構成運動著的場景。人物的內心世界若能和置身其中的外部空間達到高度的和諧一致，則人物和空間環境的溝通就不是靠偶然的機緣而已，而是一種內在必然，是兩者緊密的相互依存，他們的對應關係使小說產生了新的結構意義〔註2〕。這樣密不可分的關係，足以強而有力地說明空間場域對於小說結構的重要性。

〔註1〕　參考羅盤：《小說創作論》（台北：東大圖書有限公司，1980 年 2 月），頁 4、66。
〔註2〕　參考金健人：《小說結構美學》（台北：木鐸出版社，1988 年 9 月），頁 72、74～75。

　　首先探討到空間場域與「情節推展」的關係，如果說小說在於表現、反映人生，則情節的推展端賴作者有計畫地鋪衍、技巧性地將各式空間場景組合起來，使讀者能在情節結構、空間場面的縝密設計下，對閱讀此一故事產生濃烈的興趣。

　　唐代小說中對於空間場域的經營和布局，除了基本的推動情節功能外，情節對應關係的設計、情節轉折的訊息透露，這些空間場域皆在故事情節的推展上產生關鍵作用。無論是固定空間或流動空間、空間場面之設置對應、空間場域透露的訊息，都顯示空間的布局在唐代小說情節推展上起著關鍵性作用，具有串聯、對照、轉折等重要意義。透過對固定空間或流動空間的分析歸類，使我們知道唐代小說不僅運用了單一的固定空間設置使情節在其中推展、以某個固定空間爲核心的流動空間使主要情節在其中推進、以不斷移轉的流動空間均衡各空間情節發展；空間場面之設置更對應了情節發展，使塵俗與俠義、榮顯與讒毀、歡愛與冷落的對比關係在小說情節結構上產生張力，進而彰顯唐代時空背景下的社會性意義。此外，空間場域在情節結構轉折時，會透露著情節發展上的某種訊息，包括糾葛空間呈現二元對立、頓挫空間促使情節由好轉壞、轉機空間暗示情節由壞轉好、焦點空間推動情節進入高潮、急降空間使故事主題明朗化，這五種空間場域在情節上皆示現了其意義和作用。唐代小說中有關空間場域的鋪排設置，不僅推動情節發展、產生情節對比效果，也透露了情節轉折的訊息，可見唐代小說的空間場域布置的確與敘事層面的情節推展具有密切聯繫。

　　接著探討空間如何喻示著小說中的「人物形象」，每一篇小說的主要角色都有其命運，都可能背負著作者賦予的使命。如果作者能夠捨棄直接描寫的筆觸，轉而採用空間的描繪來烘托人物某些時候的心境，將喜怒哀樂的情感、悲歡離合的處境移置於空間環境之上，那麼這種被賦予生命的空間場域，極有可能在人物心理的刻劃上發揮間接卻又異常清晰的作用，使讀者在似有若無的空間氛圍中，反而能感受到更深刻的韻味、陷入更深層的思考。

　　唐代小說中出現的空間場景，除了以特定空間襯托人物性格特質外，流動空間亦揭示了人物的身分、生命際遇之轉變，這些空間場景皆在人物形象的塑造上發揮了具體的作用。若從唐代小說的敘事方式觀之，空間場景已然成爲形塑人物形象的重要因素。無論是特定空間場景或空間流動與人物之關係，都顯示空間場景在唐代小說的人物形象塑造上，發揮積極而重要的功能。

透過對特定與流動空間場景的分析，使我們知道唐代小說不僅運用了抽象和具象環境表現人物性格、烘托人物形象、喻示了人物的人格特質，荒僻和鬧市空間更點出了人物屬性的區隔和鮮明形象的刻意渲染。事實上，就連空間流動的速度也能形塑出人物的豪俠特質。而不斷移轉的空間，更向讀者喻示了人物身分和生命際遇的轉變。

在探討了空間與「情節推展」和「人物形象」的關係之後可以發現任何事件的迸發和主要人物的塑造，都離不開作者最初創作每一篇故事時內心想要傳達的信息或意念。「主題表現」是小說的靈魂、充滿了靈性，它被激發於作者的感情和心聲。所以作者對小說中空間場所的選擇及藝術表現，會影響了整篇小說的主題思維。主題化空間可以框定人物的活動範圍、濃縮情節的發展途徑，將小說空間集中，可以讓作者專注著墨於展開的空間場域中，擴張挖掘的深度和廣度，這也就相當於開拓了小說作品的社會空間，同時也考驗著作者如何在有限的空間地域中收納、融入更多的社會內容〔註3〕。

唐代小說中的空間場域對於主題表現所發揮的作用和意義，除了以主題化空間來深化作品意蘊外，空間場所的選擇、空間置換產生的對比效果，以及同一空間存在著正、反兩極意義的反映，這些空間場域皆在小說主題表現上產生關鍵作用，使主題成為小說作品的生命、靈魂，更讓作者藉此表達了他的思想、意識和情感，進而引發了讀者的共鳴、令人掩卷沉思。無論是精細化描寫下的空間、具特徵屬性的空間、體現強烈精神色彩的空間，都顯示空間場域在唐代小說主題表現上起著關鍵性作用，具有對小說主題構成隱喻、象徵等重要意義。經由探討作者創作時對小說中空間場所的選擇，使我們知道唐代小說不僅運用空間場所來承載小說主題；帝都空間更展現了歷史與記憶、權力、各種慾望等心理空間，藉此以表達作者企圖透過小說作品向讀者傳遞之主題、思想、價值觀。可見唐代小說的空間場域的確與主題表現具有密切聯繫。

而唐代小說中不乏神仙、妖怪、鬼魂、夢境、幻境的情節，自然會有許多不可思議、出乎經驗法則之外的「超現實空間」。這些超現實空間即便怪誕奇異、難以解釋，但它們很多都富於思辨探討、耐人尋味，是小說作者表現對生命思索、宣洩自身情感的渠道，使作者們得以躲在小說荒謬離奇的情節、人物後面，向世界投以某種暗示，宣告他們理想中的社會樣貌。如果說小說

〔註3〕　參考金健人：《小說結構美學》（台北：木鐸出版社，1988年9月），頁70。

創作本身是一種藝術形式，則經得起一再咀嚼玩味的小說，總是在現實世界的基礎上，力求架設一個與一般讀者的經驗空間相符的虛幻世界。即便這個超現實空間與世人熟稔的日常空間反差極大，小說作者也有能力透過文字敘述、自身邏輯的力量來說服讀者。所以，超現實空間有它自己的江河日月，有它自己的苑囿宮殿。當讀者進入其中，鮮明的空間感油然而生，恍惚之間彷彿看到了真實的自己、經歷過了真實的人生〔註4〕。

唐代小說中出現的超現實空間，除了以仙界、妖界、冥界等他界空間的流動來表現人的種種欲求外，夢境與幻境的虛幻空間流動亦發揮了啟悟人生、警世的效果。這些超越一般經驗的想像空間被小說作者創造出來，我們不能僅僅以一種志怪或消遣娛樂的態度來看待它們，事實上，深埋在小說超現實空間裡的意義與文化內涵，才是唐代作者們匠心獨運、層層包裝下的核心價值與思維，也是我們極欲探驪得珠的重要信息。無論是他界空間或虛幻空間流動，都顯示超現實空間在唐代小說中透顯的人類潛意識、慾望，為了滿足人類某些喪失或匱乏的事物，超現實的神仙、妖怪、鬼魂空間遂被小說作者創造出來，力逞其恣肆鋪張、光怪陸離的想像故事。透過對超現實空間的分析，使我們知道唐代小說不僅透過仙界空間表達對現實政治環境的感慨以及對長生不死境界的神往，更將一己冶遊青樓的性慾求託之於妖怪空間，並藉由陽世與冥界空間的生死跨渡彰顯男女癡情、體現其婚戀觀。在虛幻空間的設置上，除了發揮其牽引後續情節發展的作用外，虛實相疊、同處一夢的設計亦在多元視角下逼顯臨場感，再加上夢化異類的寓言式警世效果、體驗虛幻空間後對人生的啟悟，都在在說明超現實空間蘊藏的多層次意義。

一言以蔽之，唐代小說中的空間場域在情節、人物、主題的表現上，具有莫大的作用與意義。訊息的傳遞、意義的呈現，很多時候需要通過特有的空間場域特徵來說明或象徵。在人物的塑造、情節的推進中，或公然或悄然地融入特殊空間場景，能夠使讀者感知一個人的性格命運或情節的跌宕起伏。

根據唐代小說空間的作用與意義，我們可以概括分為幾類來探究，一是空間流動對情節的推展，空間設置對情節轉折透露的訊息；二是空間環境對人物形象的塑造，空間移轉與人物身分和際遇的關係；三是空間場所搭載著小說主題，呈現了意義和效果；四是超現實空間的虛設映現出現實人生的欲求。

〔註4〕 參考金健人：《小說結構美學》（台北：木鐸出版社，1988年9月），頁53～54。

　　空間，包含著地域、社會和景物的內容。小說中的空間因為承載著人物、提供情節發展的場所，所以它成為必要的存在。但空間對小說而言並非只是一個中立價值的存在，空間所富含的多層次意義、產生的各種作用，總讓讀者在閱讀故事之際不知不覺地被感染著、牽引著、影響著。唐代小說中的空間場域展示了三大視野：

　　一、自然空間場域的真實性：小說人物賴以存在的座標點，是最真切、最實際的落腳處，自然空間的特性如此真實，彷彿小說中萌發的事件就發生在讀者最熟悉的現實世界中。

　　二、人文空間場域的社會性：小說中人際關係的網際網絡，透露出巨幅的時代背景和社會情勢，它無所不在，種種社會關係生態環境左右著人物的際遇、牽動著事件的經過和結局。

　　三、心靈空間場域的想像性：他界空間和夢、幻境空間雖然虛幻縹緲，卻是作者內在世界的具體表露，當時人們內心想望的大膽呈現。

　　唐代小說裡所出現的空間場域，除了自然空間提供的具體活動舞台外，人文社會空間積累起來的集體無意識力量或許無聲地影響了一切，超現實空間也和現實人世狀態互為虛實、表裡關係。藉由對文本中空間場域的分析，會清楚呈現空間對小說創作的重要性，也挖掘出屬於唐代的文化底蘊。

參考書目

一、唐代小說版本（依出版先後排序）

1. 王汝壽編校：《全唐小說》，山東：文藝出版社，1993 年 3 月。
2. 李時人編校、何滿子審定：《全唐五代小說》，西安：陝西人民出版社，1998 年 9 月。
3. 蔡守湘：《唐人小說選注》，台北：里仁書局，2002 年 6 月。

二、專書

（一）中文（依出版先後排序）

1. 羅盤：《小說創作論》，台北：東大圖書有限公司，1980 年 2 月。
2. 樂蘅軍主編：《中國古典文學論文精選叢刊》，台北：幼獅文化事業公司，1980 年 3 月。
3. 崔奉源：《中國古典短篇俠義小說研究》，台北：聯經出版事業公司，1986 年 12 月。
4. 金健人：《小說結構美學》，台北：木鐸出版社，1988 年 9 月。
5. 俞汝捷：《幻想和寄託的國度：志怪傳奇新論》，台北：淑馨出版社，1991 年 4 月。
6. 吳志達：《唐人傳奇》，台北：群玉堂出版事業股份有限公司，1991 年 11 月。
7. 中華文化復興運動總會、文藝研究促進委員會、國家文藝基金管理委員會主編：《中國古典小說賞析與研究》，台北：中華文化復興運動總會文藝研究促進委員會，1993 年 8 月。
8. 劉開榮：《唐代小說研究》，台北：臺灣商務印書館股份有限公司，1994 年 5 月。

9. 劉瑛:《唐代傳奇研究》,台北:聯經出版事業公司,1994 年 10 月。

10. 馬得志、馬洪路:《唐代長安宮廷史話》,北京:新華出版社,1994 年 10 月。

11. 何滿子:《中國愛情與兩性關係──中國小説研究》,台北:臺灣商務印書館股份有限公司,1995 年 1 月。

12. 陳文新:《中國傳奇小説史話》〈自序〉,台北:正中書局,1995 年 3 月。

13. 陳平原:《千古文人俠客夢──武俠小説類型研究》,台北:麥田出版有限公司,1995 年 4 月。

14. 趙岡:《中國城市發展史論集》,台北:聯經出版事業公司,1995 年 5 月。

15. 方祖燊:《小説結構》,台北:東大圖書股份有限公司,1995 年 10 月。

16. 黃應貴主編:《空間、力與社會》,台北:中央研究院民族學研究所,1995 年 12 月。

17. 劉燕萍:《愛情與夢幻:唐朝傳奇中的悲劇意識》,台北:臺灣商務印書館股份有限公司,1996 年 12 月。

18. 夏鑄九、王志弘編譯:《空間的文化形式與社會理論讀本》,台北:明文書局股份有限公司,1999 年 3 月。

19. 程國賦:《唐代小説與中古文化》,台北:文津出版社有限公司,2000 年 2 月。

20. 畢恆達:《空間就是權力》,台北:心靈工坊文化事業股份有限公司,2001 年 6 月。

21. 程國賦:《唐五代小説的文化闡釋》,北京:人民文學出版社,2002 年 1 月。

22. 吳光正:《中國古代小説的原型與母題》,北京:社會科學文獻出版社,2002 年 10 月。

23. 金明求:《虛實空間的移轉與流動:宋元話本小説的空間探討》,台北:大安出版社,2004 年 2 月。

24. 李鵬飛:《唐代非寫實小説之類型研究》,北京:北京大學出版社,2004 年 10 月。

25. 胡亞敏:《敘事學》,武漢:華中師範大學出版社,2004 年 12 月。

26. 徐磊青、楊公俠:《環境心理學──環境、知覺和行為》,台北:五南圖書出版股份有限公司,2005 年 1 月。

27. 潘朝陽:《心靈‧空間‧環境:人文主義的地理思想》,台北:五南圖書出版股份有限公司,2005 年 6 月。

28. 鄭毓瑜:《文本風景:自我與空間的相互定義》,台北:麥田出版城邦文化事業股份有限公司,2005 年 12 月。

29. 張曼娟：《柔軟的神殿：古典小說的神性與人性》，台北：麥田出版城邦文化事業股份有限公司，2006 年 6 月。

30. 劉瑛：《唐代傳奇研究續集》，台北：聯經出版事業股份有限公司，2006 年 8 月。

31. 張火慶：《古典小說的人物形象》，台北：里仁書局，2006 年 9 月。

32. 李久昌：《國家、空間與社會：古代洛陽都城空間演變研究》，西安：三秦出版社，2007 年 11 月。

33. 范銘如：《文學地理：臺灣小說的空間閱讀》〈導論：看見空間〉，台北：麥田出版城邦文化事業股份有限公司，2008 年 8 月。

34. 寧欣：《唐宋都城社會結構研究：對城市經濟與社會的關注》，北京：商務印書館，2009 年 11 月。

35. 林淑貞：《尚實與務虛：六朝志怪書寫範式與意蘊》，台北：里仁書局，2010 年 9 月。

36. 施雅軒：《地理思想‧思想地裡》，高雄：麗文文化事業股份有限公司，2012 年 8 月。

（二）外文（依英文字母排序）

1. Mike Crang （邁克‧朗克）著，王志弘、余佳玲、方淑惠譯：《文化地理學》，台北：巨流圖書有限公司，2003 年。

2. Mieke Bal（米克‧巴爾）著，譚君強譯：《敘事學：敘事理論導論》，北京：中國社會科學出版社，2003 年。

3. Mark Edward Lewis（陸威儀）著，張曉東、馮世明譯：《世界性的帝國：唐朝》，北京：中信出版社，2016 年 10 月。

4. Tim Cresswell（提姆）著，徐苔玲、王志弘譯：《地方：記憶、想像與認同》，台北：群學出版有限公司，2006 年 3 月。

5. Yi-Fu Tuan（段義孚）著，潘桂成譯：《經驗透視中的空間和地方》，台北：國立編譯館，1998 年 3 月。

三、期刊論文（依出刊先後排序）

1. 廖珮芸：〈唐代小說中的「桃花源」主題研究〉，載於《東海中文學報》第 19 期，2007 年 7 月。

2. 康韻梅：〈唐代小說中長安的城市空間場景與敘事之關係〉，載於《成大中文學報》第 32 期，2011 年 3 月。

3. 林淑貞：〈唐傳奇「空間結構」之構寫技法與義蘊〉，載於《東亞漢學研究》第 5 期，2015 年 5 月。

四、學位論文（依出版先後排序）

1. 鄭志敏：《唐妓探微》，國立中興大學歷史學研究所碩士論文，1996 年 1月。

2. 賴素玫：《解釋的有效性——六朝志怪小說夢故事研究》，國立中興大學中文研究所碩士論文，2001 年 7 月。

3. 吳淑鈴：《從唐傳奇看唐代婦女的愛情觀》，國立中興大學中國文學研究所碩士論文，2006 年 1 月。

4. 林眞瑜：《「三言」他界書寫的時空型研究》，國立中興大學中國文學研究所碩士論文，2007 年 6 月。

5. 楊婷雅：《盛世縮影——唐代曲江研究》，國立中興大學歷史學系碩士論文，2008 年 1 月。

6. 陳曉琪：《唐人夢兆研究》，國立中興大學歷史研究所碩士論文，2013 年 7 月。